"누가 노래를 부르나? 목소리가 정말 멋지군!"

돼지 프레디와 다양한 동물 친구들이 주는 웃음과 감동,
무한한 호기심이 펼쳐지는 동물들의 세상.

돼지 프레디와 동물 친구들이
살고 있는 '빈 아저씨네 농
장'을 무대로 펼쳐지는 프레

디 이야기는 1927년도에 첫 권 《플로리다에 간 프레디》를 시작으로
1958년 총 26권이 발행되기까지 당시 미국 어린이들의 사랑을 한몸
에 받은 아동 문학의 고전입니다. 영리하고 합리적인 돼지 프레디를
중심으로 농장에 사는 다양한 동물들의 생활이 생생하게 펼쳐지고 있
습니다. 재미와 웃음, 감동은 물론 이야기를 다 읽고 난 다음에는 왠지
내게도 일어날 수 있을 것 같은 이야기에 마음이 설레기까지 합니다.
이 동화가 출간되던 당시 미국에서 어린 시절을 보낸 사람이라면 프레
디 이야기를 모르는 사람이 없을 정도로, 프레디 이야기는 '선과 악,
우정과 배반, 정직과 거짓에 대해 가장 명확한 정의를 내려 준' 책으로
인정받고 있습니다.

이 책의 지은이인 월터 R. 브룩스(Walter R. Brooks)는 1886년 1월
9일 뉴욕 주의 롬에서 태어나 1958년 8월 17일 뉴욕 주의 록스베리에
서 사망하기까지 수많은 글을 쓰며, 여러 유명 잡지에 글을 발표했습
다. 그중 단편 소설 〈에드는 맹세했다〉는 1950년대에 말하는 말을 주
인공으로 한 텔레비전 시리즈 《에드 씨》의 기본 줄거리가 되기도 했습
니다. 뭐니뭐니해도 브룩스의 가장 훌륭한 업적은 바로 이 프레디 시

리즈라 할 수 있습니다. 1958년 세상을 떠날 때까지 그는 프레디를 주인공으로 총 26권의 이야기를 써 나갔습니다.

《레오폴드 왕의 유령》의 저자인 아담 호크쉴드(Adam Hochschild)는 "나의 어린 시절에 선과 악, 우정과 배반, 정직과 거짓에 대해 가장 명확한 정의를 내려 준 곳은 교회도, 학교도, 보이스카우트도 아닌 '빈 아저씨 농장'이었다"고 회상하고 있습니다.

미국의 유명한 평론가이자 작가인 라이오넬 트릴링은 프레디 시리즈를 "정말 유쾌하다"고 평했습니다. 또 부룩스를 좋아하는 사람들은 프레디를 조지 오웰의 《동물 농장》(1945년)에 나오는 유명하고 문학적인 돼지들의 조상으로 보고 있기도 합니다.

프레디 시리즈의 삽화를 그린 쿠르트 바이제(Kurt Wiese)는 1887년 독일 민덴에서 태어났습니다. 1928년에 '아기 사슴 밤비'를 그리면서 세계적인 명성을 얻은 그는 1974년 5월 87세를 일기로 세상을 떠나기까지 400권이 넘는 책의 삽화를 그렸으며, 그 가운데 18권은 직접 글을 쓰기까지 했습니다. 세계 곳곳을 여행했으며, 특히 중국을 좋아해 중국에서 오랫동안 머물렀습니다. 그의 작품 가운데는 중국에서의 기억과 소재를 바탕으로 한 작품이 여럿 있습니다. 미국의 동화책 삽화가 중에서도 특히 뛰어난 작가로 인정받고 있는 그는, 칼데코트 상(Caldecott Honors : 1938년부터 매년 최우수 그림책을 만든 작가에게 수여되는 명예상)과 뉴베리 상(Newbery Awards and Honors : 1922년부터 매년 최우수 어린이 문학 작가에게 수여되는 최고의 영예)을 받았습니다. 바이제는 특히 동물들을 즐겨 그렸다고 합니다.

프레디

주인공. 똑똑한 돼지. 헛간 앞마당 여행 주식회사
대표. 글을 읽고 쓸 줄 알며 모험을 즐긴다.
플로리다를 여행했으며, 동물들을 이끌고 산타의
얼음 궁전이 있는 북극으로 여행을 간다.

징크스

검은 고양이. 프레디의 오랜 친구로 민첩하며
장난을 좋아한다. 어릴 때 예절 교육을 제대로 받지
못해 엉뚱하고 거칠지만 본디 심성이 나쁘지는
않다.

위긴스 부인

겸손하고 마음 착한 암소. 헛간 앞마당 여행
주식회사 직원. 생쥐들을 등에 태우고 여행 안내를
한다. 프레디 일행이 위험에 처했다는 소식을 듣고
구조대의 일원이 되어 북극 여행길에 나선다.

찰스

꼬리 깃털 닦는 것이 취미인 수탉. 남들 앞에서
연설하는 것을 특히 즐긴다. 늑대의 동굴에 갇혔을
때 병정 개미들을 설득하여 위험에서 벗어난 것을
최고의 무용담으로 여기고 자랑스러워한다.

헨리에타

찰스의 부인. 찰스에게 잔소리를 해 대는 것이 가장
큰 일과인 암탉. 찰스가 말을 듣지 않으면
인정사정없이 꼬집고 쪼아 댄다. 찰스가 세상에서
가장 두려워하는 존재.

페르디난드

위엄 있게 보이고 싶어하는 냉정한 까마귀. 구조대 대장. 프레디와 함께 떠난 북극 여행길에서 동물 일행이 위험에 처하자 농장으로 돌아와 동물 구조대를 만들어 다시 북극으로 간다.

잭

플로리다 가는 길에 동물들의 도움으로 농장 식구가 된 마음 착하고 순한 검둥개. 찰스와 함께 늑대의 동굴에 갇히지만 용기를 잃지 않으려고 애쓴다. 숲에서 피터를 만나 친구가 된다.

피터

잭이 숲 속에서 만난 북극곰. 의리 있고 마음씨가 착하여 북극 여행을 가는 동물들에게 도움이 된다. 겨울잠을 자지 못해 늘 졸립지만 농장 동물들의 든든한 친구가 된다.

윌리암 아저씨

늙은 말 한크의 삼촌. 서커스에서 일한 적이 있으며 구조대원이 되어 북극으로 떠난다. 크리스마스 이브에 다리를 다친 순록 대신 산타 클로스의 썰매를 끌게 된 것을 인생 최고의 영광으로 여긴다.

후크 선장과 선원들

프레디 일행이 표류할 때 구해 주고 함께 산타 클로스의 얼음 궁전에 온다. 산타의 선물 공장을 개선하려고 노력하며 동물들과 재미있게 지낸다. 가짜 보물 지도를 들고 보물섬으로 떠난다.

옮긴이 | 한유미

한림대학교를 졸업한 뒤 번역가로 활동하고 있다.
삼성그룹에서 문서 번역 업무를 맡아 했으며
삼육대학교, 나사렛대학교에 출강하는 틈틈이
어린이 생활 컴퓨터 도서를 기획하고 집필했다.
옮긴 책으로 《일년이 행복해지는 마음의 지혜》
《탐정 프레디》 외 여러 권이 있다.

북극에 간 프레디

초판 1쇄 인쇄 | 2004년 8월 5일
초판 1쇄 발행 | 2004년 8월 10일

지은이 | 월터 R. 브룩스
옮긴이 | 한유미
펴낸이 | 양동현

펴낸곳 | 도서출판 나들목
출판등록 | 제6-483호
주소 | 서울 성북구 동소문동4가 124-2
대표전화 | 02) 927-2345   팩시밀리 | 02) 927-3199
이메일 | academybook@hanmail.net

ISBN | 89-90517-32-X 04840
ISBN | 89-90517-30-3 04840(전 3권)

잘못 만들어진 책은 구입한 곳에서 바꾸어 드립니다.

북극에 간 프레디

Freddy Goes To The North Pole

월터 R. 브룩스 | 한유미 옮김

나들목

차 례

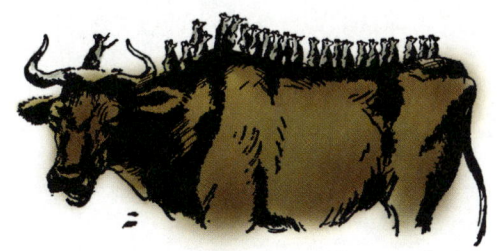

1
프레디, 아이디어를 떠올리다

고양이 징크스는 뭔가 재미있는 게 없을까 해서 헛간 뒤편에 있는 관목 숲 주변을 돌아다녔다. 요즘 한동안 농장이 별다른 일 없이 조용했기 때문이다.

지난 봄, 징크스와 농장 동물들이 플로리다 여행을 마치고 돌아온 뒤로는 재미있는 일이 생기지 않았다. 플로리다 여행은 정말 대단했다! 징크스는 플로리다 여행을 생각하면 언제나 기분이 좋아져서 가르릉거렸다.

갑자기 징크스는 땅에 바짝 엎드리고는 꼬리를 휘둘렀다. 작은 회색 물체가 헛간 밑에서 나오더니 관목 숲의 어둠속으로 쏜살같이 달려가고 있었다. 징크스는 점프를 해서 잡을 만한 거리가 될 때까지 소리없이 조심스럽게 기어갔다. 그가 막

뛰어오르려는 순간 관목 숲 밑에서 찍찍거리는 작은 소리가
들렸다.

"어이, 징크스! 그만해! 나야. 이니라고!"

바닥에 몸을 바짝 붙이고 있던 징크스는 몸을 일으켜 앉으
면서 으르렁거렸다

"도대체 뭣 때문에 그랬니?" 징크스가 짜증을 냈다. "이 주
변에는 새롭게 나타나는 게 어떤 것도 있어서는 안 된단 말
야! 너와 네 가족들과 친구가 된 뒤로 난 널 해치지 않기로
약속했어. 하지만 지금 너처럼 꼭꼭 숨어서 털도, 이빨도, 꼬
리도 보이지 않는 경우라면 어떻게 해야 하지? 난 닥치는 대
로 사냥해 버릴 수도 있어. 우정은 정말 좋은 거야. 하지만 많
은 종류의 스포츠를 망가뜨려."

"미안해."

생쥐 이니는 그렇게 말하고는 어둠속에서 나와 징크스의
옆으로 가 앉더니 앞발로 수염을 손질하기 시작했다.

"하지만 징크스 너도 좀 조심해야 했어. 넌 나를 다치게 했
을 수도 있었다고."

"내가 넌 줄 어떻게 알았겠니? 넌 네 사촌들이 목초지 아래
에서 여는 파티에 간다고 했잖아. 난 네가 아직도 그곳에 있
는 줄 알았지."

"그랬지. 하지만 일찍 돌아왔어. 별로 재미있지 않았거든.
먹을 거라곤 풀뿌리랑 작은 자작나무 껍질이 전부더라고. 그

　　　　　북극에 간 프레디

들이 내 사촌들이긴 하지만, 솔직히 말해서 이번 파티는 시시했어."

"야, 친척들 얘기라면 꺼내지도 마! 내겐 열두 명의 남매가 있는데 모두 이 근처에 살지. 하지만 만일 내가 굶주리고 있을 때 누가 개똥지빠귀의 발톱이나 쥐꼬리를 가능한 한 많이 가져다 줄 거라고 생각하니? 아, 미안, 이니."

이니는 덜덜 떨더니 꼬리를 깔고 앉아 감추고서 간신히 대답했다. "아냐, 괜찮아."

징크스가 웃어 대며 말했다.

"다신 그런 말 안 할게. 자, 돼지우리로 가자. 프레디가 뭐 하고 있는지 보러 가자고."

징크스와 이니는 나란히 과수원을 지나다가 빈 아저씨의 부인인 빈 아줌마를 만났다. 빈 바구니를 들고 있는 것으로 보아 돼지들에게 먹이를 주고 돌아오는 길인 것 같았다. 빈 아줌마는 징크스와 이니를 보더니 깜짝 놀라서 보고 또 보았다.

"세상에 이럴 수가!" 빈 아줌마가 소리쳤다. "이 농장에 무슨 일이 생긴 건지 알 수가 없네! 내가 어렸을 땐 동물들이 그냥 사람들이 생각하는 대로 행동했는데. 고양이와 생쥐가 같이 걸어다니지도 않았고, 돼지들이 신문도 읽지 않았고, 헛간에서 파티를 여는 일도 없었다고. 동물들이 플로리다에서 돌아온 뒤로는 마치 농장 전체가 서커스단이 돼 버린 거 같

아. 이리 와, 징크스! 이리 와, 나비야, 나비야!"

징크스는 마음이 내키지 않았지만 아줌마에게로 다가갔다. 아줌마는 언제나 징크스를 좋아하고 잘 대해 줬기 때문에 징크스 또한 아줌마 앞에서는 항상 예의바르게 행동했다. 빈 아줌마는 징크스를 토닥이며 머리를 긁어 주고는 이니를 가리켰다. 그때 생쥐 이니는 나무에서 떨어진 사과를 갉아먹으며 친구인 징크스를 기다리고 있는 중이었다.

"저길 봐, 징크스. 저 생쥐를 뒤쫓아, 알았지? 저 통통하게 살진 생쥐 말야! 음? 생쥐, 징크스, 생쥐!"

징크스는 몸을 낮춰 땅에 엎드리고는 꼬리를 흔들었다. 그리고는 이니에게 말했다.

"이니, 지금 내가 네 뒤를 쫓아가야만 하거든. 그러니까 너는 저기 울타리까지만 뛰어가라. 그러면 내가 널 뒤쫓는 척할게. 그런 다음에야 프레디를 보러 갈 수 있을 것 같아."

이니는 허둥지둥 달려가며 공포에 떠는 듯이 찍찍거렸고, 징크스는 가능한 사납게 보이도록 하면서 이니의 뒤를 쫓아갔다. 하지만 빈 아줌마가 보이지 않자 둘은 다시 사이좋게 나란히 걸어갔다.

"돼지들이 신문을 읽는다는 게 무슨 뜻이야?" 이니가 물었다.

"아, 그거?" 징크스가 말했다. "프레디 얘기야. 내가 프레디에게 읽는 법을 가르쳐 주었거든. 그래서 지금 프레디는 독서

　　　　　　북극에 간 프레디

에 빠져 있어. 발굽에 닿는 건 뭐든지 다 읽고 있지."

"어머나, 세상에!" 생쥐가 찍찍거렸다. "네가 읽을 줄 아는지 몰랐어, 징크스."

"읽기?" 징크스가 뽐내면서 꼬리를 흔들었다. "그건 아무것도 아니야. 난 마음만 먹으면 뭐든 할 수 있어. 난 빈 아줌마가 아저씨에게 큰 소리로 신문을 읽어 줄 때 아줌마 무릎에 앉아서 읽는 걸 배웠어."

징크스와 이니가 돼지우리가 보이는 곳까지 왔을 때 우리 주위에는 동물들이 꽤 많이 모여 있었다. 그리고 그 한가운데에는 프레디가 있었다. 프레디는 땅바닥에 놓인 종이를 보고 큰 소리로 읽는 듯했다. 프레디가 무슨 소리를 할 때마다 동물들은 응원을 하거나 신음 소리를 냈다.

"빨리 가자! 프레디가 지금 야구 소식을 읽는 중이야!"

이렇게 말하고 징크스는 뛰기 시작했다. 이니도 뛰었지만 턱없이 짧은 다리로는 고양이를 따라갈 수 없었다. 그래서 "이봐, 징크스, 기다려 줘!" 하고 소리 질렀다.

징크스는 미안하다고 사과하고는 이니를 입으로 조심스럽게 집어올린 뒤 재빨리 달려가 동물들이 모여 있는 한가운데로 뛰어들었다. 작은 돼지 두 마리가 깜짝 놀라 징크스를 쳐다보았다. 징크스는 착하고 너그러운 고양이였지만 거칠고 부주의한 면이 있었기 때문에 이런 실수를 잘 저질렀다.

"이봐, 프레디, 내 오랜 친구. 어제는 누가 이겼어?"

"자이언츠." 프레디가 말했다. "대단한 접전이었어. 8회말 투 스트라이크 투 볼에서 위펜버거가 홈런을 쳐서 두 주자를 홈에 들어오게 했지."

"위펜버거?" 징크스가 물었다. "그게 누구야? 새로 들어온 유격수야? 타율이 얼만데?"

"징크스!" 프레디가 짜증을 냈다. "차라리 네가 읽지 그러니? 난 신문을 읽어 주는 일에 질렸어. 동물들에게 기사를 읽어 주느라 하고 싶은 일을 할 시간도 없다고. 특히 야구 경기에 관한 기사를 전체 다 읽는 일은 더 힘들지. 너희들은 재미가 있을지 몰라도 난 아니야. 도대체 남들이 하는 경기에 흥분해서 왜 모두들 이 난리인지 모르겠어. 우린 하고 싶어도 할 수 없는 경기인데 말야. 어쩐지 바보 같다는 생각이 들어."

항상 프레디를 명랑하고 친절하다고 생각했던 동물들은 깜짝 놀랐다. 그래서 빙 둘러앉아 화를 내는 프레디를 아무 말 없이 쳐다보기만 했다.

징크스가 말했다.

"그래, 네가 옳을지도 몰라, 프레디. 나만 해도 집에 앉아서 다른 사람들 얘기나 읽느니 모험을 즐기러 나가는 편이 훨씬 낫겠다는 생각이 들어. 플로리다에 갔던 때만큼 재미있는 걸 생각해 봐. 책 읽는 것보다 훨씬 낫지 않겠어?"

"그래, 그래. 여행이야!"

프레디와 이니, 그리고 농장의 개 로버트가 동시에 소리쳤다. 그들 셋과 징크스는 함께 플로리다로 여행을 갔던 동물들로, 여행을 가 보지 못한 다른 동물들에 비해서는 자신들이 좀 낫다고 생각했다. 그래서 그들은 가끔 플로리다를 얘기하며 거들먹거리곤 했다.

숲에 살고 있는 까마귀 페르디난드는 헛간 가까이에 있는 커다란 느릅나무에 앉아서 농장의 모든 동물들이 들을 수 있는 소리로 약을 올리는 습관이 있었다. 그는 가슴을 부풀리고는 잘난 척하며 남을 비웃는 듯이 커다란 웃음을 터뜨리곤 했다. "음, 내가 플로리다에 있을 때는 말야."

지금도 플로리다 얘기가 나오자마자 다른 동물들은 프레디와 이니, 징크스와 로버트를 두고 모두들 다른 데로 가 버렸다.

프레디가 말했다.

"내가 말하고 싶은 건 말야, 징크스, 우리를 위해 뭔가를 해야 할 것 같다는 거야. 아무래도 다른 곳으로 여행을 떠나야 할 것 같아."

그러자 로버트가 말했다.

"플로리다에서 돌아온 지 그리 오래되지도 않았잖아. 지금 또다시 여행을 가는 건 별로 좋은 생각 같지 않아. 농장에서 할 일도 있고 말야. 언제나 즐거운 여행에만 매달린다면 농장 일은 언제 하겠어? 그건 빈 아저씨께도 못할 짓이야. 아저씨는 우리를 먹여 주고 보살펴 주시잖아. 우리는 아저씨를 실망시켜선 안 돼."

"그래, 네 말도 맞아." 프레디가 말했다. "하지만 내게 아이디어가 있어. 서재에 다녀올 테니 잠깐만 기다려 줘. 너희들에게 읽어 주고 싶은 게 있거든."

프레디는 돼지우리 한편에 도서관을 차려도 될 만큼 많은 신문과 광고 전단지를 모아 놓고 있었다. 심지어 프레디는 〈세익스피어 전집〉까지 갖고 있었다. 그 전집은 지난 몇 년간 빈 아저씨 부부에게는 없어서는 안 될 물건이었다. 그 책을 다리가 없는 침대 네 귀퉁이를 괴는 데 썼기 때문이었다. 하지만 빈 아저씨의 형편이 좋아져서 새 침대를 사게 되자 책은 프레디 차지가 되었다.

프레디는 자신의 서재를 대단히 자랑스러워했다. 컴컴해서 신문인지 책인지조차 구분하기 힘든 돼지우리인데도 말이다. 프레디는 각각 다른 종류의 신문과 팸플릿을 냄새로 구분했고,(여러분도 오래된 책 냄새와 새로 나온 신문 냄새는 구분할 수 있을 것이다.) 무언가 읽고 싶을 때는 냄새를 맡고 찾아서 밖으로 가지고 나와 읽었다.

곧 프레디는 작은 책 한 권을 가지고 돌아왔다. 제목은 '개인적으로 안내받는 유럽 여행'이었는데, 책 안에는 유럽 지역의 여러 여행지 사진이 실려 있었다.

프레디는 친구들에게 책을 읽어 주면서 이 여행에 참가하려면 일인당 돈이 얼마나 드는지, 그리고 티켓을 사거나 여행 가방을 챙기는 등의 귀찮은 일을 겪을 필요가 없다는 걸 설명해 주었다. 여행사에서 모든 준비를 해 주고, 다른 여행객들과 함께 관광지를 여행한 뒤에는 집까지 무사히 돌려보내 준다는 것이었다.

"우리라고 이런 회사를 차리지 말란 법이 없잖아? 더군다나 플로리다에서 돌아온 뒤로는 다른 농장의 동물들도 그런 여행을 떠나고 싶어하잖아."

"나도 먼길을 떠나고 싶어하는 생쥐들을 많이 알고 있어."

이니가 말했다.

"멀리 가고 싶지 않거나 이틀 이상 걸리는 여행을 싫어하는 동물들에게는 이곳 주변을 여행 코스로 준비할 수도 있어. 그리고 이 근처에도 얼마든지 흥미로운 관광지가 많다고. 물론 동물마다 흥미있어 하는 부분이 다 다르겠지만 말야. 예를 들면 오리나 거위는 연못이나 강으로 여행을 보내 주고, 생쥐들에게는 이틀간의 일정으로 치즈 공장을 견학시켜 주는 거야. 그리고 또……"

"난 개인적으로 생쥐 투어를 안내하는 게 좋겠어."

징크스가 깔깔거리며 농담을 하자 이니가 귀를 찌푸렸다. 생쥐들은 눈썹이 없기 때문에 눈썹 대신 귀를 찌푸린 것이다. 그런데 그 모습이 너무나 괴기스러워 보여 프레디가 소리 질렀다.

"제발, 이니, 그러지 마! 징크스는 아무런 뜻 없이 말한 거야. 그렇지, 징크스?"

"그럼. 너무 예민하게 굴지 마, 이니."

징크스의 말에 이니가 화를 냈다.

"만일 너라면 자기 아버지랑 여섯 명의 고모, 열네 명의 삼촌, 그리고 아홉 명의 형제자매가 고양이들한테 먹혔는데도 예민해지지 않을 수 있겠니?"

"난 증명할 수 있어." 징크스가 엄숙하게 말했다. "지난 일 년 동안 생쥐를 한 마리도 먹지 않았다고. 재수 없게도……."

"마지막에 뭐라고 그랬어?"

이니가 의심스러워하며 물었다.

"아무것도 아냐." 징크스가 대답했다. "아무것도 아니라고. 그냥 가르릉거린 거야. 난 널 좋아해. 그러니까 날 더 이상 미워하지 마, 이니."

"흠!" 이니가 코웃음을 치며 징크스에게 따지려 들자 로버트가 끼어들었다.

"이러지들 마. 프레디, 네 아이디어는 정말 훌륭하다고 생각해. 하지만 지금 난 가 봐야겠어. 정문에 마차가 멈춰 선 소리를 들었거든. 빈 아저씨께 친구가 왔다는 걸 알리려면 지금 가서 짖어야 해. 오늘 저녁에 외양간에서 회의를 하는 게 어때? 그때 얘기하자."

북극에 간 프레디

"그래." 프레디가 말했다. "우리 한번 주식회사를 만들어 보자."

"주식회사? 그게 뭔데?" 로버트가 물었다.

"아, 그거? 글을 읽다가 우연히 알게 된 건데, 모든 회사들이 다 그렇게 하지. 회사를 만들고 규칙을 정한 다음 정부에 수수료를 내는 거야. 그런 다음에는 주식회사가 되는 거지. 그러니까 그렇게 하고 나면 우린 합법적으로 일할 수 있는 거야."

"그렇다면 우리도 그래야겠구나." 로버트가 말했다. "안녕, 얘들아. 나중에 보자."

2
헛간 앞마당 여행 주식회사

　그리하여 '헛간 앞마당 여행 주식회사' 가 생겨나게 되었다. 회장은 프레디가, 비서는 징크스가, 회계는 위긴스 부인이 맡았다.

　위긴스 부인은 자매인 부르츠버거 부인과 보구스 부인 그리고 보구스 부인의 딸 마리에타와 함께 외양간에 살고 있었다. 보구스 부인은 마리에타를 귀여운 작은 소녀라고 부르는데 물론 마리에타는 소녀가 아니고 송아지다.

　위긴스 부인이 회계원으로 뽑힌 이유는, 외양간이야말로 동물들이 여행 경비로 가져오는 물건들을 보관하기에 적합했기 때문이었다.

　동물들이 여행 경비로 가지고 오는 물건 중에는 먹을 것이 가장 많았다. 여행사에서도 여행 경비를 먹을 것으로 받는 것을 좋아했다. 그렇게 되면 농장 주인인 빈 아저씨가 농장 동물들에게 줄 먹이를 따로 마련하지 않아도 되기 때문이었다. 여행을 원하는 동물들이 가져올 맛있는 음식 때문에 농장 동물들은 벌써부터 살이 찔 것 같았다.

여행은 아주 작은 것부터 시작되었다.
첫 번째 여행은 생쥐들을 위한 것이었다. 서른 마리의 생쥐 관광객들은 위긴스 부인의 등에 타고 이동했다. 그들의 일정은 강가를 따라 2킬로미터 정도 걸어 내려간 뒤 수로를 가로질러 다른쪽으로 돌아오는 것이었고, 점심은 치즈 공장에 잠시 들러 해결했다. 생쥐들은 관광 버스에서 앉는 것처럼 둘씩 둘씩 짝을 지어 앉았다. 그리고 이니는 위긴스 부인의 뿔 사이에 서서 그들이 지나가는 곳에 관련된 이야기를 흥미 있게 들려 주었다. 그러다가 정말 아름다운 곳이 나타나면 모두들 그곳을 볼 수 있도록 가리켜도 주고, 그곳에 살고 있는 생쥐의 이름을 큰 소리로 불러 주기도 했다.
이니는 여러 동물들 앞에서 말을 해 본 적이 없었기 때문에 처음에는 긴장했지만 시간이 좀 지나자 관광 안내를 즐기게 되었다. 그러더니 점점 발전해서 나중에는 지나가는 풍경에 대해 꽤나 시적으로 표현할 수 있게까지 되었다. 그런데 이니가 피해야 할 것이 단 하나 있었다. 그것은 다름 아닌 농담이었다. 이니의 농담을 듣고 위긴스 부인이 들썩거리며 웃는 바람에 생쥐들이 등에서 펄쩍펄쩍 뛰다가 급기야 여섯 마리가 땅에 떨어져 버리는 일이 생겼기 때문이다.

여행에 매우 만족한 생쥐들은 만나는 친구들마다 자랑하기 바빴다. 그 결과 여행에 대해 문의하러 오는 동물들이 나날이 늘어났다.

그런데 동물들이 너무 많이 몰려오자 마침내 빈 아저씨가 화를 냈다. 빈 아저씨는 헛간 앞마당이 낯선 동물들로 북적이는 데 질려 버렸다고 했다. 아저씨는 마멋, 다람쥐, 시궁쥐들 틈을 비집고 나가지 않으면 문밖을 나설 수도 없었고, 툭하면 소나 말에 부딪히기 일쑤였다.

어느 날 밤에는 스컹크 여섯 마리(엄마, 아빠, 그리고 네 명의 새끼들)가 여행사를 방문했다. 스컹크 가족은 여름을 지낼 만한 산에 관해 물으면서 물도 좋고 공기도 상쾌한 곳을 소개해 달라고 했다. 그런데 스컹크 새끼 가운데 한 마리가 별로 착하지도 않은데다 나머지 작은 스컹크들도 교육을 제대로 받지 못했는지 부모 스컹크가 헛간에서 징크스와 이야기를 나누는 동안 싸움이 벌어지고 말았다. 시끄럽게 싸우는 소리 때문에 잠에서 깬 빈 아줌마가 스컹크 가족을 보았다. 스컹크 가족이 여행에 대해 문의하러 온 것을 알 리가 없는 빈 아줌마는 소란을 진정시키기 위해 물 한 바가지를 떠다가 스컹크 가족에게 뿌렸다. 이 때문에 엄마 스컹크는 무척 화가 났다.

북극에 간 프레디

새끼들이 물에 젖으면 감기에 걸려 죽을 수도 있기 때문이었다. 다행히도 아무도 감기에 걸리지 않았다. 하지만 그 일 이후로 로버트는 여행에 대해 상담하고 여행 정보도 알릴 수 있는 사무실을 집에서 좀 떨어진 길가에 여는 것이 좋겠다고 생각했다. 그 뒤로는 동물들이 빈 아저씨 부부를 귀찮게 하는 일이 생기지 않았다.

여행사 사무실은 집에서 꽤 멀리 떨어진 들판의 한쪽에 서 있는 오래된 오두막에다 열었다. 수탉 찰스는 대부분의 시간을 사무실에서 보냈다. 왜냐하면 찰스는 말솜씨가 좋은데다 새나 동물들과 이야기하는 것을 좋아했기 때문이다. 찰스는 꽤 실력 있는 영업 사원이었다. 그는 종종 동물들이 전혀 생각지도 않았던 여행을 가게끔 설득하는 재주가 있었다.

한번은 찰스가 센터보로 근처에 사는 세 마리의 말에게 밭이랑 끝에서 돌아보는 아름다운 풍경을 즐기고 싶으면 빈 농장의 뒤편 언덕에 있는 밭을 쟁기질해 보라고 부추겼다. 말들은 들판을 쟁기질하여 밭이랑을 만들어 놓았고, 나중에 빈 아저씨는 들판이 밭으로 변한 것을 보고 매우 기뻐했다.

일일 여행이 성공적으로 이루어지자 헛간 앞마당 여행사는 좀더 긴 여행을 준비하기 시작했다. 징크스는 고양이와 토끼, 소들을 이끌고 아디론댁 산맥(미국 뉴욕 주 북동쪽에 있는 산맥으로 주 봉우리는 마시 산 1,603미터)으로 열흘 간의 여행을 떠났다. 떠나기 전에 징크스는 프레디의 서재에서 지도를 꺼내

미리 모든 길을 찾아보았다. 여행을 떠난 동물들은 산을 타고 수영을 즐겼다. 그리고 숲에서 만난 동물들에게 융숭한 대접을 받으며 즐거운 시간을 보냈다.

특별한 여행은 동물에 따라 종류가 나누어졌다. 특히 작은 동물들은 집에서 먼 곳으로 혼자 떠나는 모험을 두려워했다. 그래서 용감하고 충직한 개 로버트나 겁없고 무모한 고양이 징크스의 보호가 필요했다.

프레디는 헛간과 집에 있는 거미들을 위한 여행도 준비해 주었다. 거미들은 아침에 힘을 모아 커다란 거미줄을 만든 다음 햇살이 빛나는 오후에는 파리를 잡고, 이른 저녁에 다시 집으로 돌아왔다. 거미들은 매우 피곤해하면서도 행복해했다. 여행에 만족한 거미들은 답례로 프레디가 자는 동안 모기를 막아 줄 커다란 모기장을 돼지우리에 쳐 주었다. 물론 거미줄은 별로 튼튼하지 않아서 쉽게 찢어졌고, 거미들은 일 년 동안 공짜로 수리해 주기로 약속했다.

여행을 계획하기가 가장 어려운 동물은 소였다. 언젠가 프레디가 소에게 여행을 권했더니, "집 떠나면 고생이야. 개들은 쫓아다니지, 자동차들은 빵빵거리면서 빨리 가라고 독촉하지, 그냥 그늘 아래 서서 꼬리나 흔들며 생각이나 하는 편이 더 좋아"라고 대답하는 것이었다.

"하지만 여행하다가 낯설고 흥미 있는 광경을 보게 되면 생각거리가 훨씬 많아질 텐데?"

프레디는 생각을 다시 해 보기를 권유했다. 물론 프레디는 소들은 동물 중에서 특히 머리가 좋고, 원하기만 하면 언제든지 좋은 생각을 할 수 있다는 사실을 알고 있었다.

프레디는 여기저기 돌아다니며 조사를 한 끝에 마침내 소들이 좋아할 만한 곳을 몇 군데 찾아냈다.

한곳은 버려진 농가의 풀밭으로, 꽤 두껍고 달콤한 잔디가 자라고 있었다. 다른 한곳은 소들에게 역사적 흥미를 느낄 수 있게 하는 곳으로, 수백 년 전에 살았던 유명한 소가 곰을 죽인 곳이었다. 그리고 나머지 한곳은 소들이 그저 꼬리를 흔들며 서 있거나 생각하기에 아주 안성맞춤인 곳이었다.

하지만 어떤 소라도 여행을 가게 하려면 오랫동안 설득을 해야 했다. 결국 프레디는 '비용이 너무 많이 들어' 하고 말하고는 다시는 소들의 여행 얘기를 꺼내지 않았다.

어느 무더운 여름 날, 프레디와 징크스는 외양간에 앉아 있었다. 한동안 얘기를 나누다 징크스가 몸을 웅크리고 잠이 들자 프레디는 북극 지도를 훑어보기 시작했다. 북극 지도는 잡지 판매대를 관리하는 주인을 둔 개가 센터보로의 아름다운 개인 여행을 안내받는 대가로 가져온 것이다.

그 여행 코스는 개와 고양이들에게 인기가 좋았다. 다른 동물들도 관심 있어 했지만 여행사 입장에서는 동물 관광객이 지나치게 늘어나는 것도 달갑지 않았다. 개나 고양이 같은 애완 동물이 아닌 동물들은 도시에 마음 놓고 갈 수가 없었다.

사람들은 센터보로 공립 도서관(고딕 스타일로 지어진 정말 멋진 건물이다.) 건물을 감상하는 여러 마리의 개를 보게 된다 해도 별 관심을 갖지 않을 것이다. 하지만 토끼나 다람쥐들이 무리를 이루어 관광을 간다면 아이들은 돌을 던질 것이고, 어른들은 잡으려고 난리일 것이다. 혹은 적어도 동물들을 노려보며 한 마디씩 할 것이다. 분명히 이런 일은 기분 좋은 일이 못 되며, 회사 이미지에도 좋지 않은 영향을 미친다. 다른 동물들이 그런 위험한 소문을 들으면 여행을 원치 않을 테니 말이다.

프레디는 졸릴 때까지 북극 지도를 들여다보고 연구했다. 그리고 수탉 찰스는 울타리 밖에 앉아서 고객을 기다리고 있었다.

찰스는 자신의 목소리를 꽤나 괜찮다고 생각하고 있었다. 주위에 들어 줄 사람이 없을 때는 종종 자기 자신에게 말을 걸기도 했다.

"친애하는 나에게." 찰스가 말했다. "오늘은 덥군 그래. 응, 진짜 너무 더워. 모래밭에서 목욕하고 싶어."

찰스는 이 말을 하고 또 했다. 찰스는 매우 경제적인 수탉이었다. 그래서 그는 자신과 대화를 나눌 때는 굳이 멋있는 말을 찾아내려고 힘을 낭비하지 않았다. 물론 실수로 멋진 말이 튀어나오면 반드시 머릿속에 저장해 두었다가 누군가에게 그 말을 되풀이하고는 마치 방금 전에 떠오른 생각인 것처럼 행동했다.

이윽고 찰스는 텅 빈 길을 걸어 내려오는 누군가를 보았다. 그 누군가는 점점 가까워졌고, 곧 커다란 회색 말이라는 걸 알게 되었다.

"맙소사!" 찰스가 말했다. "난 또 누군가 했네. 느리게 걸어 오는 걸 보니 피곤한가 봐. 꽤 먼 길을 걸어온 모양이군. 아마 여행을 가고 싶어서 온 거겠지?"

"안녕하시오, 말 양반?" 말이 가까이 오자 찰스는 상냥하게 인사했다. "여기엔 처음이시죠?"

그러나 말은 아무런 대답 없이 외양간 맞은편까지 쿵쿵 걸어갔다.

찰스는 말에게 무시당한 것 같아 슬며시 화가 났다. 그래서 울타리에서 뛰어내려 말 앞에 섰다. 말이 찰스를 보더니 멈추어 서서 물었다.

"실례하네, 친구. 이곳이 동물들을 위해서 여행을 준비해 주는 회사 맞는가?"

"이곳이 바로 그곳입니다." 찰스가 말했다. "난 회사 직원 이지요. 무엇을 도와드릴까요? 우리는 당신을 위한 여행을 준비할 수 있습니다. 무얼 보고 싶은지, 어떻게 보고 싶은지 말해 보세요. 최고로 흥미로운 곳으로 당신을 안내……."

"자네 말은 잘 들리지 않는다네."

회색 말이 찰스의 말을 중간에 끊으며 천천히 머리를 가로

"이곳이 바로 그곳입니다." 수탉 찰스가 말했다. "난 회사 직원이지요."

북극에 간 프레디

저었다.

"자네의 부리가 움직이는 걸 보면 자네가 말을 하고 있다는 것을 알 수 있네. 하지만 난 젊었을 때만큼 잘 듣지는 못한다네. 점점 귀머거리가 되어 가고 있어. 내 등에 올라와서 얘기를 해 준다면 우리가 좀더 편안하게 얘기할 수 있을 것 같네만."

찰스는 처음 인사를 건넸을 때 대답이 없었던 이유가 자신을 무시하려 했던 게 아니란 걸 알게 되자 말이 좀 친근하게 느껴졌다. 그래서 자신의 말소리가 좀더 잘 들리도록 천천히, 반복해서 큰 소리로 말했다. 하지만 말은 여전히 찰스가 미심쩍은 듯했다.

"여행사의 대표는 돼지라고 들었어. 난 그를 만나고 싶네."

찰스는 돼지와 고양이의 코 고는 소리가 섞여 들려오는 외양간을 흘끗 보았다.

"우리 대표는 지금 회의 중입니다. 약속을 하지 않으면 대표를 만나실 수 없습니다. 그러니 저한테 말씀해 주시죠.. 당신이 원하는 곳을 말해 주시면……."

말이 대답했다.

"난 지금까지 어떤 수탉에게서도 많은 정보를 얻어 본 적이 없었네. 아니, 사실은 단 한 개의 정보도 얻지 못했어. 하지만 영리한 수탉이라면 얘기가 달라질 수도 있겠지. 자네는 좀 달라 보이는군. 어쨌든 난 먼 길을 왔고 빈손으로 돌아갈 생각은 없다네. 자네도 봐서 알겠지만 난 농장에서 일하는 말이라네. 내 생애를 바쳐서 열심히 일했지. 지금은 이렇게 늙어서 전처럼 일을 할 수는 없지만 말이네. 그래서 조금이라도 힘이 남아 있는 동안 세상의 다른 곳을 보고 싶어. 이게 정당한 생각 아닌가?"

"매우 훌륭합니다. 그래서 여기 제가 있습니다. 어떤 종류의 여행을 원하십니까? 듣자니, 긴 여행을 원하시는 모양인데, 우리가 계획하고 있는 건 하나입니다. 바로 이번 겨울에 플로리다를 다녀오는 것이죠. 우리 대표가 직접 여러분을 이끌고 갈 겁니다. 대표는 노련한 여행가로서, 여행을 안내하고 관광객을 인솔하는 데 경험이 풍부합니다. 플로리다에 관한 모든 걸 알고 있죠. 물론 여정이 길어서 경비가 좀 비싸긴 합니다만."

"그게 바로 내가 하고 싶었던 말이라네." 말이 찰스의 말을 가로막으며 말했다. "난 가난해. 난 여행 경비로 낼 게 아무것도 없다네."

"오, 그건 조절이 가능합니다." 찰스가 말했다. "우리는 비용을 비싸게 책정하지 않습니다. 건초 한 단이나 귀리 작은 봉지 하나……."

"내 주인 농부도 가난하다네. 그리고 난 예전처럼 많은 일을 할 수가 없어. 겨우 먹고 살 만한 귀리나 건초 말고는 얻을 수가 없네. 난 모을 수가 없어. 하지만 아직 일을 할 수는 있

북극에 간 프레디

다고 생각하네. 여행 전이나 후에 열흘간의 일을 하겠네. 난 아직 힘이 남아 있어."

찰스는 말의 제안을 듣고 먼저 자신에게 중얼거렸다. "오, 찰스, 이건 곤란해. 진짜 곤란해."

그리고 나서 찰스는 말에게 말했다. "안 되겠어요, 정말 미안하지만 그럴 수는 없습니다. 우리의 규칙은 매우 엄격하고, 여행 경비는 선불을 딱딱 받습니다."

"아……," 말이 생각에 깊이 잠기더니 한숨을 쉬었다. "그럼 이걸로 끝난 거구먼. 난 어쩌면 거래가 성사될 거라고 생각했는데 말야. 하지만 이 경우에 만일……."

"미안합니다," 찰스가 단호하게 말했다. "우린 사업을 하고 있거든요. 개인적인 감정이 들어가면 안 돼요. 당신도 이해하시겠지만……."

"오, 물론 알아들었네." 말이 찰스의 말을 끊었다. "그럼 이제 내려가야겠군, 밤이 되기 전에 먼 길을 가야 하니. 즐거운 하루가 되기를 비네. 제기랄! 수탉이랑 길게 얘기해서 얻은 게 도대체 뭐람."

말은 투덜거리며 자신이 왔던 길로 터벅터벅 걸어 내려갔다. 찰스는 울타리에 있는 횃대로 돌아와서는 혼잣말을 했다.

"멍청한 동물 같으니라고! 아무것도 없이 무얼 얻으려고 하다니. 이 사업도 쉬운 게 아니군. 사업에는 영리함, 요령, 능력이 필요해. 손님 면접을 나에게 맡긴 날이 회사로서는 운수

대통한 날이지. 프레디가 밖에 나와 있었다면 어땠을까? 그 친구가 아무리 영리해도 좋은 사업가는 아니거든. 우리 사이니까 말인데 찰스, 넌 그 말을 꽤 잘 다뤘어."

찰스는 생각하면 할수록 회색 말의 제안을 거절한 자신이 너무 마음에 들었다. 자랑하고 싶어 견딜 수 없어진 찰스는 프레디를 깨워서 그 이야기를 들려 주었다. 그런데 프레디는 기뻐하기는커녕 오히려 찰스를 나무라기까지 했다.

"뭐라고!" 프레디가 소리 질렀다. "여행 경비 대신 일로 갚겠다고 했는데 돌려보냈다고? 왜 그랬어, 이 멍청아. 그건 이 회사가 창립된 이래 최고의 아이디어라고. 이 딱한 닭아, 왜 그랬어, 이 저능아야!"

프레디가 심하게 나무라자 찰스도 목에 깃털을 곤두세우고 화를 내려고 했다. 하지만 찰스가 빈정거릴 만한 말을 생각하기도 전에 프레디는 찰스를 밀쳐 버리고는 울타리 밑으로 기어나가 말이 간 곳을 향해 급히 뛰어갔다.

그때까지도 징크스는 잠에서 깨지 않았다. 그래서 풀이 죽은 찰스는 살금살금 외양간을 빠져나와 자기 집이 있는 닭장으로 돌아갔다.

"고마운 줄 알아야지!" 찰스가 중얼거렸다. "동물들을 위해서 노예처럼 일해 줬더니 나한테 감사하기는커녕 나더러 저능아라고? 내가? 그래, 이제 다 끝났어. 손님 면접은 이제 다른 사람을 구해야 할걸. 내가 없는 동안 어디 얼마나 잘되나

보자."

하지만 다음 날 아침 위긴스 부인이 회사에서 열 시에 회의가 있다고 말해 주자 왕성한 호기심이 찰스를 그냥 내버려두지 않았다. 찰스가 사무실에 도착해 보니 다른 직원은 아직 오지 않았고, 프레디 혼자서 북극 지도를 훑어 보고 있었다. 그때까지 기분이 풀리지 않은 찰스는 밖으로 나가려고 했다.

그런데 프레디가 먼저 말을 꺼냈다.

"가지 마, 찰스. 어젠 내가 너무 예의 없이 행동했어. 미안해. 용서해 줘. 그럴 거지?"

찰스는 사과를 받지 않을 이유가 없었기 때문에 매우 관대하게 말했다.

"프레디, 그런 심한 말은 다신 하지 않길 바래."

찰스는 좀 더 말하려고 했다. 언제나 얘기를 길게 하는 찰스는 어떤 주제애 대해서도 얘깃거리를 찾아낼 수 있었다. 하지만 다른 동물들이 속속 도착하면서 프레디가 회의를 주재했기 때문에 찰스는 더 이상 말을 하지 못했다.

프레디가 말했다.

"신사 숙녀, 친구, 주주 여러분, 회사 창립 후 첫 번째 분기(3개월)의 끝에서 여러분의 회사가 탄탄한 위치에 올랐다는 것을 공표하게 된 것을 무척 기쁘게 생각합니다. 긴 여행 코스는 마련되지 않았지만 스물여덟 가지의 짧은 여행 코스가 개발되어 고객의 실종이나 손해 없이 성공적으로 끝났습니다. 예외로 세 번째 '파리 잡기 원정대 여행'에서 말벌과 싸우다가 다리 세 개를 잃은 거미 한 마리와, 역시 '생쥐를 위한 풍경 여행' 세 번째에서 치즈를 너무 많이 먹어 소화 불량에 걸린 생쥐 한 마리가 있기는 했습니다. 이 두 건 모두 불행한 일이기는 하지만 이건 그들의 자유 의지였으므로 회사를 탓할 일은 아니라고 감히 말하겠습니다. 사업의 이익은 이미 나누었습니다. 금고에는 우리가 여행 비용으로 받은 나무 열매, 곡물, 다양한 종류의 먹거리가 남아돌 만큼 많이 있으며, 잡동사니들도 풍성하게 쌓여 있습니다. 금고에 모인 이 물건들은 나중에 사용할 곳이 있을 것입니다."

실적이 뛰어나고 미래가 유망한 보고서를 듣게 되자 동물들은 환호성을 질렀다. 환호성이 가라앉자 프레디는 말을 계속했다.

"오늘 이 회의를 주재한 가장 큰 이유는, 우리 회사가 우리 자신과 친구들, 그리고 주인인 빈 아저씨에게도 이익을 가져다 줄 새로운 방법을 찾아냈다는 걸 알리기 위해서입니다."

"빈 아저씨를 위해 만세 삼창!"

늙고 하얀 말 한크가 소리치자 동물들은 열광적으로 만세를 불렀다. 동물들은 모두들 빈 아저씨를 좋아했다. 위긴스 부인의 등에 앉아 회의에 참가한 거미 웹 부부도 열성적으로 만세를 불렀다. 물론 그 소리는 누구도 들을 수는 없었지만 말이다.

프레디는 농장을 찾아온 회색 말에 관해 들려주었다.

"그는 긴 여행을 원합니다. 하지만 그는 여행 경비를 지불할 만한 능력이 없기 때문에 2주일간의 노동으로 여행 경비를 대신하기로 했습니다. 이것이 무엇을 뜻하는지 아십니까, 동물 여러분? 그건 여기 있는 한크가 언제든 자신이 원하기만 하면 2주일간의 휴가를 떠날 수 있다는 뜻입니다. 이제 모든 동물, 새, 곤충들이 이런 방법으로 여행을 할 수 있다고 가정할 수 있습니다. 우리들 모두에게 2주일간의 휴가가 있을 수 있다는 얘기입니다. 아니, 2주일로 제한할 필요도 없을 것입니다. 이제까지 여행을 계획하는 데 가장 큰 어려움은 단 한 가지였습니다. 대부분의 동물들이 여행 경비를 낼 수가 없다는 것이었죠. 하지만 이런 식으로 일을 대신해 줄 수백 마리의 동물들이 있었던 것입니다. 빈 아저씨가 갖고 있는 동물보다 두 배나 많은 동물들이 농장에서 일할 수 있다는 걸 알게 되었습니다. 그리고 이것은 동시에 우리가 반드시 일을 해야만 하는 이유가 없다는 뜻도 됩니다."

동물들은 엄청나게 폭발적인 환호성을 지른 뒤 너도나도 앞으로 나와 프레디와 악수를 하면서 그렇게 뛰어난 아이디어를 생각해 낸 것을 축하했다.

평소 점잖던 위긴스 부인도 새로운 발표에 흥분한 나머지 프레디의 등을 가볍게 탁 쳤다. 그런데 덩치가 작은 프레디는 위긴스 부인의 힘에 밀려 그만 외양간 한구석으로 굴러가고 말았다. 프레디가 판자를 두 개나 뚫고 미끄러지는 순간 외양간 지붕이 회의장 한가운데로 떨어져 내렸다. 하지만 아무도 다치지는 않았고, 위긴스 부인을 제외한 동물들은 재빨리 외양간을 빠져나갔다. 위긴스 부인은 너무나 당황하고 창피해서 다른 동물들이 그녀를 걱정해 끌어낼 때까지 그 자리에 꼼짝 않고 서 있었다.

밖으로 나온 위긴스 부인은 자신이 회사 사무실에 엄청난 피해를 입힌 걸 생각하고 어린 아이처럼 주저앉아 울었다. 프레디가 위긴스 부인에게 아무도 그녀가 잘못했다고 생각하지 않는다는 걸 설명하고 안심시키는 데는 꽤 오랜 시간이 걸렸다.

동물들은 즉시 새로운 계획대로 일하기 시작했다. 정말이지 이번에 발표한 프레디의 계획은 동물들도 어느 정도의 자유를 가질 수 있게 한, 매우 뛰어난 것이었다.

여러분도 알겠지만 농장의 모든 새나 동물은 음식과 쉴 곳을 농부에게서 얻는 대신, 그 대가로 어느 정도의 노동을 제공해야 한다.

말의 일은 쟁기, 짐마차, 바퀴가 네 개 달린 경마차 등을 끄는 것이고, 개의 일은 수상한 사람을 보면 짖으며, 아이들을 돌보고, 주인이 말을 걸 때 똑똑해 보이도록 노력하는 일이다. 고양이의 일은 생쥐를 쫓고, 부인들이 자신을 무릎에 앉혀 놓고 토닥이거나 재울 때 기분좋다는 가르릉 소리를 내는 것이고, 밤에 울타리에 올라앉아 노래를 부르는 일이다.

어떤 동물들은 별로 하는 일이 없는 경우도 있다. 돼지는 그냥 돼지면 된다. 식욕이 좋다면 돼지의 일도 별로 어렵지는 않을 것이다.

동물들의 일은 대부분 여름에 몰려 있다. 그래서 동물들은 작년 겨울에 플로리다에 갈 수 있었던 것이다. 하지만 지금은 일을 대신해 줄 동물만 찾는다면 어느 때나 여행을 갈 수 있는 것이다. 그래서 빈 농장의 동물들은 근처에 있는 다른 농장의 동물들을 만나 새로운 계획에 관해 말해 주었다. 그래서 이번 여름에 플로리다를 여행할 동안 자신들을 대신해서 2주일 동안 일을 해 줄 소나 말, 양, 돼지, 염소, 고양이, 개를 찾아냈다. 모두 아흔네 마리나 되었다. 이 숫자는 다람쥐, 스컹크, 토끼 같은 야생동물과 새, 곤충들은 포함시키지 않은 숫자였다.

그리고 나서 두 달 동안 헛간 앞마당 여행 주식회사는 꽤나 바쁘게 돌아갔다. 이전까지는 여행은커녕 짧은 외출조차도 할 수 없었던 수백 마리의 동물들이 농장에 와서 한두 시간 정도 일을 하고 하루나 이틀 동안 여행할 수 있는지 물었다. 프레디와 징크스, 로버트, 찰스, 한크, 그리고 위긴스 부인조차도 집에 있을 틈이 거의 없었다.

그들은 매일 동물 여행자들을 안내하러 나갔다. 생쥐인 어크, 퀵, 이니, 아우구스투스는 시궁쥐와 생쥐, 다람쥐 그룹을 안내했다. 그런데 너무 자주 치즈 공장으로 나가다 보니 헛간 쥐구멍으로 드나들 수 없을 정도로 살이 쪄서 결국 헛간 쥐구멍을 더 크게 만들어야 했다. 물론 그 구멍을 넓히는 것은 관광객들의 몫이었다. 쥐 몇 마리가 구멍을 깨끗이 갉아서 넓혀 놓았다.

빈 아저씨도 농장 일이 빨리 끝나는 걸 반가워했다. 전에는 오천 평의 들판을 쟁기질하려면 한 마리의 말과 함께 며칠 동안 쉬지 않고 일을 해야 했다. 하지만 이제는 서른다섯 마리의 말이 와서 도운 덕분에 삼십 분도 채 걸리지 않았다.

어느 날 아저씨는 헛간에 페인트 칠을 했다. 저녁 먹기 전까지 한쪽 벽만 칠하고 나서 나머지는 다음 날 마무리할 계획이었다. 그런데 그날 밤 프레디가 숲에서 다람쥐들을 데리고 와서 해가 뜨기 전에 그 일을 끝냈다. 다람쥐들은 꼬리를 페인트에 담가서 브러시로 사용했다. 일을 끝내고 난 뒤 다람쥐들은 테레빈유에 페인트를 씻어냈다. 하지만 테레빈유가 모자라서 세 마리의 다람쥐는 페인트 칠이 닳아져 나갈 때까지 겨우내 하얀 꼬리를 갖고 다녀야만 했다.

어느 날 밤 징크스는 빈 아저씨가 아줌마에게 하는 말을 들었다.

"여보, 연못 뒤편에 있는 그루터기들을 뽑아 버리고 밭으로 만들면 내년에 감자를 심어서 돈을 많이 벌 수 있을 거요."

"하지만 밭으로 만들려면 시간과 돈이 많이 들 거라고 당신이 말했잖아요. 더구나 엄청나게 일을 해야 하고."

"그래요." 빈 아저씨가 말했다. "젊었을 때 같지도 않고 말이오. 정말 예전 같지 않구려. 이젠 일을 좀 줄이고 쉴 때가 온 것 같소. 우린 정말 많은 세월을 함께했구려. 우리에겐 농장을 물려줄 자식들이 있는 것도 아니니 돈이 무슨 소용이겠소? 그루터기는 그대로 놔두는 게 낫겠소."

아저씨는 그렇게 말하고는 의자에 앉아 파이프 담배를 피웠다. 담배 연기가 텁수룩한 수염 사이로 스며나오는 모습이 마치 건초 더미에 불이 나기 직전 같았다.

빈 아줌마가 한숨을 쉬며 말했다.

"여기는 좋은 농장이에요. 하지만 우리 둘만 있기는 좀 외로워요. 우리에게도 자식이 있으면 좋으련만."

징크스는 벌떡 일어나 헛간으로 뛰어가 회의를 소집했다. 다음 날 밤 200여 마리의 동물이 연못 뒤로 모여들어 그루터기를 깨끗이 없애는 작업에 들어갔다. 개, 돼지, 마멋, 다람쥐, 토끼, 쥐들은 각각 발, 앞발, 주둥이로 일할 채비를 하고 왔다. 모여든 동물들 때문에 주변에 먼지가 날렸다. 동물들은 그루터기 주변을 파내고는 뿌리를 갉아서 끊어 놓았다. 그러자 힘이 센 말들이 그루터기를 묶은 밧줄을 잡아당겨 뽑아 냈다. 아침이 되자 땅속에 박혀 있던 그루터기는 모두 없어졌다.

그날 아침 빈 아저씨는 창문에 기대서서 오늘은 어떤 날이 될까 하고 밖을 바라다가 연못 건너편에 놓인 그루터기 더미를 발견했다. 분명 어제까지 없던 것들이었다. 처음에는 무슨 일이 벌어졌는지 몰랐지만 망원경으로 자세히 보고는 옷을 갈아입고 아래층으로 내려와 아줌마를 불렀다.

"여보, 내 아침밥 빨리 줘요. 농장에 이상한 일이 일어났어요. 빨리 나가 살펴봐야겠소."

아저씨는 달걀 세 개, 소시지 네 개, 메밀로 만든 팬 케이크 두 개와 커피 한 잔 그리고 토스트 다섯 조각을 먹고는 연못 건너편으로 달려갔다. 거기에는 그루터기들이 모두 뽑혀서 밭 한쪽 구석에 깨끗하게 쌓여 있었다. 빈 아저씨는 믿기지가 않아 보고 또 보았다. 그런 다음 아주 천천히 몇 번이나 거듭 말했다. "베드로가 우릴 불쌍하게 여기셨구나!"

그리고 나서 빈 아저씨는 집으로 돌아와 아줌마에게 본 것을 그대로 말했다.

"우리가 할 일은 이제 저 땅을 쟁기질해서 내년 봄에 감자를 심는 것뿐이오. 조금만 일해도 감자를 아주 많이 수확할 수 있을 거요. 여보, 하고 싶은 말이 있소. 오늘 이후로는 동물들이 이 근처에 있고 싶어 하면 있을 수 있도록 하겠어요. 난 이곳을 소년 시절부터 52년 동안 농장으로 가꾸어 왔소. 하지만 저 동물들은 나보다 더 나은 농부요."

빈 아줌마는 놀라워하며 남편을 바라보았다.

"여보, 살아 생전에 이런 날이 올 줄이야. 동물은 말할 것도 없고 당신보다 농장 일에 관해 더 잘 아는 사람이 있다는 것도 인정할 수 없어요. 그리고 당신이 뭐라고 하든 전혀 믿지 못하겠어요. 하지만 적어도 동물들에게 파티는 열어 줄 수 있을 것 같군요."

3
길 떠나는 탐험가들

지금은 빈 아저씨 부부가 동물들에게 열어 준 파티에 관해서 얘기할 틈이 없다. 그들 부부가 농장 근처에 살고 있는 사람들과 동물들을 어떻게 초대했는지, 먹고 마시고 춤추고 어떻게 잔치를 벌였는지, 또 헛간, 우리, 닭장은 어떤 색깔의 조명으로 장식했는지, 불꽃놀이는 어떻게 발사했는지 그리고 모두들 너무나 멋진 시간을 가졌고 자정이 넘도록 아무도 집에 가지 않았다는 것도 말할 수 없다.

얼마간의 시간이 지난 뒤에 아흔네 마리의 동물 관광객들은 플로리다로 떠났다. 그들은 네 그룹으로 나뉘었다. 프레디, 징크스, 로버트, 한크가 그룹을 하나씩 맡았다.

여행은 어느 면에서 보나 완벽했다. 봄이 되자 한크 일행은 코코넛을 마차에 싣고 돌아왔다. 빈 아저씨는 그 코코넛을 마을 사람들에게 팔았다.

프레디 일행은 자신들이 방문했던 관광지의 사진 엽서를 많이 가져왔다. 빈 아주머니는 기뻐하며 거실 벽에 엽서들을 모두 붙여 놓았다.

다른 일행들은 아무것도 가져오지 않았다. 하지만 로버트는 젊은 악어 두 마리를 데리고 돌아왔다. 로버트는 에버글레이즈(플로리다에 있는 악어가 많이 사는 국립 공원)에서 사람들에게 잡혀서 팔려갈 뻔한 악어를 두 마리 구해 주었는데, 로버트가 집으로 돌아갈 때가 되자 두 악어가 너무나 슬프게 울었다. 그래서 로버트는 농장에 악어들을 데리고 오기로 결정했던 것이다. 악어 두 마리는 어디를 가든지 로버트를 졸졸 따라다녔다.

"어미를 따라다니는 강아지들 같아."

위긴스 부인은 로버트처럼 충직한 애완견이 충직한 애완동물을 갖게 된 것이 재미있어 웃음을 터뜨렸다.

헛간 앞마당 여행 주식회사의 봄은 매우 바쁘게 지나갔다. 길은 여행하는 동물들로 꽉 차서 교통 체증이 심각해졌다. 몇몇 자동차 회사가 센터보로 시장에게 가서 불만을 얘기했고, 센터보로 시장은 빈 아저씨에게 전화를 걸어 어떻게든 해결하라고 말했다. 빈 아저씨는 무엇을 어떻게 해야 할지 결정을 내리지 못했다. 그러자 프레디가 센터보로 신문의 사설에 도로 교통에 대한 불평 불만이 실린 것을 동물들에게 알려 주었다. 그 뒤로 동물들은 가능한 한 뒷길을 이용하거나 산이나 들을 가로질러 다녔다.

농장 일은 마술처럼 진행되었다. 빈 아저씨가 말만 하면 시작도 하기 전에 일이 끝나 버렸다. 저녁 식사 때 "내일은 목초지에 쟁기질을 해야지."라고 말하고 아침에 가 보면 벌써 쟁기질이 다 되어 있는 식이었다.

빈 아줌마의 일도 동물들이 많이 도와주었다. 처음에 아줌마는 열두 마리의 다람쥐들이 꼬리로 부엌 바닥을 쓸고 있는 것을 보고는 쫓아내 버렸다. 하지만 다람쥐들이 집안일을 도우려 했다는 걸 알고부터는 내버려두었다.

여러 마리의 작은 동물이 집을 돌아다니면서 쓰레기를 줍고 비질을 하는 동안 아줌마는 흔들의자에 편안하게 앉아서 낮잠을 즐길 수 있었다. 아줌마는 종종 바닥에 떨어져 있는 실을 모아 한가득 입에 물고 버리러 가는 생쥐의 머리를 다독거리며 미소를 지었다. 종종 다람쥐나 토끼, 고양이들 가운데 한 마리가 아줌마의 무릎에 뛰어올라 와서 머리를 긁어 달라고 애교를 부리기도 했다. 동물들은 요리나 바느질, 침대 정리 같은 건 할 수 없었지만 집 안을 깔끔하게 유지하는 데는 한몫했다.

그러나 여행사에서 일하는 프레디와 징크스 그리고 다른 직원들은 점점 쉴 틈이 없어져 갔다. 또 많은 동물들이 여행

북극에 간 프레디

경비를 일로 지불하려고 했기 때문에 해야 할 일보다 일꾼이 더 많아졌다. 예를 들어 프레디나 징크스는 농장에서 정기적으로 해야 할 일은 없어졌지만, 똑같은 장소로 계속 여행 안내를 가다 보니 지쳐 버렸다.

"개인적으로," 프레디가 말했다. "난 센터보로 관광 여행이라면 질렸어. 공공 도서관이나 장로 교회, 트럼불 뒤편의 언덕에서 보는 멋진 광경을 설명하고 또 하는 것도 이제는 고역이야. 게다가 동물들의 불평 불만도 또 어떻고!"

"정말 맞는 말 했어, 프레디." 징크스가 맞장구를 쳤다. "요즘 소나 말은 여행을 불평 없이 다 좋게 받아들여. 하지만 여행에서 몇몇 바퀴벌레들은……. 내 참, 진짜 기분 나쁜 애들이야! 난 여행 내내 바퀴벌레들을 등에 태우고 다녔어. 그런데 어느 날 먼지가 그들의 코로 들어간 거야. 곧 비가 내렸기 때문에 먼지도 더 이상 나지 않았는데 그걸 갖고 불평을 하더니, 아, 글쎄 젖지 않으려고 내 귀로 들어오지 않겠어? 너희들, 이런 황당한 경우를 본 적 있니?"

프레디는 지난 일 년간 매우 심각해졌고 좀 근엄해졌다. 예전의 그는 태평하고 명랑한 젊은 돼지였다. 언제나 농담을 즐기고, 시를 쓰거나 새로운 게임을 만들어 내곤 했다. 하지만 사업에 대한 걱정이 프레디를 짓누르고부터는 미소 짓는 일이 줄어들었다. 원래 돼지의 얼굴은 미소 짓기 좋게 만들어진 얼굴이다. 웃음이 터져나와 꽥꽥거릴 때도 잘생겨 보인 적은 없지만 웃음을 잃어버렸다는 것은 너무나 불행한 일이다.

"이미 알겠지만," 프레디가 말했다. "내가 계산해 본 바로는 우리가 여행을 가도 될 만큼 충분히 일했어. 원하기만 하면 동물들을 데리고 2년 동안 여행을 할 수 있다고. 우리가 가 있는 동안 해야 할 일들이 벌써 다 끝났거든. 이제 우린 앞으로 2년 동안 여행 상품을 팔지 않아도 돼. 자, 내 말 좀 들어 봐. 계획이 있어. 우리, 북극을 한번 찾아가는 게 어때?"

징크스는 북극에 관해 들어 본 적이 없었지만 모른다고 하면 무식하다고 놀림을 받을까 봐 이렇게 대답했다.

"좋아! 대단한 아이디어다, 프레디. 북극에 가려면 어떻게 해야 하는데?"

그러자 프레디는 북극은 세상의 꼭대기에 있는 곳이라고 설명했다. 북쪽으로 계속 가기만 하면 도착할 수 있다고 했다. 북극에 도착한 뒤에는 다시 왔던 방향으로 되돌아가면 남쪽으로 갈 수 있다고 했다. 징크스는 전혀 이해가 되지 않았다. 하지만 몇 달 동안 보낸 삶이 너무 지루했기 때문에 색다른 것이라면 무엇이든 좋았다. 그래서 북극 이야기에 호기심이 생겼다. 징크스는 프레디와 함께 지도가 있는 프레디의 서재로 내려가서 오후 내내 북극 가는 길을 살펴보았다. 그리고는 자기들과 같이 갈 동물들이 있을지 물어보기로 했다.

하지만 이건 여행이 아니라 탐험이었기 때문에 동물들은 대부분 가고 싶어 하지 않았다.

북극에 간 프레디

"우리는 경험이 많고 튼튼한 여행자만 원해," 프레디가 말했다. "위험과 고생을 견뎌 낼 수 있는 동물, 춥고 불편하고 배 고프고 지치는 것쯤은 감수할 만한 동물들 말야. 플로리다 여행과는 사뭇 다르거든. 하지만 이제 누가 플로리다 여행을 바라니? 그렇게 가벼운 여행을 말야! 이건 진짜 모험일 거라고. 그리고 이걸 우리가 이룩해 낸다면 북극을 정복한 첫 번째 동물들이 되는 영예를 얻게 될 거야! 내가 장담하는데, 우리 사진이 뉴욕 신문에 나게 될 거야!"

징크스에게는 이런 정도의 말이면 충분했다. 징크스는 잘생긴 용모에 대해 허영심이 좀 있었기 때문이다. 징크스는 자기 사진이 신문의 제1면에 실리는 걸 보면 얼마나 좋을까 생각했다. 전국에 있는 사람들이 이렇게 말할 것 같았다. "이것 봐! 이것 봐! 여기 북극에 간 대단한 고양이가 있어. 참 잘생겼다."

하지만 징크스가 프레디에게 한 말은 이것뿐이었다. "그래, 우리 언제 떠나지?"

"기다릴 이유가 없지. 바로 지금 동물들에게 말하러 가자."

잘 시간이 다 된 시각에 농장을 지키는 개 로버트, 늙은 말 한크, 위긴스 부인의 동생인 보구스 부인, 냉소적인 늙은 까마귀 페르디난드가 북극에 가는 데 동의했다. 다른 몇몇 동물들은 가고 싶지 않다고 했다. 위긴스 부인도 가지 않겠다고 했다. 자기는 너무 늙었으며, 거친 세상에 나가 돌아다니는 것보다 편안한 것이 더 좋다고 설명했다. 수탉 찰스는 매우 가고 싶어했지만 아내 헨리에타가 들은 척도 하지 않았다. 동물들 대부분은 눈과 얼음을 빼곤 아무것도 없는 땅을 탐험하기 위해 편안한 집을 떠나는 것은 매우 멍청한 일이라고 생각했다. 불편하기도 하고 또 위험할 것이 뻔했기 때문이었다.

하지만 이런 현명한 주장도 여섯 탐험가들을 설득하지는 못했다. 여섯 탐험가들은 역사를 만들어 내고, 지금까지 알려지지 않은 미지의 바다를 항해하고, 미지의 대륙의 지도를 그리고, 편안함 대신 영광에 신경을 쓰고, 위험이나 곤란한 상황에서도 웃을 수 있는 그런 모든 용감한 정신을 좋아했다.

드디어 일주일이 지난 밝은 아침, 그들은 위험한 여행을 떠날 준비를 했다. 맨 먼저 흰색의 늙은 말 한크가 플로리다에서 가지고 온 낡아빠진 사륜 마차를 끌고 도착했다. 마차 안에는 프레디와 징크스가 타고 있었다. 그런데 마차 안은 쓰다 버린 담요와 낡은 겨울 코트로 꽉 차 있었다. 그것은 농장의 동물들이 용감한 탐험가들에게 주는 선물이었다. 북극 지방에서 따뜻하게 보내기를 바라는 마음에서 근처 농장을 돌며 모아 온 것이었다.

보구스 부인이 마차 뒤를 따라 걸었다. 마차가 흙더미를 마주치자 보구스 부인은 한크를 도와 이마로 마차를 밀었다. 로버트는 그 옆을 뛰어가고, 페르디난드는 별로 좋지 않은 자리인 진흙밭이 위에 앉아 눈을 감고 있었다. 농장 앞마당을 벗

　　　　북극에 간 프레디

어날 때쯤 이미 여섯 탐험가들은 지쳐 보였다.

빈 부부는 물론 이 여행에 대해 아는 바가 전혀 없었다. 하지만 밖에서 웅성거리는 소리를 듣고는 아침을 먹다 말고 현관 밖으로 뛰어나왔다.

"믿을 수가 없어요," 빈 아줌마가 말했다. "또 다른 여행을 시작했다니! 저런저런. 놀라운 일들이 절대 멈춰지지 않을 거예요."

"그렇구려, 부인." 빈 아저씨가 답했다. "자, 이제 이번에는 쟤네들이 어디로 가는지가 궁금하구려. 동물들이 하는 말을 알아들을 수 있었으면 좋겠소. 헤이, 한크!" 빈 아저씨가 한크를 불렀다. "잠깐만! 거기서들 기다리고 있어!"

그러자 한크는 공손하게 멈추었다. 빈 아저씨는 집으로 뛰어들어가서 두 번째로 아끼는, 잠잘 때 쓰는 모자를 들고 나왔다. 그것은 빨간 술이 달린 하얀 모자였는데, 빈 아저씨는 그걸 마차의 꼭대기에 묶었다.

"얘들아," 빈 아저씨가 말했다. "자, 이제 너희도 깃발을 갖게 됐구나. 잘 가라, 동물들아! 좋은 시간 보내고 오너라! 여행하다 지칠 때면 항상 따뜻하고 포근한 집이 너희를 기다리고 있다는 걸 잊지 말거라!"

"잘 가거라!" 빈 아줌마가 외쳤다. "자동차 조심하고, 통풍구에는 앉지 말고, 천둥 칠 때 나무 아래로 가지 말고, 너무 늦은 저녁까지 깨어 있지 말고 또 ……."

하지만 빈 아줌마의 남은 충고는 뒤에 남아 있던 동물들의 환호에 묻혀 버렸다. 탐험가들의 행렬이 대문을 지나갈 때 빈 아저씨 부부는 집의 기둥 옆에 서서 그들을 향해 손을 흔들었다.

하지만 페르디난드는 환호성과 앞발, 앞발톱, 굽, 손수건들을 흔드는 광경에도 불구하고 진흙받이에 앉아 절대 눈을 뜨지 않고 있었다.

4
페르디난드 돌아오다

　농장의 삶은 여름 내내 조용하게 흘러갔다. 헛간 앞마당 여행 주식회사의 명성은 나날이 높아졌다. 점점 더 많은 동물들이 여행에 관해 문의하기 찾아왔다. 수탉 찰스는 사무실에서 동물들의 질문에 대답하고 여행 그룹을 짜는 일로 이른 아침부터 늦은 저녁까지 아주 바쁘게 지냈다.

　첫주가 지난 뒤부터 새들이 겨울을 나기 위해 남쪽으로 날아가는 가을까지는 탐험가들의 소식을 들을 수 없었다. 그 뒤로 가끔씩 딱따구리나 목이 흰 명금(북미산 참새)이 커다란 느릅나무에 내려앉아 소식을 전해 주곤 했다. 동물들은 모든 것이 잘되어 가고 있다는 걸 알게 되었다.

　동물들이 들은 소식은 다음과 같았다. 프레디가 독감에 걸렸지만 지금은 좋아졌다는 것, 페르디난드가 도둑질하는 어치새들하고 싸우다가 아주 지독히 물렸다는 얘기, 탐험의 가장 큰 목표는 크리스마스가 되기 전까지 북극에 당도하는 것이라는 것, 그렇게 되면 집에는 한여름에 돌아오게 될 것이라는 얘기들이었다.

겨울이 되면서 소식이 끊겼다.

봄이 되자 10월부터 느릅나무에서 살아온 두 마리의 박새가 북부 지방으로 출발하겠다고 발표했다. 찰스가 겨우내 박새들에게 내 준 곡식과 소기름의 대가로 모험을 떠난 동물들의 소식을 알아오기로 했던 것이다. 박새들은 봄에 래브라도에 둥지를 틀 계획이어서 농장에는 그 전에 오기로 했다. 하지만 박새들은 돌아오지 않았다. 아무래도 도중에 매나 고양이에게 잡아먹힌 듯했다. 박새들은 그곳까지 갔다가 농장으로 돌아오는 건 너무 멀다고 결론을 내리고 그저 그 친구들은 잘 지내고 있더라고 말하는 게 나았을 것이다. 하지만 아직도 그들은 돌아오지 않았고, 동물들은 걱정하기 시작했다. 찰스는 이제 다 자라서 늘씬한 닭이 된 여덟 명의 딸들을 매일 한 명씩 헨리에타에게 보냈다. 헨리에타가 절망에 빠져 대문 기둥에 앉아 탐험가 친구들이 혹시 돌아오는지 바라보고 있었기 때문이었다. 하지만 7월이 지나고 8월이 지나도록 아무도 돌아오지 않았다.

그러던 어느 날, 동물들은 무슨 일이든 해야겠다고 마음먹었다. 위긴스 부인이 생각하기에는 정말 무슨 일이 일어난 게 아닐까 싶었다.

"난 밤마다 잠을 못 이뤄." 위긴스 부인이 말했다. "사랑하는 친구들이 추위에 떨면서 아무것도 먹지 못하고 있을 걸 생각하면 잠을 못 자겠어. 그리고 무엇보다 내 동생 보구스 부인이 거기 있잖아. 조카 마리에타는 엄마 생각에 매일 베개를 적시며 운다고. 뭔가 해야만 해, 뭔가 해야 한다고. 난 혼자라도 갈 거야. 나가서 그들을 찾아봐야겠어. 나랑 같이 갈 사람? 없으면 혼자라도 갈 거야."

"진짜 존경할 만한 해결책이야. 위긴스 부인," 찰스가 말했다. "매우 용감하고 고귀한 해결책. 나도 종종 생각해 봤어, 구조대를 만드는 걸 말이지."

"그럼 왜 얘기하지 않았어?"

위긴스 부인이 물었다. 하지만 그녀는 수탉에게서 그런 아이디어가 떠오를 리가 없다는 걸 잘 알고 있었다.

"난 기다리는 게 최선이라 생각했지." 찰스가 위엄 있게 말했다. "정말 뭔가 잘못된 게 틀림없다고 확신하게 될 때까지 말야. 친구들을 구하러 간답시고 길을 떠났는데 1킬로미터도 채 못 가서 집으로 돌아오는 친구과 마주치면 좀 멍청해 보이지 않겠어? 안 그래?"

"그것보다 멍청하게 보이는 건 없겠지." 위긴스 부인이 냉큼 말하고 말을 이었다. "이기적이지 않은 거드름쟁이 수탉이 친구들이 돌아오리라는 걸 알고 있었어야 했을 테니까.”

“네 말에 대꾸는 하지 않겠어.” 찰스가 말했다. “네가 걱정하고 있는 거 나도 알고 있었어. 나도 너와 같으니까 말야. 확실한 건, 너 혼자 찾아가도록 놔두지는 않을 거란 사실이야. 농장에 사는 동물들 모두가 구조대에 참가하고 싶어 할 테니까. 개인적으로 ……”

“가고 싶은 동물은 따라와도 좋아.” 위긴스 부인이 찰스의 말을 끊고 말했다. “난 내일 아침에 떠날 거야.” 그렇게 말하고는 찰스에게 등을 돌리고 우울하게 되새김질을 했다.

다음 날 아침, 날이 밝자 위긴스 부인은 조금도 머뭇거리지 않고 북쪽으로 떠나기 위해 외양간 밖으로 나갔다. 그런데 외양간 앞에는 많은 동물들이 기다리고 있었다. 전날 오후에 찰스가, 여덟 명의 딸들과 일곱 명의 아들을 주변 모든 농장에 보내서 구조대에 참가할 사람을 구한다는 말을 전했던 것이다. 페르디난드를 제외하고는 앞서 떠난 탐험대원 모두 동물들에게 인기가 있었기 때문에 거의 모든 동물들이 구조대로 나서는 데 동의했다. 그렇게 모인 동물들은 위긴스 부인이 외양간에서 나오자 환호성을 질렀고 그 결과 빈 아저씨 부부가 잠옷 차림으로 창가에 나오도록 만들고 말았다.

“이게 다 무슨 일이야?” 위긴스 부인이 주위에 몰려든 동물들에게 물었다.

찰스가 앞에 나서서 설명했다.

"이게 다 무슨 일이야?" 위긴스 부인이 주위에 몰려든 동물들에게 물었다.

"물론, 우리 모두가 갈 수는 없어. 여기 모인 동물들 중 백 명 가까이 지원을 하기는 했지만 구조대는 열 명에서 열다섯 명으로 구성해야 돼. 그 이상은 안 돼. 그래서 우리 중 대부분은 영광스런 모험에 참가하는 특권을 포기하고 집에 남아야만 해. 실망스럽겠지만 우리는 의무를 다하기 위해 분명히 자발적으로 나왔다는 것만으로 행복해하자고. 나중에 낭패 보기 싫으면 지금이라도 빠져."

찰스는 동물 무리에게 돌아서서는 말을 이었다.

"내가 예를 들어 보일게. 자발적으로 구조대에서 빠지는 걸로 말이지. 난 정말 이 모험을 마음속으로 고대하긴 했지만 헌신적인 구조대가 출발하는 걸 눈물 한방울 흘리지 않고 볼 수 있을 것도 같아. 그리고 난……."

찰스의 연설은 끝날 줄을 몰랐다. 그때 화가 나서 꼬꼬댁거리는 헨리에타, 바로 찰스의 아내가 동물들 틈을 비집고 찰스에게로 다가왔다.

"내가 지금 들은 말이 무슨 뜻이지?" 헨리에타가 물었다. "안 간다고? 그렇게 말한 거야? 그래, 당신이 집에 남아 있는 걸 두고 보라 이거지? 당신은 세상에 알을 깨고 나오지도 말았어야 해. 이게 내가 하고 싶은 말이야! 친구들이 굶주리고 위험에 처해 있는데 저버리겠다고? 이런 비겁한 겁쟁이 같은 말은 난생 처음 들어! 당신은 가야 해. 그리고 나도 같이 갈 거야. 당신이 잔꾀 같은 건 부릴 생각도 못하게 말야."

"쯧쯧, 내 사랑," 찰스가 속삭였다. "당신이 잘못 생각한 거야. 물론 난 갈 거야. 하지만 여기 있는 모든 동물들이 갈 수는 없다고. 그래서 난 순전히 ……."

하지만 헨리에타는 날개로 찰스를 옆으로 밀어 버렸다.

"조용히 하게나, 젊은이. 그게 신상에 좋다는 건 물론 알고 있겠지? 자, 그리고 위긴스 부인," 헨리에타가 말을 이었다, "당신이 원하는 건 가능한 한 빨리 떠나는 거라는 걸 알아요. 내 남편이 계속 말하게 두었다가는 우리는 이번 주 안에 출발조차 할 수 없을 거예요. 내가 제안을 하나 할게요. 당신이 직접 동물을 선택하는 게 어때요? 공정하지 않아요, 여러분?"

그들은 모두 동의하고 긴 줄을 만들었다. 그 줄은 꽤 길어서 헛간 앞마당을 두 번 돌고도 남았다. 위긴스 부인은 이리 갔다 저리 갔다 하면서 선택하려고 했지만 동물들이 모두 가고 싶어했기 때문에 어느 누구의 마음도 상하게 하고 싶지 않았다. 그러다 마침내는 너무나 혼란스러워져서 헛간 앞마당 가운데 앉아 울음을 터뜨렸다.

위긴스 부인은 교육을 많이 받지는 못했지만 따뜻한 마음을 가지고 있었다. 그래서 모든 동물들이 그녀를 좋아했다. 동물들은 그녀를 격려하기 위해 주변으로 모여들었다. 하지만 그녀를 둘러싼 동물이 너무나도 많아 바깥쪽에 있는 동물들은 더 가까이 가기 위해 밀기 시작했고, 안에 밀쳐진 동물들은 밀리지 않기 위해 뒤돌아서 밀어냈다. 순식간에 헛간 앞마당은 화가 잔뜩 난 동물들이 폭도가 되어 으르렁거리고 밀고 밀치는 아수라장이 되고 말았다. 그리고 그 가운데에 앉아 있는 위긴스 부인은 숨이 막혀 기절할 지경에 이르렀다.

그 다음 순간 어떤 일이 일어났을까? 만일 바로 그 순간 울타리에 앉아서 길 쪽을 바라보던 찰스의 맏딸 레아가 마당으로 뛰어들어 페르디난드를 보았다고 말하지 않았다면 말이다.

모든 동물들은 즉시 싸움을 멈추고는 대문을 향해 뛰어갔다. 약 400미터 정도 앞에 작고 까만 물체가 그들을 향해 걸어오고 있었다. 절뚝거리며 밑으로 처진 한쪽 날개로 먼지를 쓸면서 오는 까만 물체. 그건 확실히 까마귀였다. 그리고 가까워질수록 진짜 페르디난드라는 걸 알아볼 수 있었다.

동물들은 페르디난드를 둘러싸고 귀가 멍해질 정도로 질문을 해 댔다. 페르디난드가 대답을 했어도 동물들은 듣지 못했을 것이다. 페르디난드는 대문을 지나 마당을 가로질러 헛간 안으로 터덜터덜 걸어 들어갔다. 그리고는 물통으로 가서 물을 실컷 마시고 난 뒤 바깥으로 나오더니 발톱을 들어올려 조용히 하라는 몸짓을 했다.

"나의 친구들," 페르디난드가 입을 열자 동물들은 속삭이던 걸 멈추고는 더 좋은 자리를 맡으려고 서로 뒤섞였다. "난 거의 두 달 동안 길에서 지냈어. 계속 걸어왔지. 여러분이 보시다시피 날개가 부러졌기 때문이야. 그동안 일어났던 일을 모

북극에 간 프레디

두 얘기하자면 너무 길어. 난 도움을 청하러 돌아왔고, 우리는 즉시 출발해야 해. 석 달 전에 우리는 북극해에 도착했어. 우리는 프레디가 지도에서 북극으로 가는 경로를 찾는 동안 바닷가에 캠프를 만들었지. 그때까지는 모든 것이 순조로웠어. 우리는 매우 행복했고, 담요로 만든 텐트 안에서 편하게 지냈어. 북극에 사는 동물들은 몇몇을 제외하고는 모두 우리에게 친절했고 도움을 주었어. 근데 다른 날보다 좀 따뜻해진 어느 날 밤 우리들 주변의 얼음들이 갈라지면서 쿵 하고 울리는 소리가 난 거야. 얼음이 갈라지고 녹는 소리였어. 우리는 바닷가에서 충분히 떨어져 있는 얼음 위에 캠프를 만들었기 때문에 안전하다고 생각했지. 하지만 아침이 되어 텐트 문을 나섰을 때 캠프를 둘러싸고 있는 것이 물이라는 걸 알았어. 우리가 캠프를 쳤던 곳이 밤 사이 떨어져 나와 북극해의 가운데에 떠 있는 빙산이 된 거야."

동물들은 흥분해서 저마다 소리 지르고는 페르디난드의 이야기를 자세히 듣기 위해 더 가까이로 몰려들었다. 위긴스 부인은 흐느끼며 말했다. "불쌍한 내 동생."

"위긴스 부인, 너무 놀랄 필요 없어." 페르디난드가 위긴스 부인을 위로했다. "당신 동생은 아주 안전해. 동생을 다시 보게 될지는 잘 모르지만 말야. 이야기를 계속할게. 남은 식량이 아주 많았고 모피 코트와 텐트 덕분에 우리는 따뜻하게 지낼 수 있었어. 하지만 우리는 바다에서 표류하고 있었지. 날이 갈수록 우리가 타고 있던 빙산은 천천히 녹았고, 큰 덩어리들이 갈라져 나가 떨어졌어. 빙산이 점점 작아져서 우리가서 있지도 못할 정도가 되는 건 시간 문제였지. 날 수 있는 탐험대원은 나밖에 없었기 때문에 도움을 청하기 위해 다른 몇몇 동물들과 정찰대로 나서게 되었어. 정찰대에 자원한 동물들은 무엇이든 하려고 했지만 할 수 있는 일은 정말 아무것도 없었어. 그러던 어느날 고래들이 와서 빙산을 머리로 밀어 주었어. 육지로 밀어 주려 애썼지만 너무나 미끄러워서 서로 부딪히게 되었지. 결국 고래들도 포기하고 말았어."

"나는 하늘로 날아올랐다가 빙산이 육지에 가깝게 가고 있는 것을 보게 되었어. 계산해 보니 이틀 안에 육지에서 약 800미터 정도 떨어진 곳을 지날 수 있겠더라고. 그건 우리가 탈출할 수 있는 유일한 기회였지. 그래서 육지와의 거리가 가장 가까워졌을 때 수영을 하기로 결정했어. 하지만 수영 챔피언인 프레디조차도 얼음물이 너무 차가워서 오래 헤엄칠 수 있을지 걱정이 되었어. 그래도 우리는 한번 해 보자고 마음을 굳게 먹고는 얼음 동굴에서 나왔어. 근데 그 순간 빙산 옆에 배가 보였고 그 배의 선원들이 가파른 곳으로 올라오고 있는 게 보였어. 그들은 동굴 밖 암붕(암벽의 측면이나 특히 해안과 가까운 바닷속에 선반처럼 삐죽 튀어나온 바위, 여기에서는 그런 모양의 얼음) 위에 있던 사륜 포장 마차를 보고는 그곳에 왜 그런 마차가 서 있는지 알아내기 위해 온 것이었더라고."

"선원들은 바다 위에 떠 있는 빙산 위에 소, 고양이, 개, 돼지, 말, 까마귀가 있는 걸 보고는 매우 놀랐어. 그들은 우리를 모두 배에 태워 주고는 야단법석을 꽤 떨었지. 그들은 특히 보구스 부인과 함께 있는 것을 무척 기쁘게 여겼어. 왜냐하면 그들은 6개월 동안 캔에 든 농축 우유 말고는 신선한 우유를 구경도 못했기 때문이었지. 우리가 모두 배에 올랐을 때 프레디가 나를 옆으로 데리고 가서 이렇게 말했어. '페르디난드, 이들에게 잡히지 마. 이 선원들은 아마 우리를 보내 주지 않을 거야. 하지만 네가 자유로우면 우리에겐 아직 희망이 있어.' 그래서 난 그들이 올라오지 못하는 빙산 꼭대기로 올라갔어. 난 이틀을 그 주변에서 머물렀지. 선원들은 동물들을 왕이나 여왕처럼 대했어. 그들은 돌아가면서 한크를 갑판에서 산책시켰고 징크스와 로버트에게는 가죽 목줄을 달아 주었어. 특히 그들은 보구스 부인을 너무 좋아해서 그녀에게는 창가에 레이스 커튼이 달린 선실도 하나 내주었지. 선장은 갑판에 보구스 부인이 나타나면 모자를 벗어 인사했어. 그들은 프레디에게도 잘 대해 줬지만 프레디를 볼 때마다 침을 흘리는 것 같았어. 한번은 프레디가 지나가는데 항해사가 선장 갈비뼈를 툭 치면서 이렇게 말하는 거야. '지금 돼지 무릎살과 절인 양배추 요리 어때요, 예? 후커 씨.' 그랬더니 선장이 이렇게 말하는 거야. '돼지 갈비살! 포메로이 씨, 난 갈비살이 좋네. 사과를 약간 곁들여서." 그리고는 둘이 동시에 입맛을 다시더니 이를 드러내고 히죽거리는 거야."

"거기선 내가 도움될 만한 일이 없었어. 나로서는 그들의 말을 그저 농담이라고 생각하는 수밖에는. 왜냐하면 그들은 프레디 얼굴이 창백해지는 걸 보려고 하는 것 같았으니까. 세 번째 날 프레디가 내게 말하더라고. '넌 지금 떠나는 게 좋겠어. 난 이 배가 고래잡이 배라는 걸 알아냈어. 하지만 이 사람들은 고래를 한 마리도 잡지 못했대. 그래서 휴가를 갖기로 했대. 산타 클로스의 집을 찾을 수 있는지도 보고 말야. 너희도 알지? 산타 클로스가 북극 어딘가에 살고 있다는 것 말야. 그들은 북극으로 계속 항해를 하다가 얼음에 갇히게 되면 걷기로 했대. 넌 가능한 빨리 집으로 날아가는 게 좋아. 집에 가서 우리를 도와줄 친구들을 데려와.' 그렇게 말한 뒤 이별 인사를 했어. 프레디는 슬픔에 잠겨서 말했어. '페르디난드, 날 다시 못 볼지도 몰라. 여기 선원들은 착하고 친절해. 하지만 모두 덩치가 크고 뚱뚱하며 돼지 고기를 먹는 사람들이지. 난 보기만 해도 그 사람이 돼지 고기를 먹는지 안 먹는지 알 수 있어. 저 사람들은 날 보고 군침을 너무 흘려서 내 얼굴을 빨개지게 만들곤 하거든. 그리고 배고픈 사람에게 우정이 무슨 대수겠어?' 내가 말했어. '힘을 내. 너 같은 작은 돼지로는 선원 한 명분의 아침거리밖엔 만들지 못해. 저 사람들은 아마 너를 먼저 살찌우려고 할 거야. 그러니까 넌 다이어트를 해야 해. 항상 칼로리를 살피고, 전분이 들어간 음식은 먹지 마. 넌

　　　　북극에 간 프레디

계속 이 상태에서 머물게 될 거야. 내가 친구들을 데리고 와서 나쁜 일이 생기기 전에 너를 구해 줄게.' 하지만 내 말이 프레디를 안심시키진 못한 것 같아. 왜냐하면 프레디는 세상에서 먹는 걸 가장 좋아하거든. 난 이별을 하고 집을 향해 날아오기 시작했어. 밤낮으로 날았는데도 여기 도착하기까진 꽤 오래 걸렸어. 나흘째 되던 날 밤에 전선에 걸려서 날개가 부러지지 않았다면 훨씬 더 일찍 왔을 텐데 말야. 날개는 밤새 낫고 있는 중이야. 다음 주에는 날 수도 있을 거야. 하지만 그동안은 걸어야만 했어."

  "자, 이제 충분히 얘기했어. 이제 북극 가까이에서 포로 생활을 하고 있는 우리 친구들과 이웃들을 구해 내러 갈 지원자를 뽑을게. 갈 사람?"

5
구조대

물론 동물들은 구조대를 모두 지원했다. 하지만 페르디난드는 동물들을 줄을 세우고는 곧바로 다섯만 뽑고 나머지는 해산시켰다.

페르디난드가 뽑은 동물들은 그룹을 지어 페르디난드 주위로 몰려들었는데, 그 모양이 아주 으스대는 것처럼 보였다. 거기에는 위긴스 부인, 커다란 검둥개 잭, 현명한 늙은 회색 말이 있었다. 이 회색 말은 센터보로 근처에 살고 있는 말로, 예전에 서커스에서 일한 적이 있었다. 한크의 삼촌이었기 때문에 모두들 윌리엄 아저씨라고 불렀다. 그리고 숲의 뒤편에 살고 있는 세실이라고 불리는 고슴도치도 끼어 있었다. 세실은 매우 느리고 게으른데다 좀 멍청하기까지 했다. 하지만 페르디난드 생각으로는 같이 데리고 갈 만한 좋은 대원이었다. 왜냐하면 고슴도치는 어디든 갈 수 있고, 어떤 동물도 그를 괴롭히지 않을 것이기 때문이다.

마지막으로 뽑힌 대원은 페르디난드의 아주 친한 친구로 심술궂어 보이는 염소 빌리(그의 이름은 원래 빌이다)이다. 이 염소를 좋아하는 동물은 아무도 없었다. 왜냐하면 까다로운 데다 심술궂었기 때문이었다. 단 한 가지 좋은 점이라고는 페르디난드를 꽤 좋아한다는 것이었다. 그 둘은 먼 목초지로 내려가 몇 시간이고 함께 머리를 맞대고 보냈다. 다른 동물들은 까마귀의 거친 웃음소리와 염소의 심술궂게 낄낄거리는 소리를 들으면서 이들이 뭔가 음모를 꾸미고 있는 게 아닐까 생각하곤 했다. 하지만 그들의 대화 내용이 무엇이었는지는 어느 누구도 알아낸 적이 없었다.

위긴스 부인의 요청에 따라 찰스와 헨리에타도 구조대에 참가하는 걸 허락받았다. 페르디난드는 마땅치 않아 했다. 왜냐하면 가금류(인간 생활에 유용하게끔 길을 들이고 품종 개량한 것, 예를 들면 닭, 집오리, 칠면조, 거위, 집비둘기, 꿩 등)가 많이 따라오는 걸 원치 않았기 때문이었다. 게다가 플로리다로 첫 번째 여행을 갔던 생쥐 네 마리가 찾아와 함께 가겠다고 대담하게 얘기하자 페르디난드는 거친 웃음을 터뜨리며 소리쳤다.

"생쥐까지! 누구, 북극 탐험에 생쥐가 있었다는 얘기 들어 본 적 있니? 너희가 무얼 할 수 있는지 알고 싶다. 해마랑 싸울 수 있니? 북극곰을 이길 수 있냐고. 이 소리 좀 들어 봐, 빌. 누가 구조대에 들어오기를 원하는지 봐. 왜? 너무 작아서 보기가 힘들다고?"

생쥐들에게 몸집 크기를 가지고 농담하는 것만큼 자존심 상하는 일은 없었다. 어크, 퀵, 이니, 아우구스투스는 빌과 페르디난드의 커다란 웃음소리, 그리고 다른 동물들이 숨죽여 킥킥거리는 소리를 듣고는 분노에 휩싸여 사나워졌다.

"우리가 뭘 할 수 있냐 이거지?" 하고 이니가 소리쳤다. 그는 땅콩 위에 서서 될 수 있는 한 커다랗게 휘파람을 불었다. "그게 뭔지 당장 보여 주지! 이 크고 까만 가짜 솜뭉치 박제 장식물 같으니! 얘들아, 이리 와!"

그렇게 말하고는 퀵과 아우구스투스가 빌에게 덤벼드는 동안 이니와 어크는 페르디난드에게 덤벼들었다. 염소 다리를 타고 올라가서 염소가 흔들어서 그들을 털어내기도 전에 등으로 올라가 귀를 물어뜯기 시작했다. 페르디난드는 부리로 그들을 쪼아서 떨어뜨리려고 했다. 하지만 생쥐들은 뒤에서만 달려 들었고, 기회만 생기면 페르디난드의 발목을 꼬집어 뜯었다. 페르디난드가 아파서 까악까악거릴 때까지. 그동안 빌은 생쥐 두 마리를 떼어내느라 미친 듯이 머리를 흔들고 날뛰고 껑충껑충 뛰었다. 하지만 생쥐들은 여전히 매달려서 날카롭고 작은 이빨로 깊이 물고 있었다.

"그만!" 페르디난드가 소리쳤다. "아악! 그만하란 말야! 내가 다 취소할게. 너희는 사자나 호랑이보다 더 지독해. 가게 해 줄게. 네가, 으악! 네가 그만두기만 하면!"

그러자 어크와 이니는 싸움을 그만두고 문지방에 앉았다. 그리곤 아무 말도 하지 않았다. 싸움에서 이겼는데도 계속 싸우는 것은 정말 멍청한 일이기 때문이었다. 다른 두 마리도 빌의 등에서 뛰어내려 옆에 앉았다.

그 뒤에 페르디난드는 연설을 시작했다. 꽤 괜찮은 연설이었지만 다른 모든 연설이 그렇듯이 좀 긴 편이었다. 페르디난드는 동물들에게 자신이 구조대의 대장이 될 거라고 말했다. 왜냐하면 자기는 북극에 가 본 경험이 있고, 어느 길로 가야 하는지 알고 있기 때문이다. 그리고 자기의 명령에 기꺼이 따르지 않으려거든 지금 당장 빠지는 게 좋을 거라고 했다. 마지막으로 페르디난드는, 이 여행은 길고 힘들고 위험하니 모든 동물들은 각자의 의무를 충실히 이행할 것을 기대한다고 말하고 끝을 맺었다.

페르디난드의 연설이 끝나자 생쥐들은 위긴스 부인의 등에 올라타고, 찰스와 헨리에타는 윌리엄 아저씨의 등에 올라타고, 페르디난드는 빌의 뿔에 올라앉았다. 구조대는 집에 남는 동물들의 긴 환호성 속에서 출발하기 시작했다.

처음 며칠간은 쾌적한 농장 지역을 지나면서 착실하게 여행을 했다. 이곳 사람들은 길가에서 많은 동물들을 보는 데 익숙했기 때문에 귀찮은 일은 일어나지 않았다. 하지만 좀더 북쪽으로 가자 농장들은 보이지 않고 삼림 지대가 나타나기 시작했는데 그곳 사람들은 구조대를 호기심에 가득찬 눈으로 바라다보았다. 사람들에게 잡혔다가 가까스로 탈출하는 일이 한두 번 일어나자 구조대는 밤에만 걷기로 했다.

세실과 함께 여행을 하는 건 꽤나 힘든 일이었다. 고슴도치들은 빨리 걷지 못하기 때문이었다. 그리고 세실은 항상 뒤처져서 다른 동물들을 기다리게 만들었다. 동물들은 윌리엄 아저씨의 등에 태우려고 했지만 한번 시도해 보고는 포기했다. 여러분도 짐작했겠지만 몸에 난 침들이 바늘처럼 날카로워서 세실이 움직일 때마다 윌리엄 아저씨를 찔러 댔기 때문이었다. 세실은 너무너무 미안하다고 사과했다. 그 뒤로 세실은 다시 걸었고, 다른 대원들은 세실의 느린 속도를 참아야 했다.

그들이 숲으로 계속 걸어 들어갈수록 숲은 점점 울창해지고 야생 그대로의 모습으로 변해 갔다. 길은 점점 좁아지고 바퀴 자국이 많아졌다. 동물들이 볼 수 있는 집들은 점점 줄어들었고, 집과 집 사이의 거리도 점점 멀어졌다. 첫주의 마지막 날 페르디난드의 날개는 회복되었다. 그래서 페르디난드는 먼저 앞으로 날아가서 지형을 살피고 돌아와 지름길로 대원들을 인도했다.

어느 날 밤, 구조대는 세인트 로렌스 강을 가로지르는 긴

다리를 건넜다. 다리를 건넜다는 것은 구조대가 캐나다에 도착했다는 뜻이었다. 그런데 구조대가 다리를 건너는 데 약간의 문제가 생겼다. 왜냐하면 세관원들이 다리의 양끝에서 여행객들이 가지고 있는 '어떤 물건' 들에 대해 세금을 물리기 위해 기다리고 있었기 때문이었다. 이 '어떤 물건' 이란 세금을 내지 않고는 그 나라에 들여올 수 없는 물건을 말하는 것으로, '관세 품목' 이라고 부른다. 물론 동물들은 가방을 갖고 있지 않았다. 하지만 캐나다 세관원은 어떤 동물은 그 자체가 관세 품목이라고 생각했기 때문에 그들을 잡아 두었다.

"어디 보자." 세관원이 말했다. "우유와 가죽 제품, 쇠고기와 가죽……. 잘 모르겠어. 하지만 모두에게 관세가 붙을 만한데."

그러더니 작은 책을 꺼내서 페이지마다 훑어보기 시작했다. 위긴스 부인, 찰스와 헨리에타에게 세금을 매길 수 있는지 찾아보는 것 같았다. 상황이 잠시 좋지 않아 보였다. 그때 페르디난드가 염소의 귀에 대고 뭐라고 속삭이고는 바로 세관원에게 날아가 손에 들고 있던 책을 쳐서 떨어뜨렸다. 세관원이 허리를 굽혀서 주우려고 하자 빌이 머리를 숙여 세관원에게 돌진했다. 빌은 구부러진 딱딱한 염소뿔로 세관원의 엉덩이 부분의 바지를 걸어서 세관원을 길가 옆 도랑으로 밀어넣어 버렸다. 그리고 세관원이 일어서기 전에 동물들은 재빨리 밤의 어둠속으로 도망쳤다.

이 일이 일어난 지 얼마 뒤부터 차츰 길이 사라졌다. 동물들은 깊은 숲 속을 터벅터벅 걸어갔다. 숲의 동물들은 구조대원들에게 늪이나 호수를 피해 가는 방향과 길을 친절하게 알려 주었다. 종종 사슴이 하루가 넘게 숲의 오솔길을 안내해 주었다. 사슴은 바깥 세상에서 일어나는 소문과 이야기를 듣는 것을 좋아했기 때문이었다. 사슴은 호기심이 많았지만 성격이 너무 소심해서 결코 자신의 영역 밖으로 나가 본 일이 없었다. 그래서 몇 가지의 사건만으로도 한 달 동안의 얘깃거리가 되었다. 사슴은 구조대 얘기를 자기 친구들에게 말하고 또 할 것이다. 그리고 그의 친구들 또한 자신의 친구들에게 얘기할 것이고…… . 그들은 이 이야기가 북쪽 나라 전체에다 알려질 때까지 얘기할 것이다. 하지만 사슴은 매우 정직한 동물들이기 때문에 소문이 유언비어가 되는 경우는 전혀 없었다.

어느 날 오후 구조 대원들은 어두운 숲에서 벗어나 빛나는 호수에 도착하게 되었다. 빠른 걸음으로 오래 걷다 보니 대원들의 발은 불이 날 정도로 뜨거워졌고 더러웠다. 호숫가에는 하얗고 고운 모래가 차가운 물까지 경사져 있었다. "와!" 하는 환성과 함께 동물들은 미끄러져 내려갔다. 호수에서 물을 튀기며 소리를 치고 갖가지 장난을 치면서 즐겁게 놀았다. 하지만 여러분도 알겠지만 이 장난은 남에게 할 때는 재미있지만 당하는 입장에선 전혀 즐겁지 않다. 생쥐들도 두 개의 돌

사이에 있는 작은 풀장을 발견했다. 깊이는 2센티미터가 되어 보이지 않았다. 프레디에게 수영 교습을 받은 적이 있는 이니는 동료 생쥐들에게 개구리 헤엄을 치는 방법을 보여 주었다. 물론 생쥐는 결코 훌륭한 수영 선수가 될 수는 없었다.

위긴스 부인도 훌륭한 수영 선수가 아니기는 마찬가지였다. 그녀는 집에 있는 연못에서 수영을 배운 적이 있으며 꽤 연습을 했지만 너무 서툴렀다. 겁을 많이 집어먹은 위긴스 부인을 보고 모두들 웃어 댔다. 위긴스 부인도 따라서 웃어 대다가 그만 물을 많이 삼키는 바람에 질식할 뻔해서 물가로 끌어올려졌다. 그래서 그 다음부터는 물장난만 치기로 했다.

그런데 이때 심술쟁이 빌이 위긴스 부인의 머리를 물속에 넣는 장난을 치기로 했다. 빌은 위긴스 부인의 등에 올라타더니 부인을 물속으로 밀어넣었다. 물속으로 들어갔다가 물 위로 머리를 내민 위긴스 부인은 놀라 어쩔 줄 몰라했다. 동물들은 모두 웃어 댔다. 그러자 빌이 다시 장난을 쳤다. 몇 번의 장난 끝에 위긴스 부인은 물가로 걸어올라가 모래 위에 앉더니 이렇게 말했다.

"난 한 번의 장난도, 그 다음 장난도 좋아. 하지만 더 이상은 안 돼. 이제 충분하다고."

늦은 오후의 햇볕이 별로 따뜻하지 않아 그녀는 조금씩 떨기 시작했다. 그래서 몸을 데우기 위해 호숫가를 따라 걷기로 했다. 위긴스 부인은 물가의 끝으로 내려가서 주변을 돌아보 있다. 근처에 또 다른 자그마한 다른 물가가 있었다. 그 뒤편 개간지에는 금방 쓰러질 듯한 집이 서 있었고, 그 근처에 옥수수가 자라고 있었다. 위긴스 부인은 옥수수를 좋아했다. 집에는 사람이 없는지 아무도 보이지 않았다. 하지만 위긴스 부인은 "후회하느니 안전한 편이 낫지." 하고 혼잣말을 하고는 몸을 낮춰서 덤불 사이로 기어가려고 했다. 예전에 징크스가 새에게 살금살금 다가가는 걸 본 적이 있어 징크스 흉내를 낸 것이다. 하지만 징크스처럼 할 수는 없었다. 위긴스 부인은 엄청나게 시끄러운 소리를 냈고, 그 모습은 정말이지 너무나 우스웠다. 하지만 그건 상관 없는 일이었다. 그 소리를 들은 사람이 아무도 없었기 때문이다. 곧 위긴스 부인은 옥수수 밭으로 가서 커다란 옥수수를 우적우적 씹어먹었다.

한두 자루 분량을 먹고 났을 때 그녀는 뭔가 조사하고 싶은 생각이 들었다.

"이상하군," 그녀가 말했다. 그녀는 혼잣말을 하는 좋은 습관이 있었다. "근처에 아무도 없다니 재미있는 일이야. 이 집에는 누군가 사는 것 같은데 말야. 빨래통도 밖에 있고 도끼가 놓인 지 오래된 것 같지도 않고 녹슬지도 않았어. 사람들이 어디로 간 게 분명해."

위긴스 부인은 집 주변을 약간의 거리를 두고 돌아본 뒤에 좀더 가까이 돌았다. 그런 다음 부엌 창문으로 걸어가서 안을 들여다보다가 놀라운 광경을 보고 말았다. 얼굴이 지저분한 작은 소녀 하나가 바닥 한가운데 앉아 울고 있었다. 소녀의 옷은 누덕누덕 기운 것이었고, 때묻은 얼굴에는 하얗고 가느다란 눈물 자국이 얼룩져 있었다. 그 모습은 소녀의 지저분한 얼굴을 더 지저분하게 보이게 했다. 하지만 무엇보다도 위긴스 부인을 놀랍고 무섭게 만든 건 다른 것이었다. 소녀의 허리가 긴 밧줄이 묶여 있었던 것이었다. 그리고 그 끈은 부엌 개수대 밑 파이프에 매어져 있었다.

"어럽쇼? 맙소사!" 위긴스 부인이 소리쳤다. "도대체 누가 저 불쌍한 아이를 저렇게 묶어 둔 거야? 아마 야만인이 저 애를 잡아먹으려고 살찌우려는 속셈인가 봐."

위긴스 부인은 소에 불과했지만 야만인들에 대해 알고 있었다. 프레디의 도서관에 있던 그림 형제의 동화책 속에 그들의 이야기가 있었기 때문이었다. 프레디는 기나긴 겨울밤 따뜻한 외양간에서 동물들에게 좋은 책들을 골라 큰 소리로 읽어 주곤 했었다.

하지만 그것도 아닌 것 같았다. 작은 소녀는 너무 말라 있었기 때문이었다. 어쨌든 가장 먼저 해야 할 일은 소녀를 구하는 일이었다. 그래서 위긴스 부인은 왼쪽 뿔의 끝으로 유리창을 두드렸다.

작은 소녀는 두 번 울고 나서 눈물을 삼키더니 훌쩍거리며 유리창을 올려다보았다. 유리 창문이 너무 더럽고 금이 많이 가 있었기 때문에, 그녀는 누가 미끌거리는 지우개로 군데군데 지운 우스꽝스런 소 사진처럼 보였다. 하지만 위긴스 부인의 눈은 엄청 크고 갈색인데다 친절해 보이고 인정이 많아 보였기 때문에 소녀는 두려워하지 않았다. 그래서 소녀는 밧줄의 길이가 닿는 곳까지 유리창 가까이 뛰어왔다.

"안녕, 소야? 이름이 뭐니? 우릴 데려가려고 왔니?"

위긴스 부인은 고개를 끄덕였다. 그리고 나서 소녀가 대답도 하기 전에 부엌문 쪽으로 돌아가서 머리에 난 뿔을 부엌문에 박고 밀었다. 문은 큰 소리를 내며 넘어졌고, 위긴스 부인은 부엌 안으로 들어갔다. 하지만 들어가 보니 할 수 있는 게 아무것도 없었다. 그녀는 이빨로 밧줄을 잡아 끌었지만 끊어지지 않았다. 그래서 파이프를 부수려고 뿔로 파이프를 감았다. 하지만 제대로 할 수가 없었다. 그러는 동안 작은 소녀는 흥분해서 뛰어올랐다 앉았다 하며 웃었다가 울었다가 하면서 말했다.

"오, 빨리, 빨리! 그들이 곧 돌아올거야. 그들은 네가 나를 데려가지 못하게 할 거야. 제발 빨리!"

"그래." 위긴스 부인이 혼잣말을 했다. "이런 식으로는 어디도 갈 수 없어. 어디도 갈 수 없다고!"

그녀는 잠시 생각을 하더니 문쪽으로 가서 긴 울음소리를 세 번 냈다. 이건 동물들에게 도움을 구하는 신호였다. 3분도 안 돼서 잭과 빌, 윌리엄 아저씨 그리고 찰스와 헨리에타가 개간지를 지나 바쁘게 뛰어왔다. 생쥐는 빌의 등에, 세실은 할 수 있는 한 최선을 다해 저 뒤에서 걸어오고 있었다. 페르디난드는 원을 그리며 위에서 날고 있었다. 정찰을 하는 것 같았다.

그들은 모두 부엌에 모여들었다. 그저 소녀를 보는 것만으로도 많은 동물들은 소녀에게 동정심을 갖게 되었다. 쥐들은 밧줄에 달려들어 몇 분 만에 줄을 끊었다. 그러자 작은 소녀는 위긴스 부인의 목에 팔을 감고 키스를 했다. 이 행동은 소를 깊이 감동시켜 울게 만들었다. 그들은 페르디난드가 망을 보고 있는 바깥으로 나왔다.

"저기 남자 하나와 여자 하나가 보트로 호수를 건너오고 있어. 남자는 총을 가졌어. 우린 여기를 빨리 벗어나야 해!"

"저 아이를 버려 두고 떠날 수는 없어." 위긴스 부인이 단호하게 말했다. "아이를 놔둘 수 없어. 이런 불한당들에게 계속 학대받게 놔둘 수는 없다고. 재를 저렇게 묶어 놓은 걸 봐! 저 애 팔에 난 멍이 네 눈에도 보이지? 그들이 때린 자국이야."

"그래? 그럼 애를 데리고 와." 페르디난드가 성미 급하게 대답했다. 작은 소녀가 집 안에 있었기 때문이었다. "구조대에 저 애를 왜 끼우려고 하는지 모르겠네. 저 애는 방해만 될 거라고."

"우린 저 애를 구해야 해." 윌리엄 아저씨가 말했다. "더 이상 저렇게 맞고 묶이고 학대받도록 놔둘 수는 없어. 나도 위긴스 부인의 말에 동의해."

"그렇다고 우리가 이 북쪽 숲에 사는 모두를 구할 수는 없 잖아." 까마귀 페르디난드가 말했다. "그러면 우린 우리 친구 들을 다신 찾지 못하게 될지도 몰라. 하지만 맘대로 해. 서두 르기나 하라고."

위긴스 부인은 집 안으로 다시 들어갔다. 소녀는 부엌에 없 었다. 위층에서 목소리가 들려왔다. 소리를 들어 보니 소년이 말하는 소리였다.

"모두 농담이지? 소는 집 안에 들어올 수 없어. 그리고 ……."

"하지만 소는 그랬어." 작은 소녀가 끼어들었다. "그 소는 생쥐들을 데려와서 밧줄을 갉아 풀어 주었다고. 동물들이 와 서 오빠도 풀어 줄 거야. 그리고 우린 숲으로 함께 가서 산딸 기나 씨앗들을 먹으면서 살면 더 이상 절대 묶여 살지 않아도 될 거야."

"이런, 맙소사!" 위긴스 부인은 혼잣말을 했다. "한 명이 더 있었네! 페르디난드가 이 사실을 알면 뭐라고 할까! 별 도움 안 될 거야. 까마귀들은 이해를 못할 텐데."

그리곤 거실을 지나 층계를 오르기 시작했다. 층계가 매우 좁아서 돌아 올라가는 곳에서 몸이 거의 끼일 뻔했다. 계단은 군데군데 위험하게 금이 가 있었지만 다 올라갔다. 위긴스 부 인은 커다란 퇴창이 있는 방에서 작은 소녀와 소녀보다 몇 살

많아 보이는 소년을 발견했다. 소년은 침대 다리에 매인 긴 밧줄에 묶여 있었다.

위긴스 부인은 지체하지 않았다. 그녀는 밧줄을 악물고 잡아당겼다. 좀 흔들거리기는 했지만 꽤나 오래되어 보이는 매우 멋진 침대가 덜거덕 소리를 내면서 푹 꺼졌다. 작은 소녀는 소를 다시 한번 안고 싶어했지만 동물들이 모두 아래층에서 소리치고 있었다. "빨리! 빨리!" 그래서 위긴스 부인은 그들이 빨리 내려가도록 문을 향해 밀고는 그 뒤를 쫓아내려갔다.

반쯤 내려왔을 때 몸이 끼었다. 그녀는 밀고 당기고 헐떡거리고 툴툴거렸다. 하지만 벽과 난간 사이에 점점 더 꽉 끼이게 되었다. 다른 동물들은 물가로 올라와 보트를 묶고 있는 남자와 여자를 피해 애들을 데리고 숲으로 도망쳤다. 페르디난드만이 층계의 마지막 단으로 뛰어가서 위긴스 부인에게 마구마구 화를 냈다.

"밀어젖히고 나와 봐, 할 수 없어? 일찍 알았어야 했는데! 이 구조대에 소를 끌고 오는 게 아니었어! 젠장, 왜 밀어젖히지 않아?"

"나도 하고 있다고!" 위긴스 부인이 헐떡거리며 말했다. "하지만 소용이 없어. 빨리 가, 페르디난드. 아니면 너까지 잡히게 될 거야. 그들이 들어오고 있는 소리를 들었어."

까악까악 혐오스러운 소리를 내며 페르디난드가 문쪽으로

뛰어가더니 금방 날개를 펼쳐 현관문 밖으로 날아올랐다. 여자가 현관으로 들어오려고 하고 있었고, 그 옆에 남자가 바싹붙어 있었다. 페르디난드가 날개를 여자의 얼굴에 휘두르려는 순간 남자가 소리쳤다.

"이런 뻔뻔한 까마귀 같으니!"

남자는 총을 어깨 높이로 올리고는 방아쇠를 당겼다. 빵! 하지만 남자도 얼떨결에 그랬는지 잘 겨누지 못해 놓치고 말았다.

집 안에 있는 위긴스 부인은 겁이 났다. 겁에 질린 그녀의 몸 전체가 떨리면서 흔들리자 난간이 덜거덕거렸다.

"무슨 소리지?"

여자가 말했다.

"에버렛일 거야." 남자가 대답했다. "침대에서 벗어나려고 하는 중이겠지 뭐."

여자의 얼굴 표정이 고약해졌다. 그녀는 문 옆에 세워져 있던 빗자루를 꽉 쥐었다.

"그 애에게 배워야지!" 그 여자가 소릴 질렀다. "그 애에게 배울……."

"동생아, '가르치다' 야," 남자가 끼어들었다. "무엇을 '배운다' 라고 하는 거고, 다른 사람을 '가르친다' 고 하는 거야. 아악!"

남자의 말이 끊겼다. 여동생이 화가 나서 오빠의 머리를 빗

북극에 간 프레디

자루로 내리쳤던 것이다.

"가르치든지 배우든지!" 그녀가 소리 질렀다. "내가 고쳐 놓고 말 거야!"

그 여자가 집 안으로 돌진해 들어왔다. 너무 화가 나서 눈에 보이는 것이 없는지 위긴스 부인과 부딪히기 전까지는 소를 보지 못했다. 그녀는 몇 걸음 뒤로 물러나더니 두 눈이 튀어나올 것처럼 소를 노려보았다. 그녀가 눈을 조금만 더 크게 떴다면 눈알이 구슬처럼 데굴데굴 굴러나왔을 것이다. 여자는 분노와 공포에 휩싸인 비명을 지르더니 빗자루를 휘두르며 위긴스 부인의 머리를 마구 때리기 시작했다.

위긴스 부인은 날아오는 빗자루를 피하기 위해 뭔가 해야만 했다. 그녀는 뒤로 물러났다. 그러자 더 이상 몸이 끼어 있지 않다는 것을 알게 되었다. 그녀는 눈을 질끈 감고 자신을 방어하기 위해 될 수 있는 한 뿔을 낮추고는 계단을 힘들게 뒷걸음질쳐서 올라갔다. 그리고는 작은 소년이 묶여 있던 방으로 들어가 문을 닫아 걸었는 밖에서 문을 열 수 없도록 문에 기대 앉았다.

위긴스 부인은 깊은 한숨을 쉬곤 혼잣말을 했다.

"어쨌든 잠시 동안은 안전하겠군. 저렇게 지독한 여자가 다 있다니!"

그 여자는 한동안 문을 밀어 보았다. 아무리 힘을 써도 안 되자 오빠를 불러 와서 둘이 밀었다. 하지만 이 세상에서 어떤 오빠와 여동생이 밀더라도 소가 문을 닫고 있기를 원한다면 그 문은 열 수 없을 것이다. 다시 아래층으로 내려간 그들은 곧 아이들이 도망친 것을 알게 되었다.

이 집에서 가장 전망이 좋은 곳은 커다란 퇴창이었다. 퇴창에서 바라보는 호수 풍경은 정말 대단히 멋졌다. 위긴스 부인은 퇴창을 통해 개간지에 나가 애들을 부르고 있는 그들을 볼 수 있었다.

"엘라! 에버렛! 어디에 있니, 내 귀여운 아이들."

두 사람은 그들이 돌아오면 갖가지 종류의 좋은 음식으로 저녁을 준비한다고 약속했다.

"그렇지. 물론." 위긴스 부인이 혼잣말을 했다. "엘라와 에버렛은 아주 잘 알고 있을걸. 준비된 음식이 빗자루 푸딩이란 걸 말야. 그게 바로 그들이 준비한 거겠지. 그래그래! 근데 어떻게 이 궁지에서 벗어나지? 정말 알고 싶다."

6
구조대에 셋이 더 들어오다

동물들이 나중에 알아 낸 바에 따르면 그 남자와 여자는 남매간이었다. 그들 남매는 숲 속 개간지에 있는 이 작은 집에서 태어난 뒤 줄곧 그곳에서만 살아왔다. 그들은 돈이 별로 없었다. 마당에서 재배한 것들을 먹었고, 때때로 남자가 도시에서 온 사냥꾼들을 안내해서 돈을 벌기도 했다.

남자 이름은 피트였고 여자 이름은 케이트였다.

케이트는 학교에 다닌 적이 없었지만 피트는 아버지가 한 일 년 정도 가까운 마을에 있는 학교에 보냈다. 그래서 피트는 언제나 케이트의 문법을 고쳐 주었다. 피트는 학교 다닐

때 배운 문법을 정말 좋아했다. 그래서 오래 전에 공부하던 문법 책을 그때까지 갖고 있었고, 매일 밤 저녁식사 후에 포장지 조각과 연필을 가지고 책상 앞에 앉아 오래된 신문에서 찾아낸 문장들을 분석하곤 했다. 어쩌면 문장의 문법에 관한 한 그 누구보다도 많이 알고 있을 것이다.

케이트는 자신이 말을 할 때마다 피트가 틀렸다고 지적하고 바르게 고쳐 주는 걸 매우 싫어했다. 케이트는 피트가 자랑하기 좋아하고 잘난 체한다고 생각했고, 실제로도 그랬다. 그것이 때때로 케이트를 화나게 했다. 그래서 오빠보다 힘이 센 케이트는 화가 나면 빗자루로 오빠를 때리곤 했다. 그런데 피트는 케이트에게 맞고 나면 뼈마디가 아파서 정원에 일하러 나가지 못하고 침대에서 쉬어야만 했다. 그러면 케이트는 그를 돌보면서 혼자서 잡초를 뽑고 괭이질을 해야 했기 때문에 화가 나서 누군가 때리고 싶을 때마다 아이들을 대신 때리곤 했다.

아이들은 친자식이 아니었다. 아이들의 엄마는 케이트의 언니였는데, 언니가 죽자 케이트가 아이들을 떠맡았다. 케이트는 아이들에게 일을 시킬 수 있을 것이라고 생각했기 때문에 아이들을 원했다. 피트 역시 애들을 원했다. 문법을 가르칠 수 있기 때문이었다. 그래서 아이들은 하루종일 일하고 문법을 배워야만 했다. 잘하면 엉덩이를 찰싹 가볍게 맞았고, 못하면 두들겨 맞았다. 아이들은 이 고달픈 집에서 몇 번이나 도망치려고 했다. 그래서 멀리 나갔다 올 일이 생기면 케이트는 애들을 묶어 놓았다. 만약 농장의 동물들이 구해 내지 않았다면 아이들은 숲 속 개간지에 있는 작은 집에서 낮에는 하루 종일 일하고 밤에는 문법을 배우면서 잘했을 때는 엉덩이를 맞고, 못했을 때는 두들겨 맞으면서 평생을 살아가야 했을 것이다.

물론 농장의 동물들은 이 모든 사실을 훨씬 나중에야 알게 되었다. 하지만 그들은 아이들이 불행하게 묶여 있는 것을 보고는 탈출을 돕기로 했다. 하지만 그러는 동안에 위긴스 부인도 구출해야만 했다.

그들은 숲 속 개간지에서 조금 떨어진, 전나무가 빽빽하게 들어찬 숲으로 아이들을 데려갔다. 케이트와 피트는 여전히 부드러운 목소리로 아이들을 부르고 있었다.

"이리 오렴. 에버렛, 어서 와. 엘라, 우리 아가! 저녁이 준비됐단다. 귀여운 아이들아!"

그들이 회의를 하고 있는 동안 아이들은 무슨 말들이 오가고 있는지 전혀 모른 채 윌리엄 아저씨의 등 위에 만족스럽게 앉아서 자신들을 즐겁게 하려고 뒷다리로 서서 춤추고 있는 생쥐를 바라보며 깔깔거리고 있었다. 그때 페르디난드가 위긴스 부인이 큰 창이 있는 위층 방으로 되돌아갔다고 보고했다. 그러자 동물들은 위긴스 부인을 탈출시킬 계획을 금방 생각해 냈다.

빌은 호수 맞은편을 향해 전속력으로 달려갔다. 도착해서는 호수 기슭으로 나와 피트가 자기를 볼 때까지 뒷다리로 춤을 추어 댔다. 빌은 에버렛과 크기가 비슷했다. 거리가 꽤 떨어져 있어서 선명하게 볼 수 없었기 때문에 피트는 빌을 에버렛이라고 생각했다. 그래서 보트에 올라타 노를 저어 쫓아오기 시작했다. 케이트도 함께 가고 싶어 했지만 피트가 말렸다.

"너는 여기 머물면서 그 소를 지켜 봐. 우리한테는 아이들보다 소가 훨씬 더 가치 있단 말이야."

"하지만 소는 도망칠 수 없어." 케이트가 소리쳤다. "그리고 그 아이들은 흠씬 두들겨 맞아야 해. 내가 저거 그거 에버렛을 찾아낼 때까지 두고 보라고!"

"도대체 내가 몇 번이나 말해야 알아듣겠니?" 피트가 잠시 노 젓는 것을 멈추고 싫증난 듯 말했다. "'저거 그거'라고 말하지 말라고."

케이트는 아직도 손에 빗자루를 쥐고 있긴 했지만 피트를 때리기엔 너무 멀리 떨어져 있었다. 그래서 피트가 다시 노를 젓기 시작하자 돌을 하나 집어 던졌다. 하지만 케이트가 던진 돌은 빗나갔다. 정말이지 너무나 빗나가서 그 돌은 케이트의 어깨 뒤로 넘어가서는 위층 퇴창 문을 뚫고 날아가 위긴스 부인의 왼쪽 뿔을 맞혔다.

위긴스 부인은 예상치 못한 공격에 놀라 껑충 뛰면서 큰 소리로 울부짖었다. 그러다 잠시 정황을 따져 본 위긴스 부인의 눈에 창턱에 앉아 있는 페르디난드가 보였다. 처음엔 페르디난드가 돌을 던진 줄 알고 심한 말을 퍼부었다. 자기가 한 짓이 아니라고 페르디난드가 위긴스 부인을 설득하는 데는 시간이 좀 걸렸다.

페르디난드가 말했다.

"우리가 너를 구해 줄 거야. 하지만 먼저 네가 뿔로 창 유리를 다 깨 버려야 만 해."

"무엇하러? 창밖으로 뛰어내릴 수도 없는데……."

"질문하지 말고 시키는 대로 해."

위긴스 부인은 힘들었지만 페르디난드가 시키는 대로 했다. 그러자 곧 창문의 모든 유리가 떨어져 나갔다.

케이트는 유리창이 깨지는 소리를 듣고 빗자루를 손에 들고 급히 집으로 돌아왔다. 하지만 케이트가 물가에서 피트와 설전을 벌이는 동안 윌리엄 아저씨, 잭과 세실은 부엌문을 통해 집 안으로 몰래 숨어들었다. 그리고 위층에 있는 침대에서 매트리스와 깃털 베개 같은 것들을 빼내서는 큰 창 아래로 바삐 던졌다. 위긴스 부인이 안전하게 뛰어내릴 수 있도록 푹신한 매트를 깔아 놓으려는 것이었다. 동물들이 너무나 감쪽같이 그 일을 했기 때문에 케이트가 층계 앞에 도착했을 때는 이미 모든 준비가 끝나 있었다. 그리고 케이트가 들어오지 못하게 하려고 윌리엄 아저씨가 문을 붙들고 있었다.

하지만 위긴스 부인은 뛰어내리고 싶지 않았다. 그녀는 창턱에 앞발을 올려놓은 채 아래를 내려다보고는 진저리를 쳤다.

"어머나 세상에! 난 할 수 없어! 쳐다보기만 해도 어지러운 걸."

그리고는 앞굽으로 눈을 가렸다.

케이트는 빗자루 손잡이로 계속해서 문을 세게 두드리고 있었고, 페르디난드는 까악까악 울어 댔다. 하지만 윌리엄 아저씨는 고개를 흔들었다.

"말다툼해 봤자 아무 소용없어." 아저씨가 낮은 목소리로 말했다. "모두 준비됐니, 세실?"

고슴도치 세실이 고개를 끄덕였다. 윌리엄 아저씨는 소 옆으로 갔다.

"사실은 그렇게 대단한 점프도 못 돼." 아저씨가 말했다. "바깥쪽으로 몸을 쭉 빼고 한번 내려다보라고. 이렇게 말이야, 보이지? 자, 거의 걸어내려가는 것 같잖아! 저 창턱이 보이지?"

위긴스 부인이 창턱을 보려고 좀더 바깥쪽으로 몸을 빼자 아저씨가 말했다. "됐어, 세실."

그러자 고슴도치 세실이 위긴스 부인의 등에 뛰어올랐다. 그녀는 고통과 놀라움으로 울부짖으며 밖으로 뛰어내렸고, 네 발을 모두 공중으로 향한 채 매트리스 더미 위에 떨어졌다.

　여러분은 나중에라도 위긴스 부인을 무엇이 어떻게 공격했는지 말해 주면 안 된다. 농장의 동물들은 전부 위긴스 부인이 화가 많이 났을 거라고 생각했다. 하지만 위긴스 부인은 몸을 일으켜 네 다리로 선 뒤 몸을 한번 털고 나서는 아무데도 다친 데 없이 안전하다는 사실을 확인하자 마구 웃어 댔다. 세실과 윌리엄 아저씨 그리고 잭이 뒤따라 뛰어내렸을 때는 위긴스 부인이 너무나 크게 웃어 대서 10킬로미터 밖에서도 그 웃음소리가 들릴 지경이었다. 케이트가 당장 해야 할 일이라곤 문의 손잡이를 돌려 집 안으로 들어가는 일밖에 없었지만, 위긴스 부인이 낸 대단한 소리는 케이트를 무섭게 만들어서 문 두드리는 것까지 멈추게 했다.

　하지만 케이트의 무서움은 오래 가지 않았다. 그녀가 서둘러 아래층으로 내려와 밖으로 나왔을 때, 때마침 농장 동물들과 등에 깃털을 잔뜩 붙인 위긴스 부인이 숲을 향해 떠나려 하고 있었다.

　페르디난드는 그들을 인솔하겠다고 주장했다. 그의 말에 따르면, 북극에 가까운 지역에서는 자신이 꼭 필요한 존재라는 것이었다. "하!" 하고 위긴스 부인이 비웃으려고 할 때 페르디난드가 까악까악 하고 경고를 했다. "조심해!"

　뒤를 돌아보니 케이트가 빗자루를 위협적으로 휘두르며 자신을 향해 달려오고 있었다.

"이젠 정말 지긋지긋해!"

위긴스 부인은 이렇게 말하고는 적을 향해 서서 고개를 숙여 뿔을 아래로 낮추고는 화가 나서 땅바닥을 긁어 댔다. 위긴스 부인의 등에서 깃털들이 떨어져내렸고, 다른 동물들은 서둘러 길을 비켜 주었다. 위긴스 부인은 케이트가 가까이 다가오자 돌격했다.

다음 순간 케이트는 자기가 땅에서 4미터나 떨어진 나뭇가지 사이에 매달려 있다는 걸 깨달았다. 동물들은 우거진 숲 속으로 이미 사라지고 있었다. 케이트는 소리소리 지르며 와서 도와달라고 피트를 불러 댔지만, 피트는 여전히 호수의 반대편에서 아이들을 찾고 있는 중이었다. 케이트는 피트가 돌아올 때까지 기다릴 수밖에 없었다. 그래서 최대한 편안한 자세로 있으면서 아이들에게 어떤 벌을 주어야 할지 생각하며 시간을 보내려고 노력했다. 케이트는 좀더 고통스럽고 새로운 방법으로 아이들을 때릴 생각을 하고는 만족해 했다. 그때 커다란 검둥개가 전속력으로 달려와서 그녀가 매달려 있는 나무 아래 멈춰서서 짖어 대기 시작했다.

그 개는 농장 동물들이 아이들과 함께 도망치면서 후방을 지키라고 보낸 잭이었다. 하지만 케이트는 그 사실을 전혀 몰랐다. 동물들이 집에서 도망칠 때 특별히 잭을 주의해서 보지 않았기 때문에 그냥 떠돌이 개라고 생각했다. 처음엔 잭이 꼬리를 흔들면서 이리 뛰고 저리 뛰고 짖어 대는 것이 케이트를 성가시게 했다. 케이트는 성가시다는 것밖에는 아무것도 느끼지 못하는 불행한 사람이었던 것이다. 어떤 일이 생기면 보통 사람들은 즐거움이나 흥미를 느끼게 마련이지만, 케이트는 그저 성가시다고 느낄 뿐이었다. 그래서 이제 잭 때문에 무척 약이 오른 케이트는 잭에게 주먹을 흔들면서 욕을 해 댔다. 하지만 주목하지 않는 사람한테 주먹을 휘두르고 욕을 해 대는 일은 별로 재미있는 일이 아니었다. 잭은 케이트가 아무리 주먹질을 해 대도 전혀 신경쓰지 않았다. 그저 나무 아래 앉아서 위를 올려다보며 미소를 띤 채 꼬리를 흔들 뿐이었다. 그러자 케이트도 욕하는 일을 그만두고는 이렇게 중얼거렸다.

"제발, 피트가 빨리 오면 좋을 텐데."

그 말을 듣자 잭은 껑충 뛰어올라 물가로 달려가서는 짖고 또 짖어 댔다. 아이들의 흔적조차 찾을 수 없었던 피트는 그 소리를 듣고 보트에 올라타고 노를 저어 무슨 일이 일어났는지 보러 왔다. 잭은 피트를 나무가 있는 곳으로 데려갔고, 피트는 사다리를 가져와서 케이트를 내려오게 했다.

땅에 내려서자마자 케이트는 잭 옆에 무릎을 꿇고 앉아 잭을 끌어안고 쓰다듬어 주었다.

"아이 이뻐." 그녀가 말했다. "착한 개야. 그렇지 않아, 피트? 내가 말하는 걸 모두 알아듣는다고! 그리고 난 얘보다 더 잘생긴 개를 본 적이 없어."

케이트는 일생 동안 다른 누구에게도 이보다 더 좋은 얘기를 해 본 적도, 누구를 이렇게 예뻐한 적도 없었다. 피트는 너무나 놀라 입을 다물지 못하고 머리카락 속에 두 손을 집어넣어 머리카락을 한움큼 뽑아냈다. 그건 피트가 놀랐을 때 하는 행동이었다. 심지어 피트는 케이트의 문법을 고쳐 주는 것조차 잊었다. 더구나 케이트는 잭을 집으로 다시 데리고 가서 사슴 다리 고기와 구운 자고새 두 마리, 그리고 감자와 고기 국물을 한 접시 가득 주었다. 사실 그게 아이스 박스 안에 있는 전부였다. 그래서 그날 밤 피트의 저녁밥은 네 개의 생강 과자와 설탕을 조금 뿌린 콘플레이크 한 그릇뿐이었다.

저녁 식사를 마치고 나서 케이트가 말했다.

"피트, 그들 아이들을 다시 데려와야겠어."

피트는 문법 책을 펴고 '가정법 규칙'을 읽고 있었다. 그는 한손으로는 책을 붙들고, 다른 손가락으로는 콘플레이크 부스러기를 찍어 내기 위해 그릇 안쪽을 훑고 있었다. "그 아이들,"이라고 무심히 말하고는 계속해서 책을 읽었다.

케이트는 피트에게서 책을 빼앗았다.

"내 말 잘 들어. 우리는 그들 아이들을 쫓아가야 해. 내일이면 너무 늦을 거야."

피트가 대답했다.

"오늘밤에 걔들을 쫓아갈 순 없어. 아무 흔적도 보이지 않잖아."

"이 개는 어디다가 쓸 건데? 이 개한테 에버렛의 구두 냄새를 맡게 하자. 이 개가 그들을 쫓아갈 거야."

"음, 좋은 생각인데," 피트가 말했다. "멀리 가진 못했을 거야. 어쩌면 소도 찾을 수 있을지 몰라."

"그들을 모두 다 찾아야 돼." 케이트가 말했다. "아이들은 일을 시키고, 소한테서는 우유와 크림과 버터를 짜내면서 우리는 편히 놓여 있게 될 거야. 그들을 찾아내지 못한다면 우리는 정말 불편하게 놓여 있을걸."

"앉아 있다고 말하는 거야." 하고 피트가 말했다. 종종 콘플레이크와 우유를 함께 먹을 수 있다는 생각은 너무나 즐거웠다. 그래서 케이트가 에버렛의 구두를 찾으러 간 동안 피트는 자리에서 일어나 등불을 켰다.

잭은 케이트가 찾아 온 구두에 코를 대고 킁킁거리며 냄새를 맡았다. 그런 다음 블러드하운드(영국산 경찰견)처럼 땅바닥에 코를 들이대고 냄새를 맡기 시작했다. 케이트와 피트는 기뻐했다. 만약 아이들을 데려간 곳과 정확히 반대 방향으로 인도되고 있다는 걸 알았다면 그들은 그렇게 행복하진 않았을 것이다. 잭은 그들을 가파른 언덕길과 가시나무 덤불 그리고 늪으로 데리고 감으로써 가능한 한 최대로 추격전을 어렵게 만들 심산이었다. 하지만 잭은 인정 많은 개였다. 그들이 잘 먹이고 친절하게 대해 주자 자신이 생각했던 것만큼 비열하게 굴 수는 없었다. 그래서 그들을 두 시간쯤 꾸준히 따라

오게 하고 난 뒤 이 게임을 끝내고 친구들에게 돌아가기로 결심했다.

언덕길을 따라 가고 있을 때 잭은 피트의 등불에 비친 거대한 돌더미를 보고 아래쪽에 동굴의 입구처럼 보이는 구멍을 발견하게 되었다. 잭은 마치 아이들의 냄새를 맡기라도 한 것처럼 날카롭게 짖어 대고는 입구를 향해 돌진했다. 그리고 입구에서 몇 미터 떨어진 곳에 멈춰서서는 마치 아이들이 안에 있는 것처럼 미친 듯이 짖어댔다.

하지만 실망스럽게도 피트와 케이트 둘 중 누구도 동굴 속으로 들어가 보고 싶어 하지 않았다. 잭은 도망쳐서 친구들과 합류할 수 있도록 그들이 동굴 안으로 들어가길 바랐다. 그런데 동굴 가까이 다가가자 단 한 번도 맡아 보지 못한 이상한 냄새가 났다. 무엇이 있나 살펴보려고 조금 더 가까이 다가간 잭은 동굴 안에서 크고 검은 물체가 쿵쿵거리며 나타나자 놀라서 날카로운 비명을 질렀다. 그 물체는 길고 하얀 이를 내보이며 으르렁거렸고, 눈은 등불에 비쳐 붉게 빛나고 있었다.

바로 그 순간 잭은 오늘밤 할 일은 이제 다했다고 생각하고 방향을 돌려 집으로 가기 시작했다. 그는 단 한 걸음에 같은 나무 위로 오르려고 애쓰고 있는 케이트와 피트를 3미터나 앞질렀고, 두 번째 걸음에 부러진 솔송나무 가지들을 뛰어넘었다. 세 번째 걸음에서는 늦은 저녁거리를 구하러 나온 늙은 토끼를 놀라 나자빠지게 만들었는데, 그 토끼는 한 시간 뒤에

북극에 간 프레디

나 일어나서 온몸을 부들부들 떨며 집에 돌아갔고, 그 뒤로 3주 동안 침대에 누워 있어야 했다.

네 번째 걸음부터 잭은 완전히 자기 발걸음을 되찾았다. 그런데 그때 등 뒤에서 딱딱 부딪히는 소리, 탁탁 치는 소리, 휙휙 스치는 소리가 들렸다. 잭은 그때부터 부러진 나무들과 관목 숲, 가시나무 덤불, 사슴들이 지나는 통로를 지나 최대한 빨리 달리기 시작했다.

얼마 지나지 않아 등 뒤에서 쉰 목소리가 들렸다.

"이봐, 잠깐만 기다려."

"그래, 그럴게!"

잭은 속도를 늦추지 않고 달리면서 어깨 너머로 말했다.

"잠깐만 기다리라니까. 너하고 얘기하고 싶어."

"그래, 계속해." 잭이 말했다. "듣고 있다고."

"그건 안 되지." 뾰루퉁한 목소리가 대꾸했다. "이런 식으로 어떻게 얘기를 하니?"

"잘하고 있는 것 같은데?" 잭이 말했다.

"아, 너 정말 날 피곤하게 하는구나!" 추격자가 말했다. "이게 모두 다 뭐하는 짓이지? 나는 너를 쫓고 있는 게 아니야. 나 역시 도망가는 중이라고."

"벽장이 텅 비어서 도망가는 중이겠지." 잭이 말했다. "나도 알아. 너는 나를 쫓고 있는 게 아니지. 너는 약간의 운동으로 저녁거리를 구하려는 거겠지."

얼마 지나지 않아 등 뒤에서 쉰 목소리가 들렸다. "이봐, 잠깐만 기다려."

"말도 안 돼." 추격자가 중얼댔다. "곰은 개를 먹지 않아."

"뭐? 네가 곰이라고?"

하지만 잭은 여전히 속도를 늦추지 않았다.

"그렇다니까. 하지만 이런 식으로는 얘기를 할 수가 없잖아. 잠깐 멈추고 앉자."

"너 먼저 서."

작은 개울을 뛰어넘으며 잭이 말했다.

"그럼 넌 계속 뛰어갈 거잖아."

곰은 잭의 말에 반대하며 얕은 물을 튀겼다.

"아니야, 난 안 그럴 거야. 난 네가 멈춘 다음 두 번 더 뛰고 멈출 거야. 나쁘지 않다면 그때 가서 얘기할 수 있을 거야."

그래서 그들은 그렇게 하기로 했다.

"자," 곰이 말했다. 그들은 컴컴한 숲 속에서 사이를 두고 앉아 숨을 골랐다. "네게 하고 싶은 말은 이거야. 내 동굴에 같이 왔던 그 남자나 여자와 네가 친구는 아닌 것 같아. 넌 내가 나오면 그들과 동굴에서 지내려고 했던 거니? 그런 거야?"

"그들은 내 친구가 아냐."

잭이 대답했다.

"좋아. 내 친구들도 아니니까. 그들은 내가 이곳으로 왔을 때 총을 들고 나를 사냥하려고 했었어. 삼 년 전이지. 총알이 핑 하고 날아와 내 털을 뚫고 지나가는 것 같고 총소리가 들리는 것 같아 요즘은 동굴 밖을 나가지 않아. 지금까지는 동굴에서 안전하게 지내 왔어. 하지만 지금은 그들이 내가 어디에 있는지 알게 되었어. 여기에서 더 이상 살기는 힘들게 되었다고. 그리고 네가 그들을 여기로 데려왔으니까."

"저런, 미안해." 잭이 말했다. "난 몰랐어."

"네가 몰랐던 거 나도 알아." 곰이 말했다. "하지만 어쨌든 네가 그들을 여기로 데려왔어. 난 유감을 갖고 있지는 않아. 하지만 넌 내게 책임이 좀 있는 것 같은데. 그리고 어떤 면으로는 네가 나를 도와줄 수도 있을 것 같고 말야."

"그래." 잭이 진심으로 말했다. "뭐든 다 할 수 있어."

"그럼." 곰이 말했다. "난 평화로운 동물이야. 난 조용한 좋은 집을 원해. 그리고 하루 세 번의 식사. 별것도 아니라고. 그냥 편안한 동굴과 수수한 음식이야. 하지만 숲은 이제 더 이상 곰이 있을 만한 곳이 못 돼. 우리 할아버지가 어릴 때부터 그랬지. 요즘은 도시에서 자연으로 돌아가라는 말들을 너무 많이 해. 나는 사람들이 자연으로 돌아가는 데는 반대하지 않아. 하지만 왜 그들이 총을 갖고 돌아오는지 그 이유를 알 수가 없어. 올해는 숲에 사는 동물들보다도 사냥꾼이 더 많았어. 내가 원하는 건 오직 평화와 평온이라고. 그래서 난 네가 내게 도움을 줄 수 있을지 모른다는 생각을 하게 되었지."

"음, 그럴 수도 있지." 잭이 답했다. "아니면 만약 네가 반대 방향으로도 갈 생각이 있다면 내가 살고 있는 농장에 갈 수도 있어. 그곳에는 사람을 찾아볼 수 없는 커다란 숲도 있거든. 빈 아저씨는 네가 거기서 살도록 해 줄 거야. 단지, 네가……."

그리고는 구조대에 관한 이야기를 설명해 주었다. 곰은 매우 흥미 있어 했다.

"네 친구들을 만나보면 좋겠어. 좋은 동물들 같거든."

"그럼. 그들은 정말 좋은 친구들이야. 나랑 같이 갈 생각이 있으면 만나게 해 줄게."

"진짜?" 곰이 말했다. "확실하지? 나도 가고 싶어. 저, 내가 생각해 봤는데, 그 여행에 나도 낄 수 없을까? 난 힘도 세고, 추위 따위는 무섭지도 않고 숲에 대한 지식도 많으니까 너희에게 소용이 있을 거야. 적어도 방해보다는 도움이 많이 될 거라고. 어떻게 생각해?"

"좋아, 나랑 같이 가자." 잭이 말했다. "물론 우리의 대장인 페르디난드가 결정할 문제긴 해도. 네가 같이 가면 넌 우리와 함께 집으로 돌아갈 수도 있어."

"그게 바로 내가 생각했던 거야." 곰이 말했다. "솔직히 말하자면 너랑 같이 가지 않으면 난 앞으로 뭘 어떻게 해야 할지를 모르는 상태거든."

"자, 그럼 따라와." 잭이 말했다. "갈 길이 멀어. 하하!"

잭은 두세 번 정도 짧게 짖었다.

"난 네가 나를 쫓는 줄 알고 계속 도망쳤거든. 근데 진짜 네

덕분에 아주 무서웠어."

"미안해." 곰이 말했다. "언젠가 네게 은혜를 갚을 날이 오게 될 거야."

7
북쪽 숲의 강연 여행

구조대에 곰이 들어오는 것에 대해 페르디난드도 무척 기
뻐했다. 곰은 진짜 유용했기 때문이었다. 곰은 먹을 수 있는
열매와 뿌리를 알고 있었고, 숲에 사는 동물들도 잘 알고 있
었다. 그리고 농장에서 길러진 동물들은 절대 느낄 수 없는,
자신들을 쫓아오지 않는다는 확신이 들 때까지 한 이틀 동안
은 매우 안절부절못했다. 하지만 이틀이 지나자 꽤 유쾌한 곰
으로 바뀌었다.

엘라와 에버렛은 매우 행복했다. 예전에 아이들은 적어도
하루에 세 번 정도 엉덩이를 맞곤 했다. 이모와 외삼촌이 매
일 때렸기 때문에 아침에 일어나고 저녁에 잠이 드는 것처럼
맞는 것도 하루의 일과라고 생각했다. 그래서 처음 며칠간 그

들은 아침 먹기 전에 서로의 엉덩이를 때리기도 했다. 하지만 아이들에게는 곧 그밖의 다른 할 것이 많아졌기 때문에 맞는 것에 관해 잊어버렸다.

아이들은 위긴스 부인의 등과 윌리엄 아저씨의 등, 곰의 등을 타고 다녔다. 그리고 토끼와 호랑이들을 쫓아가는 상상을 하며 잭과 함께 숲 속을 달리기도 하고, 찰스와 헨리에타와 함께 술래잡기 놀이를 하고 놀았다. 동물들 모두가 아이들을 점점 더 좋아하게 되었다. 자기 자신 말고는 남을 별로 좋아하지 않는 페르디난드조차도 이따금 아이들의 어깨에 날아와 앉곤 했다. 물론 페르디난드는 발이 시려워서 좀 덥히려고 그러는 거라며 딴소리를 했다.

가엾은 세실만 아이들과 놀지 못했다. 정말 같이 놀고 싶었지만 가시투성이 몸 때문에 어쩔 수 없었다. 그 때문에 세실은 매우 슬펐다. 그래서 밤이 되면 같이 놀 수 없다는 생각에 종종 울곤 했다. 하지만 세실은 분별력이 있는 고슴도치였다. 그래서 마음대로 할 수 없는 일에 관해 우는 것은 어리석은 짓이라는 결론을 내렸다. 그런 뒤에, 보통 하던 대로 세실은 아이들에게 몸의 가시가 닿지 않도록 하면서 좋은 시간을 보낼 수 있는 방법을 찾아냈다.

구조대가 북쪽으로 계속 가고 있는 동안 겨울이 다가왔다. 날씨가 점점 추워지고 있었다.

어느 날 아침, 찰스는 다른 동물들을 깨우기 위해 일어나려고 했지만 너무 졸려서 눈을 뜰 수가 없었다. 그래서 깃털 침대 밑에서 머리만 꺼내고는 울음소리를 내려고 입을 벌렸는데 아무 소리도 나오지 않았다. 입을 벌리는 순간 뭔가 부드럽고 차가운 것이 들어왔기 때문이었다. 그것 때문에 찰스는 잠이 확 깨서 눈을 크게 떴다. 잠시 동안이기는 했지만 정말 무서웠다. 희끄므레하게 하얀 것들만 보였기 때문이었다. 아무것도 볼 수 없었다, 깃털 침대조차도.

거억거억하는 울음소리와 함께 찰스는 몸부림을 치며 날개를 마구 퍼덕거렸다. 하얀 것 틈을 비집고 나와 몸을 털고 머리를 흔들었다. 그는 매무새를 정리하고 무슨 일이 일어났는지 보았다. 밤새 하얀 눈이 내려 두께가 15센티미터나 되는 눈 담요를 덮고 잔 것이었다.

찰스는 당황해서 이를 악물고는 덜덜 떨다가 낮은 가지 위로 뛰어올랐다. 물론! 다른 동물들은 눈 밑에 있었다. 두 개의 하얗고 큰 더미와 그 사이에 작은 더미들이 보였는데, 그것은 윌리엄 아저씨와 곰 그리고 따뜻하게 자기 위해 그 사이에 누운 아이들이었다. 또 다른 큰 더미는 위긴스 부인이 틀림없었다. 부드럽게 코를 고는 소리가 들렸고 숨을 내쉴 때마다 콧김에 눈송이들이 작은 소용돌이를 일으켰기 때문이다. 그리고 무엇보다도 확실하게 뿔 하나가 툭 튀어나와 있었다. 낮은 더미들은 깃털 침대에서 자고 있는 다른 동물들이었다. 그리고 아, 저기 가문비나무의 가지 위에 있는 건 페르디난드였다. 머리를 날개 밑에 파묻고 있는 그의 어깨에 작은 눈더미가 쌓여 있었다. 찰스는 목을 길게 뽑고 퍼덕퍼덕 날갯짓을 하고는 크고 날카로운 목소리로 아침을 알리는 닭울음을 울었다.

그 즉시 눈 담요는 들어올려지고 머리와 다리, 뿔이 하얀 눈 담요를 뚫고 불룩불룩 올라왔다. 이윽고 동물들 모두가 발을 딛고 일어서서 몸을 흔들어 눈을 털어 냈다. 그들의 코에서 뿜어지는 김은 차가운 날 아침 공기 중에 찻물이 끓어 김이 나고 있는 찻주전자 같았다.

"맙소사!" 위긴스 부인이 말했다. "겨울 맛을 톡톡히 보고 있군 그래!"

페르디난드는 비웃는 듯 까악까악거렸다.

"겨울이라고? 이건 아무것도 아냐, 앞으로 닥칠 일에 비하면 아무것도 아니지. 종종 아침에 이렇게 깨어나게 될 거야. 앞으로 일어날 일에 비하면 이건 소풍 나온 정도의 일이라고."

"그럴 수가!" 위긴스 부인이 말했다. "누가 겨울 날씨가 이럴 거라고 얘기했어? 난 내가 날씨에 관해 얘기할 때조차도 네가 비웃고 펄펄 뛰는 꼴을 보지 않으면 안 되는 거니?"

"누가 비웃고 펄펄 뛰었다는 거야?" 페르디난드가 말꼬리를 잡고 얘기했다. "불평할 만한 일도 아닌데 불평만 하는 네 얘기 들어 주는 데 질렸을 뿐이라고."

"지금 난 너에게 불만을 얘기하고 있는 중이야." 위긴스 부인이 페르디난드의 말에 반격을 가했다. "그리고 여기에 있는 동물들도 뭔가 불만이 있을 테니 나를 지원할걸."

"헤헤!" 염소 빌이 낄낄거렸다. "웃어넘겨 버려, 페르디. 쟤는 지금 흥분했다고."

빌의 웃음은 페르디난드를 더 화나게 했다. 페르디난드는 땅으로 내려앉았다.

"주목!" 페르디난드가 말했다. "내가 이 구조대 대장인 것에 불만이 있다면 지금 당장 알고 싶어."

"아냐, 아냐!" 모든 동물들이 말했다. "우린 100퍼센트 만족해. 넌 좋은 대장이야. 위긴스 부인의 말은 그런 뜻이 아니라고."

하지만 페르디난드는 위긴스 부인에게 곧장 걸어갔다.

"그럼 넌 어때?"

페르디난드가 눈을 똑바로 쳐다보면서 물었다.

"맙소사!" 위긴스 부인이 다시 말했다. "그냥 갑작스럽게 그렇게 된 거야. 네게 대항하려고 그랬던 게 정말 아니라고, 페르디난드."

"그렇다면 나한테 아무 불만이 없다는 거지?"

페르디난드가 물었다. 위긴스 부인은 매우 상냥했으며, 누구의 마음도 다치게 하고 싶지 않았지만 지금은 아무런 잘못도 하지 않았는데 왜 물러서야 하는지 알 수 없었다. 그래서 그녀는 대담하게 말했다.

"아냐, 있어."

"그럼 그렇지." 페르디난드가 험악하게 말했다. "그럼 다 말해 봐."

위긴스 부인은 잠시 주춤했다. 페르디난드에게 대항할 생각은 정말 없었다. 페르디난드의 성마르고, 으스대기 좋아하고, 비위에 거슬리기는 말을 잘하는 걸 빼놓고는 말이다. 그래서 앞의 성격에 대해서는 말하지 않았다. 페르디난드의 기분을 상하게 하는 것이 싫었기 때문이었다. 위긴스 부인은 너무 많은 뜻이 담겨 있지 않는 단어를 생각하는 데 집중했다. 전혀 아무 뜻도 없는 것이 더 좋을 것 같았……. 갑자기 한 단어가 떠올랐다. 그건 프레디가 어느 날 밤 외양간에 앉아 큰 소리로 읽던 이야기 중에 들었던 단어였다. 그녀는 무슨 뜻인지도 몰랐지만 이럴 때 딱 맞는 단어처럼 생각되었다. 그래서 이렇게 말했다.

"음, 네가 알고 싶다면야, 뭐. 난 네가 너무 소피스티케이티드(sophisticated : 소박한 데가 없는, 닳고 닳은, 야박한, 약아빠진, 속임수를 쓰는, 억지로 둘러대는, 지나치게 기교적인, 매우 복잡한, 정교한)하다고 생각해."

예상치 못한 단어에 페르디난드는 놀라서 펄쩍 뛸 뻔했다. 그는 부리를 열고 뭔가 말하려 했다. 하지만 그 단어가 무슨 뜻인지 알지 못했다. 그는 그것에 대해 뭔가 대처할 방법이 생각나지 않았다. 그래서 한동안 부리를 연 채로 서 있었다. 그 모습은 굉장히 멍청해 보였다.

위긴스 부인이 다른 동물들에게 돌아서서 물었다.

"페르디난드는 좀 소피스티케이티드하지 않니?"

동물들 모두는 그 단어가 뭘 뜻하는지 몰랐지만 모른다는 사실을 드러내기 싫어서 모두들 고개를 끄덕이면서 "그래!" 라고 말했다. 불쌍한 페르디난드는 뭔가 좀 재치있는 방법을 써야만 했다.

"난 소피스티케이티드하지 않아!" 페르디난드가 소리쳤다. "난 열린 생각을 갖고 있는 까마귀고, 모든 일에 공정하다고, 그리고……"

"오, 그건 내가 말한 뜻이 전혀 아니야."

위긴스 부인이 말했다. 그녀는 무슨 뜻인지도 모르고 말한 단어였지만 그 단어는 상황에 딱 맞는 정확한 단어였다.

"그래, 그렇다면 무슨 뜻이지?"

초조해진 페르디난드가 물었다.

"내가 말하고자 하는 건……" 위긴스 부인은 돌아서서 다른 동물들의 동의를 구했다. "완벽하게 바로 그 뜻이라는 거지. 딱 맞는 표현이지?"

그러자 다른 동물들이 모두 강조하는 듯이 고개를 끄덕이며 말했다. "그래, 딱 맞아, 딱 맞아."

"그래, 내가 말하는 게 소피스티케이티드한 게 아니라 이거지?"

페르디난드도 이제는 완전히 헷갈리기 시작했다.

"그게 바로 그 뜻이라는 거지?"

페르디난드는 한번 더 쌀쌀맞게 묻고는 얼굴을 돌리고 어깨를 힘없이 구부리고 걸어갔다. 페르디난드는 그날 내내 다른 동물들 가까이 가지 않았다. 하지만 페르디난드에게 일어났던 그 일은 위긴스 부인에게 도움이 되었다. 그 일이 있은 뒤로 페르디난드는 위긴스 부인을 항상 존경스럽게 대했기 때문이었다.

그들은 눈 쌓인 숲을 며칠 동안 걸었다. 커다란 눈송이들이 계속 내리자 다리가 깊이 빠져 점점 걷기가 힘들어졌다. 커다란 동물들에게는 별 문제가 아니었지만 작은 동물들과 찰스, 헨리에타 그리고 아이들은 대부분을 위긴스 부인이나 윌리엄 아저씨, 곰의 등에 타고 움직여야 했다. 특히 아이들은 따뜻한 옷을 입지 못해 감기에 걸렸다. 아이들은 윌리엄 아저씨와 곰 사이에서 잠을 잘 수 있는 밤에만 따뜻할 수 있었다. 구조대에게는 음식도 부족했다. 온 세상이 하얀 눈으로 뒤덮여서 먹을 것을 구하기가 힘들어졌기 때문이었다.

곧 동물들은 투덜거리기 시작했다. 페르디난드가 그렇게 좋은 대장이라면 그들을 굶주리거나 추위에 떨게 놔두지 않을 것이라는 이야기였다. 굶주림과 추위는 구조대의 사기를 떨어뜨렸다. 그들이 만일 굶어죽었거나 얼음 덩어리가 되어 버린다면 큰일이었다. 눈이 점점 더 많이 내린다면 어떻게 여행을 계속할 수 있을지도 의문이었다. 동물들은 페르디난드에게 질문을 했다.

"넌 여기 와 봤었잖아. 어떻게 식량을 얻었어?"

"낡은 사륜 마차에 싣고 왔었지."

까마귀 페르디난드가 말했다.

"어떻게 추위를 피했어?"

"담요를 많이 가져와서 그걸 덮고 있었어."

"그럼 깊은 눈 속은 어떻게 걸어다녔어?"

"눈신을 만들었어. 어떻게 만드는지 보여줄 수도 있어."

"흠……" 잭이 생각에 잠겨 말했다. "그걸로 한 가지는 해결되겠군. 하지만 음식과 옷은 어떻게 구하지?"

"그래." 헨리에타가 말했다. "왜 넌 우리에게 처음에 이런 모든 걸 얘기해 주지 않았니? 넌 다른 사람은 생각지도 않고 네 생각만 한 거지? 넌 가는 길에 우리가 맞게 될 추위는 생각지도 않았지? 너야 날 수 있으니까 씨앗이나 다람쥐 먹이를 훔쳐 먹으며 살 수 있지. 이건 네겐 아주 쉬운 일이었겠지. 하지만 넌 우릴 생각하지 않았어. 이러고도 네가 훌륭한 대장이야?"

페르디난드는 주위의 동료들은 둘러보았다. 그건 정말 맞는 말이었다. 구조대를 구성해서 떠나올 때 그는 거드름 피우기에 바빠 음식과 옷은 작은 일로 생각했다. 페르디난드는 무엇이든 재빨리 생각해 내야 했다. 그렇게 하지 않으면 친구들이 자신을 대장 자리에서 쫓아내고 새 대장을 뽑을 것 같았다. 페르디난드는 진지한 표정으로 자기를 쳐다보는 동물들을 둘러보았다. 다정한 친구인 빌까지도 그의 눈을 피하며 매우 심각하게 머리를 흔들고 있었다. 페르디난드는 동물들이 웅성거리는 소리를 들을 수 있었다.

"너무 소피스티케이티드해. 그래, 그래. 너무 소피스티케이티드해."

그때 갑자기 아이디어가 떠올라서 페르디난드는 깃털을 세웠다.

"친구들," 페르디난드가 잘난 척하며 말했다. "지금 이런 상황에 직면해서는 여러분이 주장하는 것이 사실인 듯합니다. 저는 많은 양의 음식과 옷을 짊어지고 가는 건 좋지 않다고 생각했습니다. 그런 것은 우리의 여행에 방해만 될 뿐이라는 생각을 했기 때문입니다. 우리에게 필요한 것을 구하는 더 좋은 방법이 있었기 때문입니다. 내가 이전에 얘기하지 않은 이유는……."

그때 빌이 일부러 페르디난드에게 들으라는 듯 빈정거렸다.

"아무렴. 그렇지. 그렇고 말고!"

페르디난드가 정색을 하자 빌은 입을 다물었다. 하지만 빌의 수염이 계속 떨리는 것으로 보아 웃음을 억지로 참고 있다는 것을 알 수 있었다.

"하지만 발표할 시간이 다가왔습니다." 페르디난드가 말을 계속했다. "여러분도 보았겠지만 이 숲에는 작은 숲에서의 생활을 제외하곤 별다른 경험이 없는 새들과 동물들로 가득 차 있습니다. 그들은 바깥 세상에 대한 호기심은 매우 크지만 아는 것은 많지 않습니다. 그들이 갖지 못한 것을 우리가 줄 수는 없을까요? 그것은 바로 우리의 바깥 세상 경험입니다. 우리는 여행을 해 왔습니다. 우리는 가 본 곳도 많고 해 본 일도 많습니다. 우리는 삶을 알죠. 우리는 지식과 경험을 팔고 우리가 필요로 하는 물품을 받으면 됩니다."

이때 빌이 다시 낄낄거리며 물었다.

"너의 충고랑 음식을 바꾸자는 거야? 그런데 숲의 동물들이 나 같다면 손님이 많지 않을걸. 내 경험으로 보면 충고를 원할 때는 친척에게서 얻을 수 있거든. 가족 말고 다른 데서 얻으려 하지 않을걸. 더군다나 돈도 안 내고 충고를 팔다니! 핫! 차라리 고슴도치 세실을 이쑤시개감으로 팔지 그래!"

"내가 말하는 건 그게 아냐." 페르디난드가 냉정하게 말했다. "자, 이제 이렇게 중간에 끼어들기 없기다. 내 아이디어를 단순하게 말하자면 바로 이거야. 강의를 다양하게 계속해서 하는 거야. 매번 강의 때마다 음식과 입을 것을 받고 입장을 시키고 말야."

"정말 좋은 아이디어인데." 윌리엄 아저씨가 말했다. "음식

을 얻을 수만 있다면 말야. 하지만 아이들을 위한 옷과 담요
도 얻을 수 있을까? 숲 속 동물들은 그런 걸 갖고 있을 것 같
지 않아."

"그들이 찾아낼 거에요." 페르디난드가 확신에 차서 말했
다. "남자아이에게 입힐 낡은 코트를 찾으려고 한다면 말이
죠. 아저씨가 집의 마굿간에 있다면 그걸 구할 수 있어요?"

"물론 구할 수 있지." 윌리엄 아저씨가 말했다. "공구실 밑
에 낡은 오버 코트가 한 벌 있거든. 하지만 그건 달라. 여긴
숲 속이라……"

"숲 속이라도 마찬가지예요." 페르디난드가 말했다. "여기
에는 사냥꾼, 캠핑하러 오는 사람, 덫을 놓는 사람들 그리고
벌목꾼들이 있어요. 그들은 쓰던 물건을 항상 버리고 간다고
요."

"하지만 어떻게 그걸 찾을 수 있어? 이 부근에는 온통 나무
들뿐이던데."

"아저씨는 못하죠. 그게 바로 내가 얘기하고자 하는 부분이
에요. 사슴 중에서 그런 일을 할 사슴이 있을 거예요. 사슴은
몇 킬로미터 이내의 땅바닥은 훤히 알고 있을 테니까. 만일 8
킬로미터 이내에 낡은 코트가 있다면 알 거예요. 그 안에 없
다면 언덕 너머에 사는 친구들도 있을 테니 아마 적어도 그들
중 한 마리는 알고 있겠죠. 그럴 거예요."

"오늘 당장 강의를 하는 게 어때?" 찰스가 말했다. "내가 강

의할 거리를 갖고 있거든. 너도 알겠지만 내가 플로리다로 가는 여행 코스를 준비했었잖아. '태양이 가득한 남쪽 나라로의 여행' 그리고 워싱턴 시에 관한 것 하나. '우리의 입법부 의원들은 어떻게 살고 있는가?' 인기가 꽤 좋았었다고. 그리고……."

"오, 조용히 좀 해!" 헨리에타가 말했다. "아무도 당신 강의는 안 들어. 아마 당신이 수다쟁이인 걸 알면 나가려고 돈을 낼걸."

"바로 그거야. 그들은 대신 낼 만한 물건이 없지!" 찰스는 의기 양양하게 말했다.

"아니, 그들은 낼 거야!" 찰스의 아내 헨리에타는 빈정거렸다. "날 믿어. 이 겨울이 끝날 때까지 여기서 북극 사이에 있는 동물 중에 당신 얘기를 모르는 동물이 하나라도 있다면 내가 놀라자빠질걸."

찰스가 힘없이 고개를 떨구었다. 하지만 페르디난드가 구원의 손길을 뻗쳤다.

"오늘밤 찰스가 플로리다 이야기를 하는 건 좋은 아이디어라고 생각해. 오늘은 여기에 머물면서 눈신을 만들자. 저기 소나무 위에 있는 박새들에게 가서 다른 새들과 동물들에게 오늘 강의가 있다는 걸 알려 달라고 해야겠어. 많이들 들으러 올 거야. 내가 보증하지."

남은 하루 동안 페르디난드의 감독 아래 동물들은 어린 나무들을 쏠아서 넘어뜨리고 나무 껍질을 벗겨내고 얇은 나무를 구부리고 묶어서 거친 눈신을 만들어 냈다. 찰스는 눈신 만드는 일에서 빠져 혼자 연설을 연습할 수 있는 덤불 속으로 들어갔다. 눈신을 만들고 있는 동물들에게 가끔씩 몇 단어씩 들리곤 했다. 그러면 그들은 서로를 바라보며 미소지었다.

"이런 질문을 듣곤…… 아주 신중한 일이었습니다. 나의 친구들은…… 두려워하지 않고 나는 악어에게 날아가 쪼아 댔습니다. 그러자 그는 움츠러들었죠. '선생,' 내가 말했습니다…… 토론에 소질이 있던 저는, 물론 별다른 어려움 없이 상을 탔습니다……." 기타 등등.

그날 저녁 강의는 성황리에 끝났다. 사슴, 너구리, 여우, 토끼, 고슴도치, 스컹크 등 많은 청중들이 찰스의 말 한 마디 한 마디를 숨 죽이고 들으면서 재치 넘치는 이야기에는 웃음을 터뜨리기도 했다. 그리고 위기 일발의 탈출 이야기에는 열광적으로 환호했다. 찰스가 얘기한 것들은 딱히 진실이라고는 할 수 없었지만 사실에 가까웠다. 아이들과 헨리에타, 곰을 제외한 구조대의 대원들은 강의 시작 때 안내를 맡았다. 하지만 찰스가 얘기를 시작하면 얘기가 끝날 때까지 스무고개 놀이를 했다. 그들은 같은 얘기를 하도 많이 들어서 더 이상 지겨워서 들을 수가 없었다. 그럴 때면 페르디난드가 이렇게 말하곤 했다.

"찰스를 좋아하긴 하지만 자기 얘기를 할 때면 좀 지겨워.

북극에 간 프레디

계속 듣고 있다 보면 신경질이 나서 물건을 집어던지게 될 거야. 그럼 좋을 게 하나 없지."

아이들은 강연장에 머물렀다. 처음에는 시끌시끌한 동물들 틈에 있는 게 좋았다. 아이들은 찰스가 하는 말을 알아들을 수 없었지만 뭔가 연설을 하고 있다는 걸 깨달았다. 그래서 마음씨 좋은 아이들은 조용히 앉아서 다른 동물들이 박수를 칠 때 따라서 같이 박수를 쳤다. 강연이 끝나면 몇 명 동물들은 강연자와 악수를 하려고 일어났고, 아이들도 똑같이 행동했다.

곰은 얼마간은 강연장에 머물렀다. 예전에 찰스가 말하는 것을 들은 적이 없었기 때문이었다. 그리고 또 얼마간은 오랫동안 만나지 못했던 사촌들이 두 명이나 강연장에 왔기 때문에 강연장에 머물러 있었다. 곰은 맨 앞줄에 그들과 앉았다. 그리고는 그들을 다시 만난 게 너무 반가워 많은 이야기를 나누었다. 그래서 다른 동물들은 곰이 조용히 할 때까지 몇 번을 '쉬잇' 소리를 내며 조용하라고 부탁해야만 했다.

기회가 있을 때마다 남편 찰스에게 호된 잔소리를 해 대던 헨리에타는 찰스를 정말 자랑스러워했다. 그래서 누가 아주 조금이라도 찰스의 연설에 비평을 할라치면 덤벼들 기세였다. 오늘은 찰스가 연설하고 있는 곳에서 아주 가까운 나뭇가지에 앉았다. 찰스를 존경한 나머지 너무 솔직하게 열광적으로 박수 갈채를 보내서 찰스조차도 당황할 지경이었다.

찰스는 다른 청중들의 갈채가 끝난 뒤에도 헨리에타가 계속 발을 구르며 "브라보"를 외치자 그녀에게 속삭였다.

"소리가 너무 커! 동물들이 우습게 생각할 거야."

"내가 당신 마누란지 모를 텐데, 뭐."

헨리에타가 중얼거렸다.

"동물들은 내가 박수꾼으로 당신을 고용한 줄 알 거라고."

찰스가 대답했다.

"입 닥치고 하던 연설이나 계속해."

헨리에타가 화가 난 목소리로 속삭인 뒤에 시비를 거는 듯 "브라보"를 다시 외치면서 찰스를 보았다. 찰스는 허둥거리며 강연을 계속했다.

매표소는 페르디난드가 보고 있었는데 거기에는 한 주 동안 먹을 수 있을 만큼의 식량이 쌓였다. 그 밖에 두툼한 체크 무늬 플란넬 셔츠, 낡은 스웨터 두 장, 벌목꾼이 쓰다 버린 두 툼한 양말 네 켤레, 분홍색 리본이 달린 니트 카디건 한 장, 빗자루 하나, 성냥 두 상자, 영국 식민지 시대 때의 우표가 고 스란히 들어 있는 우표 앨범 하나가 들어왔다.

숲 속 동물들은 원래 동물의 습성 그대로 다양한 물품들을 별다른 이유 없이 숨겨 놓았다가 찾아오곤 했다. 에버렛은 발 뒤꿈치까지 내려오는 플란넬 셔츠를 입었고, 엘라는 스웨터 중 하나를 골라 입었는데, 너무 길어서 걸려 넘어지지 않도록 옷을 잡아 올리고 걸어야만 했다. 그리고 아이들은 두툼한 양말을 신었다. 양말이 너무 커서 진짜 우스꽝스러웠다. 하지만 아이들은 신경쓰지 않았다. 매우 따뜻했으니까.

그날 이후 여행은 구조 원정이라기보다 강연 여행이 되어 버렸다. 구조대가 도착한다는 소식이 구조대보다 항상 먼저 도착하곤 했다. 그래서 다른 구역에 도착하기 전에 중간중간 강연을 하기도 했고, 또는 이미 들었던 동물들에게 다시 이야기를 들려주기도 했다. 하지만 강연 때문에 여행 속도가 느려지자 그들은 구역마다 딱 한 번씩만 강의를 하기로 했다. 그래서 동물들이 다른 이야기를 들으려면 구조대를 따라 다음 구역까지 가야 했다. 많은 동물들이 그렇게 했다. 그 결과 눈이 많이 내렸는데도 눈신은 아주 가끔씩만 사용해도 되었다. 숲 속의 동물들이 앞장을 서서 길을 만들어 주었기 때문이다. 특히 100마리나 되는 말코 손바닥 사슴과 곰이 앞장 섰던 때는 그들이 지나간 자리가 딱딱하고 부드럽기가 일반 도로 같았다.

물론 찰스가 모든 강연을 다 맡아서 할 수는 없었다. 찰스는 언제나 너무 시끄럽게 얘기하기 때문에 강연을 하나 끝내면 일 주일간 목이 쉬었다.

"그이는 너무 많은 애를 쓰고 있어."

헨리에타가 찰스를 안쓰러워했다.

윌리엄 아저씨가 서커스단에 있었던 시절을 회상하며 '서커스 천막 아래의 생활'이란 제목으로 강연을 했다. 빌은 '뉴욕 주의 시골 여기저기' 란 제목으로 유머가 있는 이야기를 했는데, 이 강연은 반응이 꽤 좋았다. 그 다음으로는 잭이 '우리의 문명, 과연 어디로 가고 있는가?' 에 관해 강연을 했는데, 좀 철학적인 주제라 숲 속의 젊은 동물들에게는 그다지 인기를 끌지 못했다. 얼마 있다 그 주제를 포기하고 '사람과 사는 법' 에 관해 얘기했다. 생쥐들에게서 들었던 많은 사실들을 얘기한 것이었다. 페르디난드는 '남쪽 나무 꼭대기에서의 삶' 을 얘기했다. 그리고 위긴스 부인은 두 가지 주제를 갖고 얘기했는데, 하나는 '낙농 사업의 내막' 이었고, 다른 하나는 그녀가 워싱턴으로 여행을 가서 대통령과 악수를 했던 일을 다룬 '외양간에서 백악관까지' 였다.

위긴스 부인은 군중과 어울리는 소박한 유머를 구사했고, 언제나 즉흥적으로 이야기를 해서 그녀 자신도 이야기가 끝날 때까지 무슨 이야기를 하고 있는지 몰랐다. 그녀의 강의 시간에는 동물들이 언제나 많았다. 그 이유는 대부분의 숲 속 동물들은 소를 본 적이 없었기 때문이었다.

뒤에 동물들은 논쟁을 많이 벌였는데 그중 가장 유명한 것은 곰과 윌리엄 아저씨의 논쟁이었다. 동물들은 이 논쟁을 '농장의 삶 대 숲의 삶' 이라는 제목을 붙였다. 윌리엄 아저씨가 농장의 삶이 최고라고 말하자 곰이 반론을 펼쳤다. 하지만 숲 속에서 살고 있는 청중들을 기쁘게 하기 위해 미리 준비된 것이었으므로 곰이 이길 수밖에 없었다.

그리하여 용감하고 씩씩한 작은 동물 무리는 어렵지 않게 북극으로 가게 되었다. 여행은 이미 난 길을 따라 빨리 갈 수 있었다. 숲 속 동물들이 길을 만들어 주었기 때문이었다. 구조대는 항상 친구들의 소식을 기대하고 있었다. 강연이 끝날 때마다 강연자는 구조대의 목적을 설명하면서 고래잡이 어선과 실종된 동물들에 대한 이야기를 하며 청중들에게 호소했다. 청중 속에 있던 새와 사슴들은 이전에는 볼 수 없었던 색다른 동물들을 이곳에서 보았다는 소문은 많다고 했다. 그들이 보았다는 곳은 북극 지방이라고 했지만, 모두 친구들에 관한 소식이 아니었다.

  그래도 모든 소문은 북쪽에서 오고 있었기 때문에 동물들은 지금까지는 제대로 된 방향으로 가고 있음을 알았다.

8
잭과 찰스, 곤경에 빠지다

　겨울은 본격적으로 다가왔다. 눈은 마치 얼음 가루처럼 보였다. 나무들은 추위 때문에 부러지고 갈라졌다. 그러나 동물들은 아무리 추워도 밤이면 깃털 침대 밑에서 따뜻하고 아늑하게 지냈고, 낮이면 계속 힘차게 걸어서 몸을 덥게 했다.

　날씨가 점점 더 추워지자 곰은 아침에 일어나기가 힘들어졌다. 왜냐하면 곰은 겨울이 되면 동굴에 들어가 겨울잠을 자기 때문이었다. 그래서 찰스가 시끄럽게 *꼬꼬댁 꼬끼오*를 외쳐도 곰은 편안하게 코를 골며 잤다. 곰을 깨우려고 이불을 치우면 곰은 몸을 웅크리며 으르렁거리고 나서 다시 잠을 잤다. 흔들어도 보았지만 덩치가 너무 크고 무거워서 곰을 깨우려면 아주 오랫동안 흔들어야 했다. 동물들은 곰을 깨우고 나면 모두 지쳐서 그날의 행진을 시작하기 전에 한 시간은 쉬어야 했다. 그러던 어느 날 위긴스 부인이 곰을 깨우기 위해 곰의 갈비뼈를 뿔로 찌르게 되었다. 그러자 곰이 즉시 눈을 번쩍뜨고는 꿈틀거리면서 천진난만하게 웃으며 소리쳤다.

"어! 그만 간질러!"

위긴스 부인은 뒤로 물러나서 웅크리고 앉아 큰 소리로 웃었다.

"이봐, 얘들아!" 위긴스 부인은 헐떡거리며 말했다. "곰이 간지럼을 타! 상상이 가니? 간지럼 타는 곰이라니……."

하지만 위긴스 부인이 웃고 있는 동안 곰은 곧 다시 잠이 들었다. 그래서 위긴스 부인은 곰이 몸을 돌돌 말며 낄낄거리고 허공에 네 발을 들어올리고 제발 멈추라고 빌 때까지 간지럼을 태웠다. 이번에는 위긴스 부인이 곰을 완전히 깨웠다. 이 일이 있은 뒤부터 위긴스 부인은 매일 아침 곰을 깨우는 일을 맡게 되었다.

동물들은 밤이면 매우 깊이 잠이 들었다. 그들은 귀를 깃털 침대에 묻고 잠을 잤기 때문에 주위에서 나는 소리를 들을 수 없었다. 그러던 아주 이른 아침, 윌리엄 아저씨 옆에서 잠을 자던 잭과 찰스는 추위를 느껴 일어났다. 윌리엄 아저씨가 이불을 자기 쪽으로 끌어 간 것이었다.

잭은 이빨로 이불 한 귀퉁이를 잡고 끌어가려고 했지만 윌리엄 아저씨가 이불 위에 드러누워 있었기 때문에 이불은 꿈

쩍도 하지 않았다.

"윌리엄 아저씨를 깨워야겠어."

찰스가 말했다.

"그러면 모두 깰 거야." 잭이 말했다. "너도 알잖아. 잠에서 깨어나실 때마다 얼마나 씩씩거리는지 말야."

"그럼 어떡하라고!" 찰스가 신경질적으로 말했다. "일어나려면 아직 두 시간이나 남았는데 그때까지 여기 누워 있다가는 얼어 버릴 거야. 왜냐고? 저 뚱땡이 아저씨가 이불을……."

"무슨 소리 안 들려?"

잭이 물었다. 귀 기울여 보니 어두운 숲에서 동물의 울음소리가 길게 들렸다. 찰스가 말했다.

"개 같은데. 하지만 개들은 보통 사람들하고 살잖아, 안 그래? 몇 킬로미터 이내에는 사람이 안 사는데."

"아마 길을 잃은 개일 거야." 잭이 말했다. "넌 더 이상 졸리지 않지, 안 그래?

"이 소동에 졸리면 수탉도 아니지."

찰스가 심술이 나서 말했다.

"좋아, 그럼, 우리 산책이나 좀 하자. 어쩌면 그 개를 찾을 수 있을지 몰라. 만약 길을 잃었다면 우리가 집까지 데려다 줄 수도 있을 거야."

찰스는 좀 심술이 났지만 잭과는 다른 이상한 개에 대해 알고 싶은 호기심이 생겼다. 그래서 그들은 각자 침대에서 코를 골며 곤히 자고 있는 친구들을 뒤에 두고 바로 산책을 나섰다. 눈이 너무 많이 쌓여서 수탉 찰스는 눈에 빠지지 않고는 걸을 수가 없었다. 찰스는 발이 시려워지자 잭의 등에 올라탔다.

캠프에서 조금 떨어지자 잭이 몇 번 짖었다. 다른 개들에게 자신의 위치를 알리기 위해서였다. 몇 분이 지나자 날카롭게 깽깽 짖는 소리가 들려왔다.

찰스가 말했다.

"아마 덫에 걸렸나 봐. 별로 멀지 않은 곳에서 소리가 들려오는데. 근데 관목 숲에서 들리는 이상한 소리는 뭐야?"

"나도 모르겠어." 잭이 대답했다. "우리의 양쪽에 뭔가가 있어. 마치 우리 옆에서 우리를 따라 같이 움직이는 것 같아. 하지만 물론 이건 불가능해. 아마 눈 때문에 나는 소리일 거야. 근데 이상한 냄새가 나네. 무슨 냄샌지 알겠어?"

"그래. 나도 뭔가 좀 이상하다고 생각하고 있었어."

찰스가 말했다. 그러나 이건 사실이 아니었다. 왜냐하면 수탉은 냄새를 전혀 맡지 못하니까. 이 세상에서 가장 좋은 향수가 있다 해도 그건 수탉들에게 소용이 없다. 하지만 수탉들은 자존심이 강해서 자신이 하지 못하는 걸 인정하지 않았다. 그래서 이번에도 "그래"라고 대답한 것이다.

"곰 냄새도 좀 나고 개 냄새도 좀 나고 그래." 잭이 신중하게 얘기했다. "하지만 둘 다 아닌 것 같아. 그게 뭔지…… 여보세요! 찰스, 여기 있어!"

숲 속의 빈터로 나와 보니 가운데에 아주 크고 텁수룩한 개가 눈밭에 누워 있었다.

"안녕하세요?" 잭이 예의바르게 인사했다. "댁이 길게 우는 소리를 들은 것 같아요. 그래서 우리가 뭔가 댁에게 도움이 될 게 있나 하고 와 보았습니다. 댁이 길을 잃었다고 생각했거든요. 우리도 여기가 처음이긴 해도 우리가 댁에게 길을 안내할 수 있을지 모르니까요."

"고마워요, 고마워. 아주 친절하군요."

상대방이 이렇게 말했다. 그는 곧 일어나서 자신의 코트에서 눈을 털어 냈다. 코트는 두껍고 거칠며 회색빛 나는 황갈색이었다. 그는 말할 때마다 웃긴 했지만 눈만은 웃지 않으면서 음흉한 곁눈질을 하고 있었다. 그리고 이빨은 길고 희었다. 찰스는 잭의 등에서 불안하게 움직이며 잭에게 속삭였다.

"이 친구가 맘에 안 들어. 저런 식으로 나를 쳐다보는 게 정말 싫다고. 저 친구는 마치 나를 통닭 쳐다보듯 하고 있어."

그런데 그 개는 찰스와 잭에게 가까이 다가오면서 계속 말을 했다.

"그래 그래. 아주 친절하구만. 자네는 농장에서 자란 개지, 그렇지?"

"그래요." 잭이 말했다. "우리는 친구들이랑 여행 중입니다. 북극으로 가는 중이죠. 이 친구와 나는 그냥 댁이 어떤 종류의 개인지 궁금했습니다. 아주 드문 종류인 것 같군요. 우린 댁처럼 생긴 개는 처음 봐요."

"처음 본다? 그래, 자넨 나 같은 종류는 처음일 거야." 그 개는 넋이 나간 듯 얘기했다. "북극이라고? 좋아, 좋아! 정말 흥미진진하군!"

그 개는 아주 가까이 와서 코를 바짝 들이대고 찰스의 냄새를 너무나 진지하게 맡았다. 찰스는 등에 소름이 확 돋았다.

"그리고 자네의 친구는 수탉이라고? 그래, 그래. 닭 냄새는 나도 알지." 그 개는 입맛을 다셨다. "하도 오래 전 일이기는 하지만……."

그 개는 여기서 말을 끊고는 화제를 돌렸다.

"아, 그래, 그건 다음에 얘기하도록 하지. 난 먼저 나를 찾아 준 자네의 사려 깊음에 얼마나 감사하는지 말해야 하니까 말야. 이런 일은 아주 드문……."

그 개는 다시 말을 끊고는 많이 고마워하는 듯 웃어 보였다. 잭이 퉁명스럽게 말했다.

"이제 댁이 곤란한 지경도 아니고 길을 잃은 것도 아니라는 걸 알았습니다. 그리고 우리가 댁에게 해 줄 일은 아무것도 없을 것 같습니다. 우린 친구들에게 돌아가는 편이 좋겠어요. 참, 우리 친구들과 아침 한 술 뜨고 싶다면 같이 가세요. 친구들이 반길 겁니다."

"정말 고맙네. 자네는 너무 친절하군. 하지만 난 자네의 후한 마음씨를 아무 대가 없이 그냥 받을 수는 없네. 여기 남아서 나와 내 친구들과 함께 아침을 꼭 먹어야 하네. 내가 확신하네만 자네 친구들이 나를 반기는 것보다 나의 친구들이 자네를 반기는 게 훨씬 더할 걸세."

"댁의 친구들이라고요?" 잭이 소리쳤다. "하지만 난 당신이……."

"용서하게." 그 개가 말했다. "내가 자네를 만나 너무 반가워서 그들을 자네에게 보여 주는 데 소홀했군."

그는 코를 높이 들고 길고 음울한 울음소리를 냈다. 그러자 즉시 관목 숲에서 살랑거리는 소리가 나더니 찰스와 잭의 주변에 크고 거친 회색 개들이 원을 만들며 앉았다. 그들은 찰스와 잭에게 입으로 미소를 짓고 있었지만 그 입은 매우 굶주려 보였다.

잭이 덫석으로 그냥 걸어들어왔다는 걸 깨달은 건 너무 늦은 일이었다. 덫 중에서도 이런 이상한 동물들의 덫이라니, 잭에게는 아무런 아이디어도 떠오르지 않았다. 잭은 찰스가 덜덜덜 떨고 있는 걸 느꼈다. 하지만 침착하게 행동하려 했다.

"그래요, 그래." 잭이 말했다. "댁의 친구들을 만나게 되어 매우 기뻐요. 진짜요. 근데 여기 있는 누구도 우리의 강연회에서 본 적이 없는 것 같군요. 온 적이 있나요?"

그 개는 이번에는 예의를 차리지 않고 웃어 댔다.

"아니." 그 개가 말했다. "자넨 그런 적 없을 거야. 나중에 라도 어떤 강연회에서도 이 친구들을 보게 되는 일은 없을걸. 우리 말을 따르지 않는다면 자넨 앞으로 어떤 강의에도 참석하지 못할 것 같거든. 안 그래, 친구들?"

그렇게 말하고는 이를 드러내고 웃으며 기대에 찬 얼굴로 입 주위를 핥고 있는 주위의 친구들을 둘러보았다.

위험에 빠졌음에도 불구하고 잭은 너무 화가 나기 시작했다. 날이 좀더 환해지자 무리의 얼굴이 아주 사납고 흉폭하게 드러났다. 구조대 친구들은 일어나 아침을 먹을 시간이었지만 찰스가 그들을 깨우지 못했으니 늦잠을 잘 것이 뻔했다. 아마 한두 시간 더 지난 뒤에 일어나 자기들이 없는 걸 알고 놀랄 것이다. 아무래도 최대한 시간을 벌어야 했다.

잭이 말했다.

"무슨 말을 하는지 모르겠군. 우리를 여기 잡아 두려고 하다니……. 그 말을 믿을 수가 없어. 그건 농담이지? 우린 네게 해를 끼친 적이 없잖아."

하지만 더 이상 뭐라 말할 수 없었다. 상대방의 대장이 갑자기 주둥이를 위로 올리더니 명령을 내리는 듯 날카롭게 짖었다. 그 즉시 상대방의 부하들이 포로가 된 잭과 찰스 가까이로 다가왔다.

"이리 와." 대장이 말했다. "우린 여기 충분히 있었으니까

이제 우리와 함께 가야 해."

잭은 위협적인 눈과 날카로운 이빨을 둘러보았다.

"좋아, 좋다고." 잭이 말했다. "하지만 우리 발톱이라도 건드렸다간 재미 없을 줄 알아."

잭과 찰스를 끌고 가던 두세 마리의 이상한 개들이 이 말을 듣고 웃어 댔다. 하지만 대장은 이렇게 말했다.

"네가 조용히만 한다면 너희에게 아무런 일 없을 거야. 앞으로 전진!"

동물들은 분대를 이룬 군인처럼 움직였고, 포로들을 숲 안쪽으로 데리고 갔다. 잭은 얼어붙은 눈을 따라 걸으면서 자신을 감시하고 있는 개들의 상스러운 농담과 웃음소리를 듣다가 갑자기 아이디어가 떠올랐다.

"찰스, 내 머리 쪽으로 올라와."

잭은 찰스에게 속삭였다. 찰스는 처음에는 너무 무서워서 듣지도 못하고 덜덜 떨면서 중얼거리기만 했다.

"이런! 이럴 수가! 나 없이 헨리에타는 어쩌지? 그리고 열여덟 마리의 어린 자식들은 어떻게 하지? 그 애들을 다신 못 보겠지? 훌륭하고 영광스런 삶이 이렇게 빨리 끝나다니 정말 슬픈 일이로다!"

하지만 곧 찰스는 잭의 말을 알아들었다. 이 숲의 대부분의 나무들은 키가 커서 나뭇가지들이 땅에서 6미터 이상이나 높이 있었다. 하지만 가문비나무 군락을 통과하자 곧 머리 위에 낮게 늘어진 큰 가지를 하나 발견할 수 있었다.

"자, 찰스! 내가 말하면 뛰어올라."

잭은 다른 놈들이 알기 전에 멈춰서서 소리쳤다.

"찰스, 이때야!"

그리고 잭은 뒷다리로 서서 퍼덕거리는 찰스를 큰 가지 위로 올려 주면서 소리쳤다.

"이제 할 수 있는 한 크게 울어!"

찰스는 그 어느 때보다 크게 울었다. 꼬꼬댁 꼬끼오~~~.

찰스의 발은 얼음으로 뒤덮인 나뭇가지 위에서 미끄러지고 쓰러지고, 꼬리 깃털은 그를 나뭇가지에서 끌어내리려는 성난 패거리들에게 뽑혔다. 찰스의 울음소리는 사방 몇 마일 이내에 울려 퍼졌다. 마침 숲 속의 엘크와 곰, 비버, 여우, 족제비들이 아침 일을 시작할 때였다. 그들은 멈춰서서 머리를 들고 말했다.

"누가 노래를 부르나? 목소리가 정말 멋지군!"

하지만 찰스의 울음소리는 오래 가지 못했다. 나뭇가지가 너무 미끄러워서 높은 가지로 뛰어올라갈 수가 없었기 때문이었다. 찰스는 놈들에게서 벗어나지 못하고 날개를 잡혀 거칠게 떨어져 버렸다. 잭이 도와줄 수도 없었다. 다른 놈들이 찰스를 잡으려고 할 때 패거리 중 큰 놈 두 마리가 잭을 지키고 있었기 때문이었다. 잭은 자신이 뛰어달아나도 그들이 곧 자신을 잡을 수 있다는 것을 알고 있었다. 패거리 중 하나가

"누가 노래를 부르나? 목소리가 정말 멋지군!"

찰스를 조심스럽게 끌어올려서 잭의 등에 올려 놓았다. 패거리의 대장이 다가와서 잭에게 말했다.

"그런 속임수를 쓰다니. 널 스프로 만들어 버리는 데는 오 분도 안 걸려. 다음에는 경고도 없을 테니 알아서 해."

하지만 이미 포로가 된 잭과 찰스에게 경고 따위는 필요도 없었다. 이미 풀이 죽어 버렸기 때문이었다.

찰스와 잭 일행은 두 시간이 걸려 어느 동굴에 도착했다. 패거리들의 본거지인 게 틀림없었다. 찰스는 동굴 밖에 나뒹구는 뼈들을 보고 덜덜 떨었다.

"저건 닭뼈야. 저 중에 닭뼈도 있다고. 마치 내 뼈를 보는 것 같아. 난 이제 다시는 귀여운 열여덟 마리의 자식들을 보지 못하게 될 거야."

동굴 안에는 큰 방이 여러 개 있었다. 찰스와 잭은 좁은 복도를 통해 그중 한 방으로 들어가게 되었고, 그 방 밖에는 보초가 서 있었다. 얼마가 지나자 패거리의 대장이 들어와서 말했다.

"자, 이제야 좀 얘기를 할 수 있겠군. 내가 너희에게 뭘 바라는지 말야. 네가 동의한다면 너희들을 보내 줄게. 근데 아니라면 우린 너희를 먹어 버릴 거야. 너희에게 선택권이 주어진 거야."

"우린 너희에게 먹히기 싫어."

잭이 말했다.

"그래, 그렇다면 내 말을 들어 봐. 우리는 며칠 동안 너희를 쫓아왔어. 거기에 작은 남자아이랑 여자아이가 끼어 있더군. 우리는 그 아이들을 원해. 아이들을 우리에게 데려다 준다면 너희를 바로 보내 줄 거야. 하지만 약속을 지키지 않는다면……."

그는 예의바르게 미소지었지만 기분 좋은 미소는 아니었다.

"음, 그렇게 되면, 친애하는 견공, 난 너와 너의 깃털 달린 친구를 여기서……."

"오, 제발!" 찰스가 끼어들었다. "그 말은 제발 다시 하지 말아 줘."

"그래 좋아. 빨리도 결정하는군. 내 친구들은 참을성이 없거든. 그리고 배가 고파."

"하지만," 잭이 말했다. "우리가 약속을 저버리고 아이들을 네게 데려다주지 않는다면?"

"오, 넌 그렇게 못해." 다른 놈이 말했다. "난 동물들의 특성을 아주 잘 알아. 너보다 훨씬 많이 알지. 네 친구는 그럴 수 있겠지. 하지만 개들은 그런 짓 안 해. 개는 거짓말을 하지 않아. 설사 자기가 죽게 되더라도 말야."

이것은 정말이지 사실이었다. 이 세상에 거짓말을 했다는 개는 역사에 남아 있지 않다. 그래서 사람들이 동물 중에서 가장 좋은 친구로 개를 뽑는 것이다.

"애들에게서 뭘 바라는 거지?" 잭이 물었다. "그 애들을 먹을 셈이야?"

"오, 이런 나의 친구!" 다른 놈이 소리 질렀다. "어떻게 그런 걸 상상할 수 있지? 당연히 아니지! 와아! 흠, 좀 설명하기 어려운걸. 너도 알겠지만……."

"아주 완벽하게 잘 알고 있어." 잭이 끼어들었다. "그래서 그렇게 하지 않을 거야. 원한다면 우릴 먹어도 좋아. 하지만 우리의 친구들이 이 일을 알 때까지 기다려. 어때, 찰스?"

"그럼!" 찰스가 말했다. 다른 수탉들처럼 찰스도 화가 날 때면 엄청난 용기가 솟아났다. 그에게 친구들을 배반하라고 한 것은 그를 화나게 하기에 충분했다.

"야, 너, 덩치만 큰 놈! 치사하고 비열하고 아이들이나 먹는 놈아! 친구들이 와서 너희들을 해치우려고 하면 그때 넌 열쇠 구멍이나 틀어막고 있어야 할 거야. 썩 꺼져 버려!"

그리고는 놀란 개에게 날아가 할퀴고 눈을 쪼아대서 방에서 쫓아냈다.

"저기, 잭." 찰스가 곤두섰던 깃털을 내리고는 말했다. "내가 저놈을 얼빠지게 만든 거 같아! 이제 우리가 할 일은 복도를 지키는 거야. 복도는 좁아서 한꺼번에 못 들어오고 한 마리씩 드나들 수 있으니까 말야. 우리 한 번 두고 보자고. 우릴 어떻게 먹을 수 있는지 말야!"

하지만 잭은 우울해 하며 말했다.

"한동안은 괜찮겠지. 하지만 좀 있으면 우린 잠을 자야 할 테고, 그러면 그들은 낌새를 채고 우릴 잡을 거라고."

"그래, 어쨌든," 수탉이 말했다. "우린 한동안은 우리 자신을 지킬 수 있어. 어쩌면 윌리엄 아저씨랑 위긴스 부인 그리고 나머지 친구들이 여기로 올 수 있을 거야."

"그럴지도 모르지." 잭은 별 희망이 없는 듯 말했다. "그래. 우리가 할 수 있는 건 그게 다야."

그 순간 복도에 적의 날카로운 주둥이가 다시 나타났다.

"물러서!"

찰스가 경고했다. 하지만 적은 들어오려던 것이 아니었다.

"그래, 물러서 있을 거야." 그는 악의에 찬 노란 눈으로 그들을 노려보며 으르렁거렸다. "우린 기다릴 수 있어. 시장이 반찬이니 오늘 먹는 것보다 내일 먹는 게 더 맛있을 거야. 핫! 어쨌든 너희를 그냥 놔 주지는 않을 거야. 수탉은 늑대를 속일 수도, 늑대에게서 도망칠 수도 없거든."

"늑대라고?" 잭이 소리쳤다. "이런! 이들이 늑대라면 우린 정말 곤란에 빠진 거야. 한 번도 본 적은 없지만 들은 적은 있어. 늑대는 숲 속에서 가장 나쁜 동물이래. 사냥할 때 무리를 지어 사냥하고 자신을 방어할 만한 힘이 없는 동물은 무엇이든 공격해서 먹어 치운대. 어떤 때는 사람도 먹는대."

"사람을 먹는다고?" 찰스가 소리 질렀다. "난 그런 얘기는 들어 본 적이 없어! 믿을 수 없어, 잭. 그런 일이 있을 수가!

늑대들은 체면도 없대?"

"늑대들이 아이들을 뭐에 쓰려는 걸까?"

잭이 물었다.

"그래, 네가 옳을지도 몰라." 찰스가 대답했다. "전에 프레디가 읽어 준 적이 있는 동화가 생각 나. 늑대가 소녀의 할머니인 것처럼 가장해서 소녀를 먹으려고 하는 이야기야. 하지만 그건 그냥 동화 속 이야기라고 생각했는데."

"빨간 모자." 잭이 말했다. "그래, 늑대들은 우리를 먹어 치울 거야."

"한동안은 좀 잊고 있고 싶어." 찰스가 말했다. "졸리니?"

"좀 그러려고 해." 잭이 말했다. "여긴 너무 조용해. 그리고 아침에 잠을 못 잤잖아. 잠들지 않게 네가 옛날 이야기를 해 주는 게 어때? 머지 않아 친구들이 우리를 구하러 올 거야."

"그래, 좋아." 찰스가 대답했다. "넌 문을 잘 보고 있어."

"옛날 옛날 한 옛날에 존이라는 이름을 가진 아주 잘생긴 개가 있었어. 그는……."

9
숲 속에서의 전투

찰스가 아주 큰 목소리로 길게 울어서 도움을 요청할 때 동물들은 모두 잠들어 있었다. 그리고 위긴스 부인이 코를 너무 크게 곯았기 때문에 어느 누구도 찰스의 구조 요청을 듣지 못했다. 하지만 헨리에타는 예외였다. 헨리에타에게는 남편의 목소리가 매우 익숙했다. 헨리에타는 꿈을 꾸면서도 공포에 잠기고 애원하는 듯한 남편의 목소리를 들을 수 있었다. 그녀는 잠에서 깨어나 깃털 침대 밑에 넣었던 머리를 꺼냈다. 그 순간 찰스가 늑대들에게 끌어내려지기 전에 "살려 줘!" 하고 마지막으로 지르는 소리가 들렸다. 헨리에타는 그 즉시 침대에 나와 꼬꼬댁 울면서 위긴스 부인의 코를 세게 쪼아 댔다.

"일어나!" 헨리에타가 소리 질렀다. "찰스가 위험에 빠졌어. 뭔가 끔찍한 일이 일어나고 있다고. 난 알아! 일어나, 애들아! 일어나서 날 좀 도와줘!"

"뭐야?" 위긴스 부인이 졸린 목소리로 웅얼거렸다. "문제? 무슨 문제? 내 코 위에 날아와 앉은 게 문제지. 저리 가."

그리고는 머리를 흔들며 한숨을 쉬고는 다시 잠이 들었다. 하지만 헨리에타는 꺼억꺼억 울면서 계속 쪼아 댔다. 머지 않아 동물들 모두가 일어나 그녀의 얘기를 들었다.

"지체할 시간이 없어." 윌리엄 아저씨가 말했다. "찰스에게 캠프 밖으로 돌아다니지 말라고 경고했는데. 찰스는 금방 길을 잃었을 거야. 그리고 이 숲에는 아침으로 살진 수탉보다 맛좋은 게 없다고 생각하는 들고양이들이 아주 많다고."

"내 남편보고 뚱뚱하다고 말하지 말아욧!" 헨리에타가 소리쳤다. "찰스가 위험에 빠졌는데 찰스의 단점이나 들춰 내며 좋아하다니. 그리고……."

"미안해," 윌리엄 아저씨가 말했다. "내가 실수했어. 찰스는 아주 잘생기고 우아한 몸매를 가졌지. 자주 그렇게 말했잖아. 근데, 여길 봐. 여기 찰스의 발자국과 함께 잭의 발자국도 있어. 둘이 함께 있다면 괜찮을 거야. 그러니 우리 무슨 일이 일어나고 있는지 한번 쫓아가 보자."

그래서 농장의 동물들은 서둘러 늑대가 기다리고 있는 개척지로 갔다.

"흠." 위긴스 부인이 말했다. "개가 많았어. 여러 마리가 있었는데. 그리고 한꺼번에 모두 같이 떠나 버렸군."

"개 치고는 꽤 큰걸."

위긴스 부인의 등에 타고 있던 어크가 말했다. 곰은 흔적을 자세히 살펴보았다. 그리고 땅바닥에 코를 대고 냄새를 맡았다.

"개가 아니야." 곰이 조용하게 얘기했다. "개라면 좋겠지만, 그들은 늑대야. 그리고 잭과 찰스를 다시 보고 싶다면 우린 서둘러 쫓아가야 해. 얼른 따라가서 위험에 대비해야 해."

곰은 그렇게 말하고는 늑대들이 남긴 발자국을 따라 빠르게 쿵쿵 걷기 시작했다.

구조대의 동물 중에서 몇몇만 늑대란 동물이 있다는 걸 들어 본 적이 있었다. 하지만 지금은 질문할 시간이 없었다. 곰이 너무 걱정스러워하고 있었기 때문에 구조 대원들은 뭔가 정말 위험한 일이 벌어지고 있다는 걸 느낌으로 알 수 있었다. 꽤 빠르게 보조를 맞추며 걸은 덕분에 머지 않아 발자국이 끝나는 동굴 앞까지 도착했다. 하지만 주변에는 아무도 보이지 않았다. 좀더 가까이 가자 늑대 한 마리가 걸어나와 섰다.

"좋은 아침, 친구들!"

그 늑대는 아주 예의바르게 말했다. 구조대는 멈춰 섰다. 하지만 헨리에타는 달랐다. 헨리에타는 깃털을 곤두세우고 머리를 낮게 내리고는 늑대에게 다가갔다. 늑대가 조금만 가까이 와도 달려들 기세였다. 그녀는 암탉에 지나지 않았지만 진짜 험악해 보였다.

"나도 아침 인사를 해 주지, 이 나쁜 놈아!" 헨리에타는 화가 나서 미친 듯이 꼬꼬댁거렸다. "내 남편 어딨어?"

"부인!" 늑대가 소리 질렀다. "그렇게 목소리를 높일 필요는 없습니다. 당신의 남편과 친구는 아주 안전합니다. 우리와 그들 사이에는 조정해야 할 작은 일이 있습니다. 그래서……."

"이거 봐, 이거 봐," 곰이 끼어들었다. "말이 너무 길구먼, 늑대 양반. 우리는 친구를 원해."

그리고는 낮은 목소리로 길게 으르렁거렸다. 그 소리에 늑대의 빈정거리던 웃음은 싹 가셨고, 늑대는 바로 동굴 입구로 도망가 버렸다.

"빨리 내 친구들을 데려와."

하지만 그 늑대는 고개를 절레절레 흔들었다.

"먼저 약간의 절차가 필요합니다. 먼저 우리에게 적당히 포동포동한 아이들을 건네준다면 당신네 친구들을 즉시 데려갈 수 있습니다."

그의 말은 헨리에타의 화를 폭발시켰다.

"절차? 하!" 헨리에타가 소리 질렀다. "우리한테 잘난 척하다니, 한 수 가르쳐 주도록 하지! 내 남편을 되돌려주지 않으면 우린 너의 머리를 뽑아서 씹어 버리고 네 그 낡은 가죽은 빈 아저씨의 부엌 바닥 깔개로 만들어 주마!"

이 말을 듣고 늑대가 웃어 대자 헨리에타는 곧장 늑대에게 날아가 발톱을 늑대의 거친 머리에 깊이 박고는 아파서 소리를 질러 댈 때까지 눈알을 쪼아 댔다. 늑대는 헨리에타를 떼어 버리려고 바닥을 굴러야 했다. 늑대는 금방 일어나서는 그간 보였던 연극은 잊어버리고 이를 드러내고는 헨리에타를 노려보았다. 만일 늑대가 헨리에타를 잡았다면 그것은 헨리에타의 마지막 순간이 되었을 것이다. 하지만 곰이 앞으로 나와 커다란 발바닥으로 늑대를 후려쳐서 통나무 위에 뻗게 만들었다. 늑대는 잠시 동안 뻗어 있다가 몸을 추스르고는 말 한마디 없이 절뚝거리며 동굴 안으로 들어갔다.

"한 수 가르쳐 준 거 맞지?" 헨리에타가 말했다. "자, 동물 여러분, 이제 동굴로 들어가서 찰스와 잭을 데려오자고."

하지만 곰이 머리를 절레절레 흔들었다.

"너무 서둘지 마." 곰이 말했다. "난 늑대들의 습성을 알아. 골칫거리에 대비해야 해. 곧 골칫거리가 많이 생길 테니까 말야."

그 말이 끝나기도 전에 여덟이나 아홉 정도 되어 보이는 길고 마른 늑대들이 동굴에서 튀어나왔다. 그 즉시 동물들은 살아남기 위해 싸웠다. 숲은 늑대로 가득차 있는 듯했다. 늑대들은 적을 무너뜨리기 위한 주도권을 잡기 위해 구조대 동물들의 주위를 돌면서 노려보고 길고 흉악한 입을 벌려 딱딱 소리를 냈다. 처음에는 구조대 동물들은 경호 범위에서 벗어나 있었다. 곰이 미리 준비해 두지 않았다면 구조대는 여기서 마지막을 맞이했을 것이다. 하지만 곰은 뒷다리로 서서 권투 선수처럼 앞발로 빠른 라이트 훅 레프트 훅을 날려 처음으로 덤벼들었던 늑대 두 마리를 나동그라지게 했고, 세 번째 늑대는 큰 입으로 꼬리를 잡아 돌려서 머리 위로 던졌다. 그 늑대는 소나무에 걸려서 울어 댔다.

이쯤 되자 다른 동물들도 싸움을 거들기 시작했다. 늑대 한 마리가 에버렛을 잡고 동굴로 끌어가기 시작했다. 이때 세실이 그걸 보고 위긴스 부인을 창문에서 뛰어내리게 만들었던 방법을 떠올렸다. 세실은 늑대 다리 밑으로 들어가서 점프를 약간 했다. 늑대는 깨갱 하고 울면서 에버렛을 떨어뜨리고는 뱃속에 박힌 날카로운 고슴도치 가시를 뽑기 위해 낑낑거리면서 동굴 안으로 도망쳤다.

구조대의 동물들은 제각각 자기만의 방식으로 싸웠다. 빌은 마치 작은 파성퇴(옛날 전쟁 때 성벽을 부수는 도구)처럼 순식간에 돌진해서 늑대를 계속 쓰러뜨렸다. 하지만 늑대들을 많이 다치게 하지는 못했다. 위긴스 부인은 곰과 등을 맞대고 서서 늑대들을 떠메어 공중으로 높이 던졌다. 하지만 위긴스 부인은 착한 마음씨를 가진 동물이어서 자신의 길고 날카로운 뿔에 늑대들이 중상을 입지 않도록 애썼다. 윌리엄 아저씨도 싸움판에 뛰어들어 뒷다리로 서서 앞다리로 차고 물어뜯고 밟아 댔다. 윌리엄 아저씨는 매우 열심히 싸우고 있었다. 돌아서서 뒷다리로 맹렬히 공격했는데 커다란 쇠 말굽에 맞아 본 늑대들은 너무나 아파서 더 이상 싸움을 계속할 수 없었다.

이윽고 늑대들을 불러들이는 긴 울음소리가 나자 늑대들은 끌어갈 수 없는 세 마리는 그냥 밖에 두고 동굴로 후퇴했다. 구조대 동물들은 자신들의 상처를 꼼꼼히 살폈다. 많이 다친 동물은 없었다. 눈바닥에 깃털과 털이 좀 떨어져 있을 뿐이었다. 페르디난드는 부리를 좀 삐었고, 위긴스 부인은 늑대에게 꼬리를 물리는 바람에 상처가 조금 났다. 그 와중에 위긴스 부인의 등에 있던 생쥐 한 마리가 사라졌지만 곧 돌아왔다. 길에서 벗어나 굴을 파고 있었던 것이었다.

"이럴 수가!" 위긴스 부인이 말했다. "싸우는 게 이렇게 재미있는지 몰랐어! 물론 격렬하기는 하지만 말야. 하지만 이렇게 즐길 수 있다니 정말 신기해."

"그거야 네가 이겼을 때 얘기지." 윌리엄 아저씨가 말했다. "이제 우린 뭘 하지? 마지막 승부를 내기 위해 쫓아갈 수가 없어. 동굴 입구가 너무 좁아서 큰 동물은 들어갈 수가 없어."

바로 그때 대장 늑대의 주둥이가 입구에 나타났다. 헨리에타의 공격으로 한쪽 눈을 반쯤 감고 있었지만 아직도 이를 드러내고 웃고 있었다.

"그래." 대장 늑대가 말했다. "그래, 지금은 너희가 재미를 좀 봤겠지. 하지만 그 배상은 누가 하게 될 것 같아?"

"내 남편 머리의 깃털에 손가락 하나라도 댄다면……."

헨리에타가 말했다.

"그래 그렇게 되면 그 깃털은 네게 줄게." 대장 늑대가 말했다. "다른 이들에게는 소용도 없을 테니까. 하지만 아직은 그러지 않을 거야. 우리의 제안은 아직 유효하거든. 우리에게 아이들을 넘겨. 그러면 너희들은 친구들을 데려갈 수 있어."

"네가 알아야 할 게 있는데 말야," 페르디난드가 말했다. "우린 너희들이 배가 너무 고파서 나올 때까지 여기서 기다릴 수 있어."

"오, 그래?" 대장 늑대가 말했다. "하지만 우리가 배가 고파진다면 누굴 잡아먹게 될까?"

그는 그렇게 말하고는 비열한 표정으로 윙크를 했다.

"음, 잘 생각해 봐. 좀 있다가 와서 다시 대답을 듣도록 하지."

말을 마치고 대장 늑대는 동굴 안으로 사라졌다.

그 동안 동굴 안에선 두 마리의 간수 늑대가 문을 지키기는 했지만 감시가 소홀해져 있었다. 잭은 문 쪽으로 가서 눕고, 찰스는 배가 고파져서 오르락내리락 돌아다니다가 혹시 먹을 게 떨어져 있지 않을까 하여 종종 더러운 바닥을 긁었다. 그러다가 찰스는 여섯 개의 작고 까만 물건을 발견했다. 자세히 들여다보니 그것은 아주 큰 개미들이었다. 겨울잠을 즐기고 있던 개미 종류 같았다.

"흠," 수탉이 말했다. "개미들을 좋아한 적은 없어. 향이 강하거든. 하지만 거지에게는 선택권이 있을 수 없지."

그리고는 여섯 마리를 쪼아 먹었다. 곤충이라고 생각하고 꿀꺽 삼키고는 개미를 더 찾기 위해 바닥을 긁었다.

찰스는 개미들의 본거지를 찾아내서 다 먹어 치우려다가 아이디어 하나가 떠올랐다. 찰스는 개미 한 마리를 잡아 거칠게 흔들었다.

"야! 일어나!"

개미가 기지개를 켜더니 하품을 한 뒤 일어나 앉아서 앞다리로 세수를 했다.

"뭐요?" 개미가 씩씩거리며 화를 냈다. "왜 잠자는 개미를 깨우는 거요?"

"미안해요." 찰스가 예의바르게 말했다. "하지만 여기에서 당신을 찾은 건 커다란 행운이 아닐 수……."

"행운이라고? 나에게? 아니면 당신에게?"

개미가 빈정거리며 물었다.

"우리 모두에게라고 봅니다만," 수탉이 말했다. "여길 봐요. 이 개미집에는 대략 얼마나 많은 수의 개미들이 있소?"

"마지막 조사 때 약 사천 마리였소." 개미가 말했다. "사천

북극에 간 프레디

명의 병정 개미요. 우리는 상설 수비대요. 일개미들은 더 많이 있소. 하지만 그 수는 알 수 없소. 근데 이런 멍청한 질문이나 하려고 나를 깨웠소? 당신 뭐요? 신문 기자나 그 비슷한 거라도 되시오?"

"아니, 아니오." 찰스가 말했다. "사실 난 약간의 군대가 필요하오. 그래서 사천 명의 병정 개미를 고용하고 싶소. 물론이 일은 겨울잠을 자고 싶어하는 당신들 모두를 깨워야 하는일이라는 건 잘 알고 있소. 하지만 이건 진짜 일도 아니라오. 한 시간 안에 다 끝날 테니 말이오. 내 대가는 후하게 치러 주리다."

"그렇다면 당신이 제대로 찾은 거요," 개미가 말했다. "난여왕개미의 경호대장이니까. 근데 뭘로 대가를 치를 거요?"

"꿀이오." 찰스가 말했다. "약 9킬로그램의 꿀을 갖고 있소. 나의 강연을 듣는 대가로 몇몇의 곰이 가져다준 것이라오. 당신도 알겠지만 난 북쪽으로 가면서 강연 여행을 하고 있는 중이오."

"아니오, 난 강연 같은 걸 찾아 들을 수 없는 개미요. 그리고 어느 누가 좋은 꿀을 강연을 듣는 대가로 내놓아야 하는지이유를 모르겠소. 하지만 뭐 그게 당신 직업이라니. 흠, 꿀이라고 했소? 부하들이 꿀 구경을 못한 지 오래되었소. 그것 때문에 부하들을 깨운다면 그들도 싫어하지 않을 거요. 9킬로그램을 사천 명으로 나누면 각각 얼만큼 먹을 수 있소?"

"계산은 나중에 하도록 합시다." 찰스가 말했다. "난 지금 급합니다. 내 생명이 위험해요. 난 계산할 시간이 없습니다. 얼마나 있어야 군대를 정비할 수 있소?"

"모든 병정 개미들을 깨워서 일렬로 세우는 데 이십 분 걸립니다." 경호대장이 말하며 주변을 둘러보았다. "이봐, 에드!" 개미가 소리 질렀다. "에드가 어디 있지? 그리고 늙은 보병 셋은? 누구 어디에서 본 사람? 그는 지난 가을에 노예사냥 개미들과 접전을 벌이다가 병정 개미 셋을 잃었지. 그들은 내 바로 옆에서 자고 있었는데."

찰스는 시선을 돌리고 얼굴을 붉혔다. 왜냐하면 경호대장의 동료들은 지금 그의 모래 주머니 속에 있는 것이 확실했기 때문이었다. 하지만 그 개미는 아무것도 눈치채지 못했다.

"정말 이상하군." 병정 개미가 말했다. "지금은 걱정할 시간이 없지."

경호대장 개미는 근처에서 자고 있는 척후병을 붙잡아 흔들었다.

"어이! 일어나, 쟈니! 여왕의 경호대, 전투 준비를 하라! 일어나라! 일이 생겼다."

그렇게 말하고는 개미들이 투덜거리고 하품하며 졸린 눈으로 대체 무슨 일인지 물을 때까지 발로 차고 주먹으로 치고 흔들어 깨우고 다녔다.

"요새로 달려가!" 경호대장이 말했다. "그리고 포미큘러리스 장군을 깨워서 당장 수비대를 데리고 오라고 해. 네 개의 연대 모두 말야. 장군에게 연대를 막사를 통해 보내고 막사를 깨끗이 비워 놓으라고 해. 거기에 우리 모두를 위한 비싸고 좋은 전리품을 넣어야 한다고 말해. 바로 꿀이야! 꿀을 가져 올 거야."

　노병을 비롯한 모든 개미들은 그 말을 듣고서 놀라 잠이 확 달아나 버렸다. 그들은 그들의 요새로 향하는 좁은 통로로 뛰어갔다. 한동안 아무 소리도 들리지 않았다. 살랑거리는 듯한 희미한 소리만 들렸다. 개미들의 막사, 복도, 초소 등이 있는 땅속 깊은 곳에서 전투 명령을 내리는 소리가 들려왔다.

　갑자기 찰스가 귀를 문 쪽으로 곧추세웠다.

　"저거 헨리에타의 목소리 아냐?"

　"그런 거 같아. 밖에서 무슨 일이 일어나고 있나 봐. 아마 우리를 구하러 온 거 같아."

　"아내 목소리를 들은 것 같아." 찰스가 친구들이 온 것에 대해 왠지 맥이 빠지는 듯 얘기했다. "헨리에타가 잔뜩 화가 났나 봐."

　"당연히 늑대들 때문이겠지."

　잭이 말했다.

　"그래, 그렇겠지. 하지만 너도 알잖아, 잭. 난, 음… 난 여기가 맘에 들기 시작했다고. 조용하고 평화롭고……."

　"말도 안 돼!" 잭이 말했다. "너 헨리에타가 무서워서 그러는 거지? 하지만 너한테 화가 난 게 아니잖아. 헨리에타는 널 구하려는 거야. 생각해 봐. 널 보면 얼마나 반가워하겠어?"

"그녀는 그런 마음 따위는 없는 척할 텐데 뭐." 찰스가 우울해 하며 말했다. "그래, 그녀도 기뻐하겠지. 하지만 무시무시하게 바가지를 긁어 댈걸. 일을 이렇게 만들어 놓았다고 말야. 난 바가지 긁는 소리 듣기 싫어. 한 몇 달 동안은 말야. 근데 우린 여기에 있으니!"

찰스가 소릴 질렀다. 그때 찰스의 발 앞의 작은 구멍에서 병정 개미들의 긴 행렬이 시작되었다. 병정 개미들은 구보로 몇 분 안에 나왔다. 그리고 사천 마리의 강한 병정 개미들로 이루어진 군대는 방바닥에 집결했다. 각 연대는 중대로 나누어 서고 중대 앞에는 중대장이 섰다. 그리고 뚱뚱하고 풍채 좋은 장군이 부하에 둘러싸여 그들보다 좀 앞에 서 있었다. 찰스는 그들에게 오른쪽 앞발을 사용해 군대식 거수 경례를 한 다음 짧은 연설을 했다. 찰스는 그들에게 바라는 것을 얘기하고 전쟁에서의 명성이 높은 제1사단에게 애국심을 크게 발휘해 달라는 부탁으로 연설을 끝맺었으며, 꿀을 많이 주기로 약속했다.

명령은 착착 진행되었다. 첫 번째 연대는 척후병을 맡아 동굴의 지붕을 따라 행진했다. 다른 연대는 4열 종대로 그들을 따라갔다. 그들이 떠난 지 오 분이 지나자 정말 무시무시한 울음소리가 늑대들에게서 터져 나왔다. 찰스가 소리쳤다.

"만세! 공격이 시작됐어!"

찰스와 잭은 너무나 기쁜 나머지 서로 감싸안았다.

동굴 밖에서는 동물들이 친구들을 구할 방법에 관해서 회의를 하고 있었다. 그런데 갑자기 컴컴한 입구에서 뛰어나오는 열두 마리의 늑대들을 보고는 놀라 버렸다. 늑대들은 자기 옆구리를 꼬집고 울부짖으며 머리를 미친 듯이 때리기도 했다. 늑대들은 적이 있는지는 상관도 하지 않았다. 단지 서로 다른 곳으로 마구 뛰어다니더니 곧 눈앞에서 사라져 버렸다. 그리고 동물들이 놀라움을 추스리기도 전에 동굴 밖으로 찰스와 잭이 나왔다.

동물들은 뛰어가서 둘을 가운데 두고 둘러섰다.

"무슨 일이야? 어떻게 한 거냐고. 늑대들이 가 버렸어. 한 마리도 남김 없이 말야. 도대체 늑대들을 어떻게 다룬 거야?"

찰스는 가슴을 크게 부풀리면서 말했다.

"다뤘냐고? 푸하하! 별거 아니야. 아무것도 아니라고! 개미한테 물려 본 적 있어?"

"난 있어." 빌이 말했다. "실수로 개미집 위에 앉은 적이 있는데 그때 개미한테 물려서 얼마나 아팠는지 몰라."

"그래, 바로 그거야." 찰스가 말했다. "내가 늑대를 공격하려고 병정 개미 부대를 고용했어. 그리고 그들에게 꿀을 주겠다고 약속했지. 그러니까 누가 꿀을 가져오는 게 좋겠어. 그래야 우리가 여길 다시오더라도 안전할 수 있어. 하! 해결할 일이 있으면 뭐든지 찰스 장군에게 물어봐. 늑대들에게 본때를 한번 보여 준 거 같아. 이제 그놈들은 이 수탉에게 다시는 어떤 속임수도 쓰려 하지 못할 거야!"

하지만 헨리에타는 찰스를 존경하는 동물들 틈을 비집고 들어가 남편의 귀를 잡았다. 그리고 화가 머리 끝까지 치밀어 올라 말했다.

"그만하면 됐어! 이렇게 사건을 벌여 놓고 나서 이젠 또 다 해결했다고 생각하는 거야? 당신이 얼마나 영리한지 떠들고 있어? 그래 나도 한마디해야겠어, 이 주책덩어리야!"

그리고는 친구들의 놀란 시선을 뒤로 하고 헨리에타는 찰스를 관목 숲 속으로 끌고 갔다. 찰스는 이내 풀이 죽어 버렸다. 그 뒤로 찰스의 영리함에 대해 들을 기회는 좀처럼 생기지 않았다. 찰스는 그 뒤 이틀 동안 헨리에타가 들을 수 있는 곳에서는 부리를 감히 열지 못했다.

북극에 간 프레디

10
북극으로 전진

　북극으로 가는 여행객들의 용감한 전투 소식은 북쪽에 사는 동물들 사이에 널리 알려졌다. 이 일이 있은 뒤로 늑대들을 더 이상 볼 수 없었다. 매일 동물들과 늑대들은 엇갈려 가고 있었기 때문이었다. 날씨가 점점 추워졌고, 낮이 짧아지는 만큼 밤이 길어졌다. 그래서 해 뜨기 전과 해가 진 뒤에는 북쪽에서 흔들리며 떠 있는 오로라의 빛으로 여행을 계속해야만 했다. 곧 그들은 숲을 뒤에다 두고 끝없는 눈의 벌판을 여행하게 되었다. 이제 그들의 강의에 나타나는 동물은 대부분 순록이었다. 마침내 북극해에 도착하게 되었다.

"착오가 없었다면 말야." 페르디난드가 말했다. "여기가 우리가 빙산 위에서 표류하던 곳이야. 물론 지금 바다는 얼어 버렸지만 말야. 고래잡이 어선도 북극 바다 어딘가 얼음 속에 갇혀 있을 거야. 하지만 우린 배를 찾으려는 게 아니니까. 내 추측엔 우리 친구들과 함께 있던 선원들은 산타 클로스의 집에 오래 전에 도착했을 것 같아. 그 집은 북극에 있대. 여기서 북쪽으로 주욱 가면 된다나 봐. 여길 봐. 지도가 있어. 우리가 어떻게 가야 할지 알려줄 거야."

그리고 페르디난드는 눈 위에 지도를 펼쳤다. 페르디난드는 표시를 해 가며 말했다.

"여기가 우리가 있는 곳이야."

좀 다른 표시를 해 두고 다시 말했다.

"이게 북극이지."

그리고는 두 지점을 선으로 긋고 나서 말했다.

"이게 우리가 지나가야 할 길이야."

"흠." 위긴스 부인이 말했다. "그건 별로 도움이 안 되는 것 같아. 그런 지도는 나도 그릴 수 있다고."

"내가 생각했던 것보다 넌 훨씬 영리한 것 같구나."

페르디난드가 말했다. 위긴스 부인은 화를 내야 할지 말아야 할지 몰랐다. 하지만 다른 동물들은 모두 페르디난드가 정한 길을 따라가는 데 동의했다. 그래서 얼어붙은 바다를 지나 북쪽으로 가기 시작했다.

그리고 이틀이 지나자 그들은 친구들의 소식을 들을 수 있었다. 땅거미가 지기 직전인 오후 두 시가 되자 페르디난드는 짧은 비행을 위해 날개를 뻗쳐 보았다. 그는 대부분 빌의 머리 위에 올라앉아 이동해 왔기 때문에 날개를 하루 종일 사용하지 않은 날이 많았다. 그동안 사용하지 않아서인지 날개가 좀 굳어 있었다. 페르디난드는 북쪽 하늘에서 까만 점 하나를 보았다. 그 점은 점점 더 커졌고, 곧 큰 독수리라는 걸 알게 되었다. 페르디난드는 그를 만나러 올라갔다. 페르디난드는 아주 배고픈 독수리만이 창피함을 무릅쓰고 까마귀를 잡아먹는다는 사실을 알고 있었기 때문에 겁을 내지는 않았다. 곧 페르디난드와 독수리는 나란히 날게 되었다.

"어이, 까마귀군." 독수리가 말했다. "어떻게 하다 집에서 멀리 떨어진 이런 곳에 오게 되었는가?"

독수리는 매우 과장된 말투로 물었다. 미국의 상징인 독수리는 언제나 체면을 중요시했다.

"좋은 저녁입니다, 각하." 페르디난드가 말했다. "전 친구들을 구하려고 여기에 온 무리 가운데 하나입니다. 제 친구들은 지금 고래잡이 어선의 선원들에게 잡혀 있는데, 마지막으로 들은 얘기는 그들이 산타 클로스 댁을 방문하러 북극으로 간다는 것이었습니다. 혹시 그들을 보신 적이 있으십니까?"

"이 눈으로 그들을 어제 보았도다."

독수리는 그의 어깨 너머로 말했다. 그는 까마귀보다 훨씬 빠르게 날고 있었기 때문에 페르디난드는 독수리를 쫓아가기 위해 힘겹게 애썼다.

"예?" 페르디난드가 말했다. "무슨 말씀이십니까? 좀 천천히 날면 안 되겠습니까? 제겐 매우 중요한 일입니다."

독수리는 어깨를 으쓱하고 물었다.

"까마귀 따위의 일이 독수리의 일보다 중요하다 이거냐? 우리 위대한 독수리는 까마귀 따위의 조그만 일에 신경쓸 겨를이 없도다. 그리고 아직……."

그는 비행을 멈추고 몸을 약간 기울이더니 높이 솟아오르며 넓은 원을 만들었다.

"어쩌면 이 중요한 시점에 천한 까마귀에게 도움을 주었다고 해서 내 친구들이 무시하지는 않겠지. 그러니 잘 듣고 주의해. 시간이 조금밖에는 없으니까 말야. 그 선원들과 그들의 애완 동물들이 도착한 이후 상황이 나빠졌……."

"그러니까, 그들이 거기에 있군요?"

페르디난드가 끼어들었다.

"내가 들으라고만 했지?" 독수리가 날카롭게 소리 질렀다. "그들이 도착한 것에 대해 내가 말하지 않았단 말이냐? 넌 쓸데없는 말로 시간을 허비하고 있도다. 아주 잘났구나, 나보다도 훨씬 잘났어. 지금 이 시간은 나의 주인인 산타 클로스의 시간이다. 크리스마스까지는 시간이 얼마 남지 않았도다."

독수리는 시간 낭비에 대해 말했지만 페르디난드는 시간이 낭비되고 있는지에 관해 지적할 만한 겨를이 없었다. 시간을 낭비하고 있는 건 본인이 아니고 바로 독수리란 사실을 말이다. 잠시 후 독수리는 본론으로 돌아가서 얘기를 계속했다.

"어떻게 된 일인지 알려 달라고 하지만 그건 정말 긴 이야기다. 친구들을 구해서 고향으로 돌아가려는 생각이 간절하다는 걸 알아. 이렇게 말하면 넌 내 도움을 확신하겠지만 난 일 주일 안에 돌아가야 해. 시간이 없다고. 하지만 그 선원들은 원래대로 고래를 잡으러 가라고 설득당했을 거야. 이건 쉬운 일이 아니거든. 내가 돌아가게 되면 그때 함께 문제를 논의할 수 있을 거야. 잘 가거라, 까마귀야. 그리고 너의 그 훌륭한 돼지 친구에게 내가 좋은 추억으로 간직하겠다고 전해 주거라."

"하지만," 독수리가 커다란 날개를 펄럭이기 시작하자 페르디난드가 급하게 말했다. "도대체 '문제'가 뭡니까? 말하지도 않았……."

"그는 이 세상에 있는 모든 돼지 중에 실로 가장 재능이 많은 돼지야. 나에 대해 쓴 시는 너무나 우아하고 세련된 찬사여서 어떻게 감사해야 할지 모르겠어. 어디 보자, 어떻게 시작하더라?

오, 독수리, 살아 있는 모든 것들의 제왕.

죽음도 운명도 당신의 그 강인한 날개에는 앉을 수 없네.

그대의 발톱은 황동과 같으며 그대의 부리는 윤기나는 철과 같아

평범한 돼지는 그 모습을 보고 공포로 인해 비명을 지른다.

기타 등등. 정말 아름다운 언어야. 돼지에게 그걸 노래로 불러 달라고 해 봐."

"네, 그러도록 하겠습니다. 하지만 당신은 아직 안 가르쳐……."

페르디난드가 말을 다시 꺼냈지만 독수리는 밑으로 내려갔다. 그리고 "잘 가거라!" 하고 외치고는 실망한 까마귀에게서 멀어지며 날아갔다. 까마귀는 그런 속도로 독수리를 쫓아갈 수 없었다.

"그래, 이 정도라도 얻은 게 어디야." 땅으로 내려가면서 페르디난드가 투덜거렸다. "이젠 그들이 어디 있는지도 알고 프레디가 괜찮다는 것도 아니까, 그럼 된 거지."

동물들은 페르디난드가 독수리와 만나는 걸 흥미를 갖고 지켜보고 있었다. 그리고 친구들이 멀지 않은 곳에 있다는 걸 알게 되자 신나는 기분으로 행진을 계속했다. 하지만 독수리의 하루 동안의 비행이 동물들에게는 한 주 동안이나 힘겹게 걸어야 하는 먼 길이었다.

며칠이 지나자 동물들은 북극에 가까이 왔다는 표지를 볼 수 있었다. 그러는 동안 동물들은 독수리가 준 힌트가 의미하는 것이 무엇인지 생각을 짜냈다. 친구들이 산타 클로스의 집에 있어야만 한다는 것이 무엇인지 앞뒤가 맞지 않는 것 같았다. 그래서 그들은 그것에 관해 여러 차례 말다툼을 벌이다가 결국 현명한 계획 하나가 결정될 때까지 토론은 포기하고 각자 골똘하게 생각해 보기로 했다.

독수리를 만난 지 이틀째 되던 날, 동물들은 낮은 얼음 언덕으로 이루어진 산맥을 올라갔다. 페르디난드의 말로는, 그들은 얼음 바다를 지나 육지에 도착했다고 했다. 하지만 동물들에게는 별 차이가 없어 보였다. 땅이건 물이건 모두 얼어붙어 있었고, 모든 것이 얼음과 눈으로 뒤덮여 있었기 때문이었다. 언덕에서 북쪽으로는 눈만 보이는 텅 빈 것 같은 평지가 뻗어 있었다. 하지만 이곳을 지나고 얼마 가지 않아 아주 이상한 것과 마주치게 되었다. 바로 대문이었다.

그것은 아주 품위 있는 대문으로, 단단한 기둥이 눈 속에 견고하게 박혀 있었고, 녹색으로 칠한 지 얼마 되지 않은 말뚝들로 만들어져 있었다. 그래서 멀리서도 잘 보였다. 그리고 한쪽의 널빤지에는 다음과 같은 문구가 적혀 있었다.

출입 금지
바로 당신에게 말하는 것임!
-보드(board)의 명령

동물들은 둥그렇게 모여들었다.

"우리가 출입 금지 대상이란 말이야?"

동물들은 서로에게 물었다.

"울타리도 없이 이렇게 붙여 놓다니 정말 멍청하네." 위긴스 부인이 말했다. "나도 이런 일은 처음이야. 울타리 없는 대문은 지붕 없는 헛간이나 같아."

"그리고 보드(board)는 또 뭐야?" 잭이 물었다.

"그건 글자가 쓰인 널빤지를 얘기하는 거겠지 뭐." 페르디난드가 말했다. "그런 뜻 아닐까?"

"흠, 난 이런 낡은 판자에서 나온 명령은 들을 생각 없어."

빌은 그렇게 말하고는 약간 뒤로 물러섰다가 머리를 낮추고 그 표지판으로 돌진해서는 뿔로 박아서 눈밭에 떨어지도록 만들었다.

한두 시간 더 걸어가자 그들 앞에 다른 표지판이 나타났다.

불법 침입자는 처형될 것이다.
산.클. 주식회사
-후커, G. M.

"우리가 출입 금지 대상이란 말이야?"

동물들은 다시 당황했다. 그때 윌리엄 아저씨가 이렇게 말했다.

"아마 이쪽으로 가다 보면 농장들이 있나 봐. 내 생각에는 불법 침입자는 총을 쏘거나 낚시질을 하는 사람을 말하는 것 같아. 그리고 농부가 불법 침입자들을 잡는다고 해서 무얼 어쩌겠어."

"그래, 우린 총도 없고 낚싯대도 없잖아." 잭이 말했다. "그리고 만일 우리가 갖고 있다고 해도 사용할 줄도 모르는데 무슨 소용이야. 근데 누가 산.클. 주식회사야?"

"아마 농부겠지." 윌리엄 아저씨가 말했다. "그리고 후커, G. M. 은 주소일 거야. 빈 아저씨가 여동생에게 보내는 편지 같이 말야. 엘리자베스, N. J. 알지?"

"하지만 G.M. 이라고 불리는 주는 없잖아." 페르디난드가 말했다. "N.J.는 뉴저지(New Jersey)의 약자야. 하지만 G.M. 은 들어 본 적이……."

"여긴 캐나다야." 세실이 끼어들었다. "우리가 있는 곳이 캐나다의 그런 주일 거야."

"이것 봐," 곰이 말했다. "표지판들은 우리가 적어도 어딘가에 가까이 가고 있다는 것을 말해 주고 있어."

곰은 그렇게 말하고는 걷기 시작했다.

"난 처형당하고 싶은 생각 없어."

위긴스 부인이 망설이며 말했다. 하지만 그 표지판을 지나가는 다른 동물들을 따라갔다.

그들은 북극에 가까이 가고 있었다. 여행길 내내 햇볕을 볼 수 없었다. 그들은 밤낮으로 햇볕이 길게 드리우는 곳에 있었다. 하지만 겨울이 되자 수평선 위로 떠오르는 해를 전혀 볼 수 없었다. 계속되는 어둠은 곰을 더 졸리게 만들었다. 그래서 곰은 고슴도치 세실을 등에 태우고 가면서 졸릴 때마다 등에서 점프하도록 했다. 동물들은 별들의 위치를 보고 시간을 알 수 있었다.

두 번째 표지판을 지난 뒤 그들은 북쪽 수평선 위로 보이는 빛을 보았다. 그건 별도 북극광도 아니었다. 동물들이 계속 걸어가자 그 빛은 널리 퍼지면서 반짝 반짝 빛나기 시작했다. 점점 더 반짝거리는 빛이 나타났다. 좀더 가까이 가자 그것이 무엇인지 알 수 있었다.

그건 크리스마스 트리로 된 산 울타리였다. 크리스마스 트리는 금색 별과 은색 별, 반짝거리는 은색 실과 금색 실 그리고 파랑 초록 빨강 등 갖가지 색으로 빛나는 공으로 장식되어 있었다. 또 수천 개의 작은 촛불이 켜져 있었다. 산 울타리 너머에는 빛나는 벽과 뾰족한 지붕, 그리고 크고 작은 탑들로 이루어진 엄청나게 큰 얼음 궁전이 서 있었다.

동물들은 환호성을 지르고는 앞으로 달려갔다. 곧 동물들은 산 울타리를 통과해서 얼음벽에 난 높은 대문을 보게 되었다. 높은 벽에 난 창문 너머로 불빛이 반짝거리고 있었다.

동물들은 잠시 머뭇거렸다. 페르디난드가 초인종을 찾고 있을 때 윌리엄 아저씨가 말했다.

"문이 조금 열려 있어. 그냥 들어가도 될 것 같아."

윌리엄 아저씨가 어깨로 문을 밀었더니 문이 흔들리며 열렸다.

동물들은 약간 망설이다가 윌리엄 아저씨를 따라 커다란 안뜰로 들어갔다. 그곳에는 크리스마스 장식용 호랑가시나무가 멋스럽게 심어져 있었고, 크리스마스 트리가 담긴 통이 여기저기 흩어져 있었다. 또 뜰 한가운데는 하얗게 얼어 버린 분수가 있었다. 동물들이 어떻게 해야 할지 몰라 서성이고 있을 때 어디선가 노랫소리가 들려 왔다. 밝고 유쾌한 그 소리는 왠지 귀에 익숙했다.

오, 북극, 오, 북극, 오, 찬란한 북극!
네게 이 노래를 바친다
잘 시간이 일 년에 한 번 오는 곳
6개월 동안 밤이 계속되니까.

그래, 밤이 6개월이나 되도록 길다네, 친구들
알다시피 낮도 마찬가지야
그래서 아침 식사와 저녁 식사가 각각 일 주일씩 계속된다네
그리고 이따금씩 만찬은 세 번 먹기도 하지.

　　　　북극에 간 프레디

만찬이 끝나면 차와 점심이 있고
종종 식사 중간에 씹을 만한 먹거리로 특별한 간식이 나온다네
사탕, 케이크, 파이가 산더미로 쌓여 있지
이런 광경은 처음 본다네.

북극의 거칠고 세찬 바람이 울어도 좋아
눈송이가 눈보라가 치고 땅에 펄펄 내려도 좋아
위험에서 벗어나 아늑하고 따뜻하고 안전한 곳에 있으니까
그리고 그들이 수프를 들여온다.

테이블에 앉아 있고 싶을 때까지 앉아 있을 것이다
일어나서 기지개를 켤 것이다
어차피 여기에서는 게걸스럽게 먹고 씹는 일밖에는 없으니까
그런 다음 곧바로 다시 앉을 것이다.

양복 조끼를 더럽히지 않기 위해
턱 밑에 냅킨을 찔러 넣을 것이다
그런 다음 먹고 먹고 또 먹고
그리고 먹고 먹고 또 먹고.

"세상에 저런 노래를 부르는 건 대식가 돼지뿐이지."
페르디난드가 중얼거렸다.

"맞아, 돼지스럽지. 하지만 난 이 목소리가 반가운데."

잭이 이렇게 말하고는 소리쳤다. "야, 프레디!"

다른 동물들도 모두 프레디를 외쳤다. 그러자 작고 동그랗고 놀란 듯한 얼굴이 높은 창문에 나타났다가 사라졌다. 몇 분이 지나자 문이 활짝 열리고 프레디가 뛰어나왔다.

"페르디난드!" 프레디가 소리쳤다. "네가 데려왔구나! 나의 오랜 친구 페르디! 그리고 잭! 그리고 위긴스 부인까지! 맙소사, 정말 반가워! 그리고 윌리엄 아저씨, 찰스, 헨리에타, 그리고 생쥐들도 왔구나! 와우, 정말 대단하다!"

프레디는 동물 하나하나를 껴안았다.

"그런데 이 두 아이들은 도대체 어디에서 데려온 거야? 일단 들어와, 들어와! 추운데 밖에서 이러고 있으면 안 되지. 우린 정말 할 얘기가 많잖아."

프레디는 커다란 방으로 그들을 인도했다. 그 끝에는 헛간 문만큼 큰 벽난로가 있었는데, 엄청 큰 통나무가 밝게 빛을 내며 타고 있었다.

"물건은 내려놓고 앉아."

프레디는 입고 있던 멋진 모피 코트를 벗어던지며 말했다.

"이런, 프레디, 넌 정말 살이 많이 쪘구나."

위긴스 부인이 말했다.

프레디는 진짜 엄청나게 살이 쪄 있었다. 몸이 완전히 동그랗게 되었고, 볼에 너무 살이 쪄서 눈이 보이지 않을 정도였다. 프레디는 위긴스 부인의 말에 좀 기분이 나쁜 듯했지만 곧 웃었다. 웃을 때 프레디의 눈은 아예 보이지도 않았다.

"고상한 생활 덕분이지." 프레디가 설명했다. "우린 세상의 꼭대기에서 잘살고 있거든."

동물들이 불 가까이 다가갔을 때 텁수룩한 하얀 수염과 장난스럽고 친절하면서도 날카롭게 반짝거리는 까만 눈을 가진 커다란 사람이 깊숙한 의자에서 일어나 그들에게 다가왔다. 그는 끝에 모피가 달린 빨간 코트를 입고 있었는데, 허리에는 벨트를 하고 있었고, 녹색 바지를 넓적다리까지 올라오는 까만 부츠 안에 넣어서 입고 있었다. 손목과 무릎에 종이 달려 있어서 움직일 때마다 딸랑거렸다. 동물들은 수줍어하며 행동을 멈췄다. 그런 옷을 입은 사람은 산타 클로스밖에 없다는 걸 알았기 때문이었다.

"저 사람은 빈 아저씨와 많이 닮아서 아저씨랑 형제라고 해도 되겠다."

위긴스 부인이 말했다.

"쉬잇!" 프레디가 위긴스 부인에게 경고했다. "저분은 우리 말을 알아들으셔."

하지만 산타 클로스는 그 말을 듣고 미소지었다.

"나도 빈 씨를 알고 있지. 좋은 사람이야. 나를 그와 닮았다고 해 주니 자랑스러운걸."

산타 클로스의 말이 끝나자 프레디는 친구들을 소개했다.

산타 클로스는 동물들과 따뜻한 악수를 교환했다.

곰과 악수를 하게 되었을 때 프레디가 "그리고 여기는…" 하더니 머뭇머뭇했다. "아, 에, 저… 뭣이냐……."

"뭐라고 했나?" 산타 클로스가 말했다. "이름을 알아듣지 못했네."

그러자 곰의 얼굴이 거북하게 발을 들었다 났다 하며 얼굴을 붉혔다. (얼굴이 붉어졌지만 털 때문에 붉은색을 볼 수는 없었다.)

"저… 저기… 전, 이름이 없어요."

곰이 마침내 얘기를 했다.

"이름이 없다고?" 산타 클로스가 말했다. "어떻게 그런 일이? 이름이 없는 동물은 네가 처음이구나."

곰이 잠시 머뭇거리더니 말했다.

"저, 선생님, 실은 저도 이름이 하나 있기는 한데 전 그 이름이 정말 싫어서 한 번도 쓴 적이 없습니다. 말하기가 싫어요. 정말 멍청해 보이거든요."

"흠." 산타 클로스가 잠시 생각하더니 말했다. "그 이름이 정말 싫다면 왜 바꿀 생각을 안 했지? 좋아하는 이름이 없는가?"

곰의 표정이 밝아졌다.

"진짜요? 전 이름은 한 번 정해지면 계속 그 이름을 써야 하는 줄 알았어요. 좋든 싫든 말이죠. 하지만 그러지 않아도

북극에 간 프레디

된다고 하시니까……."

"그럼!"

산타 클로스가 말했다.

"음, 그렇다면 피터라는 이름이 어떨까요?"

곰이 말하지 산타 클로스가 대답했다.

"좋은 이름이구나. 이렇게 아는 사이가 돼서 반갑네, 피터. 자, 동물 친구들, 이제 난로가에 둘러앉아 편히 쉬게나. 긴 여행으로 추울 테니 말야. 먼저 몸을 좀 녹이고 나면 프레디가 자네들이 묵을 방을 보여 줄 걸세. 그리고 나서 씻은 뒤에 저녁을 먹을 수 있을 거야."

"바로 우리가 묻고 싶었던 거였어요, 선생님." 페르디난드가 말했다. 그리고 독수리가 했던 말들이 기억나서 말했다. "선원들이 곤란해졌다는 게 사실이에요?"

산타의 눈에 근심의 빛이 어렸다.

"곤란이라니?" 산타 클로스가 말했다. "오, 내가 그 말을 하지 않았군. 그들의 사정이 확실히 바뀌었지. 그들은……."

그때 문이 활짝 열리고 사람 하나가 방으로 들어오자 산타 클로스는 말을 멈추었다. 들어온 사람은 키가 크고 말랐으며, 검게 늘어진 콧수염에다 사납고 날카로워 보이는 검은 눈을 가지고 있었다. 그는 선원들이 신는 부츠를 신고 있었는데 빨간 허리띠에는 권총이 달려 있었다.

"아, 클로스 씨," 그가 거칠게 말했다. "동물들과 얘기 중이

시군요, 그렇죠? 당신이 얘기하는 걸 들은 것 같아요."

그 사람은 동물들을 경멸하는 눈초리로 쓱 훑었다.

"아, 방해해서 죄송합니다. 하지만 기계 장난감 부서의 직공들에게 문제가 있어서요. 포메로이 씨의 제안을 받아들이고 싶어하지 않습니다. 아무래도 클로스 씨가 그들에게 얘기를 하는 게 좋을 것 같습니다. 그런 다음 최근에 도착한 뉴욕 타임즈의 사설을 보면 당신에 관한 글이 실려 있는데, 아무래도 답변을 하셔야 할 것 같습니다. 우리가 초안을 미리 잡아 놨으니까 사인만 해 주세요."

산타 클로스는 피곤한 듯이 일어났다.

"알았네, 알았어. 가 보도록 하지." 산타 클로스는 새로운 손님들에게 돌아서서 말했다. "내가 자유로울 때까지 프레디가 너희들을 즐겁게 해 줄 게다. 그리고 너희들이 내게 궁금한 것을 물으면 프레디가 대답할 수 있을 거야."

산타 클로스는 갑자기 몸을 웅크리더니 엘라를 들어 올려서 자신의 어깨에 올려놓고는 한손을 에버렛에게 내밀었다.

"어린아이들은 나를 따라오거라."

아이들은 기뻐서 환하게 웃었다. 이때 거친 목소리의 그 사람이 말했다.

"클로스 씨, 이 아이들을 회의에 데리고 오진 않으실 거죠? 애들은 방해만 될 뿐입니다. 애들은……."

"난 그럴 거요." 산타 클로스는 깊고 크고 낮은 목소리로 우

렁차게 말했다. "이 사업은 아이들을 위한 것이오. 그걸 잊지
말아요. 이 아이들을 밖에 내놓고 싶으면 이 산타 클로스도
밖에 내놔야 할 거요. 후커 씨, 이 일은 더 이상 말씀 마시오."

후커는 어깨를 으쓱하고는 뒤꿈치를 돌려서 산타 클로스의
뒤를 따라갔다. 산타 클로스가 잠시 멈춰서 아이들에게 속삭
였다.

"저 사람은 신경쓰지 말거라. 기분 나쁜 척하려고 애쓰는
것뿐이란다. 나중에 이야기를 해 주마."

그리고는 문이 닫혔다.

11
산타와 선원들

동물들은 산타 클로스가 방을 나갈 때 모두 예의를 차려서 일어섰다가 다시 난로 곁에 둥글게 모여서 프레디에게 질문하기 시작했다. 프레디는 의자에 안락하게 등을 기대고 앉았다.

"그래, 내가 모두 얘기해 줄게." 프레디가 말했다. "근데 얘들아, 바닥에 앉지 마. 이 의자들이 왜 있는데?"

"동물은 의자에 앉지 않아." 윌리엄 아저씨가 말했다. "의자는 사람을 위한 거라고. 내가 서커스단에 있을 때 난 무대에서 의자에 앉아야 했었어. 내 인생에 있어 그렇게 불편한 적은 처음이었다고."

"한번 앉아 보세요, 아저씨. 다시는 바닥으로 돌아가기 싫을 테니까 말예요. 저기 커다란 의자에 앉아 봐요, 위긴스 부인."

프레디의 말에 위긴스 부인은 의자를 못 미더워하며 바라보았다.

"겁내지 마. 이 가구들은 모두 산타 클로스의 작업실에서 만든 거야. 네가 입김만 불어도 산산조각나는 엉터리 공장에서 만든 게 아니라고."

그래서 위긴스 부인은 몹시 조심스러워하며 앉았다. 아무 일도 일어나지 않았다. 잠시 후 위긴스 부인은 등을 기대고 한숨을 돌렸다.

"이럴 수가! 진짜 정말 편해."

"물론 그렇지. 자, 이제 내 이야기를 해 줄게. 페르디난드가 우리를 떠나기 이전까지의 이야기는 알고 있지? 그 뒤 우리는 한동안 북쪽으로 항해했어. 그러다가 떠다니는 얼음이 배를 둘러싸게 되자 배를 버리고 얼음을 가로질러 갔지. 여기까지 도착하는 데는 아무 문제가 없었어. 징크스의 머리를 빼고는 말야. 징크스가 북극 곰을 만났는데 그때 징크스가 그 곰에게 주제넘는 말을 했거든. 너희들도 알지? 징크스가 어떻게 했을지 말야. 그 말을 들은 곰이 징크스를 앞발로 한방 먹였어. 그리고는 징크스의 머리털을 몽땅 뽑아 버렸지. 그래서 대머리가 돼 버렸어. 지금은 많이 자라서 괜찮아. 산타 클로스는 자라면 괜찮을 거라고 하셨지만 징크스의 머리는 진짜 우스꽝스러워."

"근데 징크스는 어디에 있어?" 잭이 물었다. "그리고 나머지 동물들은 어디에 있어? 왜 우리한테 와서 인사를 안 하는 거야?"

"음." 페르디난드가 말했다. "결국 우린 친구들을 구하러 오는 데 성공했구나. 근데 우릴 반기는 친구는 너뿐이네."

"이런! 잊어버리고 말을 안 했구나. 친구들은 모두 스키 타러 밖에 나갔어. 이따 만찬 시간 때나 되어야 돌아올 거야. 징크스는 가지 않았어. 징크스는 아래층에 있는 체육관에서 하루종일 보내거든. 좀 있다가 내려가서 징크스를 찾아보자. 그리고 내가 얘기했듯이 우리가 여기 도착했을 때 산타 클로스는 친절 그 자체였어. 도착하던 날 밤에 우리를 위해 훌륭한 파티를 마련해 주셨지. 다음 날은 그의 집을 구석구석 보여 주셨고. 거기서 문제가 시작되었던 거야. 장난감이 만들어지고 있는 작업실을 보여 주시면서 아이들이 원하는 걸 어떻게 알아서 크리스마스 트리에 걸린 양말에 알맞는 장난감을 가져다 주는지를 설명하고 있던 중이었어. 그때 고래잡이 배의 항해사 포메로이 씨가 선장에게 이렇게 말하는 것이었어. '이곳은 조직화가 필요하겠습니다, 후커 씨.'"

프레디는 얘기를 계속했다.

"'자네가 옳아. 거의 모두가 그렇구먼, 포메로이 씨.' 선장이 말했어. '효율성, 그게 바로 필요하겠군. 이렇게 비효율적으로 운영되는 곳은 난생 처음 봐.'"

"그들은 그런 식으로 얘기를 계속했어. 난 그 일에 대해 별 생각이 없었어. 하지만 그들은 다르더라고. 다음 날 그들은 이 방으로 와서 이 일에 관해 산타 클로스께 이야기를 할 수 있는지 물었어. 그들은 몇 가지 제안을 하고 싶다고 했지. 산타 클로스는 언제나 제안을 환영한다고 했어. 그러자 그들이 말을 시작했어. 난 여기 앉아서 대화 내용을 다 들었지. 선장과 그의 동료들은 공장을 시찰하는 데 관심이 아주 많았는데 여기에 있는 공장이 구식으로 운영되는 걸 보고 모두 놀라서 경악을 금치 못했다고 선장이 말했어."

"'뭐가 문제인가?' 산타가 물었어."

"'거의 모든 게 다 그렇습니다.' 후커가 진지하게 말했고 옆에 있던 포메로이 씨도 어두운 표정으로 고개를 끄덕였어. '네, 그렇습니다. 우리의 전문가적 견해로 보면 계속 이런 식으로 운영한다면 오 년 안에 당신은 이 공장 문을 닫아야 합니다.'"

"'정확히 무엇이 잘못되었다고 생각하는지 말해 주게.' 산타가 말했어."

"'그러니까, 선생.' 선장이 말했지. '미국의 상황은 지난 이십오 년간 아주 많이 변화되고 있습니다. 당신의 생산과 분배 방식은 당신 할머니가 모자를 뜨던 시절의 것처럼 구식입니다. 모든 점에서 그렇습니다. 굴뚝 문제를 한번 볼까요? 당신은 크리스마스 이브에 굴뚝을 타고 내려가 장난감을 두고 오지요? 언제나 그런 식으로 했어요. 그리고 아직도 그 방법을 사용하고 있죠. 현대식 집들은 아이들이 양말을 걸어 놓는 벽난로와 굴뚝이 연결되어 있지 않은데도 말입니다. 요새 굴뚝은 지하실 보일러에 바로 연결되어 있다고요. 그리고 커다란 아파트 같은 경우는 들어갈 수조차 없어요."

"'그건 우리 식으로 잘 극복해 나가고 있네만.' 산타 클로스가 말했어."

"'물론 그러시겠죠.' 선장이 말했어. '하지만 많은 문제가 있습니다. 아니오, 선생, 클로스 씨, 그 한 가지 문제뿐만이 아닙니다. 많은 문제가 있습니다. 예를 들어 봅시다. 당신이 백 퍼센트 효율적인 공장을 갖고 있다고 칩시다. 당신이 당신의 생산품을 다 처리할 수 없다면 무슨 소용이겠습니까? 장난감 수준이 높은 미국의 아이들에게 무엇을 하고 있습니까? 이렇게 거대한 나라에서 광고비 10원도 안 들이고 운영하는 회사 보셨습니까? 광고비 지출이 하나도 없다니! 생각해 보게, 포메로이 씨!'"

"'네,' 신음 소리를 내며 항해사가 말했어. '자살 행위입니다, 후커 씨. 그래요, 그건 바로 자살 행위입니다!'"

"산타 클로스는 뭔가 얘기하려고 했지만 선장은 말을 바로 이어 갔어. '광고에 관한 이야기를 먼저 합시다, 클로스 씨. 크리스마스 때 매년 선전을 무료로 할 수 있도록 해 주겠습니다. 당신의 사진을 잡지마다 내는 겁니다, 네. 하지만 이건 다른 사람들도 다 하는 광고입니다. 그리고 당신은 내 할아버지가 코흘리개 어렸을 때와 조금도 달라지지 않은 옷차림을 하고 늘 같은 순록들을 데리고 달리고 있습니다. 당신은 옛날 이야기 속에 살고 있어요, 클로스 씨. 세상이 어떻게 돌아가고 있는지 모르고 있어요.'"

"음, 내가 지금 얘기한 것보다 훨씬 많은 이야기를 했어. 그리고 산타 클로스가 뭔가 말하려고 할 때마다 한두 명이 꼭 끼어들어서 말을 계속했지. 그러고 난 뒤에 그들이 계획안이라고 부르는 걸 만들어서 산타 클로스에게 가져다 주었어. 그들은 산타 클로스를 위해 산타 클로스의 사업을 구조 조정해야 하므로 여기에 들어오겠다고 했어. 단돈 10원도 안 받겠다고 했어. 그들은 얘기했지. '클로스 씨,' 항해사가 말했어. '두 달이면 공장이 몰라보게 변할 것입니다.'"

"산타 클로스가 그 얘기에 동의하는 걸 보고 우린 정말 너무 놀랐어. 하지만 산타 클로스가 그렇게 한 게 조금은 이해가 돼. 왜냐하면 그들이 그렇게 수다를 떨어 대는 데 지친 게 분명하니까. 그리고 선원들은 산타 클로스에게 도움을 주려고 하는 것처럼 보였거든. 산타 클로스는 정말 착한 사람이라 도움을 거절한다면 그들이 마음을 다칠까 봐 도움을 받겠다고 한 거야. 그래서 그들이 이렇게 일을 만들었지. 선원들은 회사를 만들었어. 산타 클로스 주식회사라고……."

"아하!" 잭이 외쳤다. "그게 바로 그거였구나. 우리가 봤던 간판 말야. '산.클. 주식회사.'"

"그래," 프레디가 말했다. "우리가 농장에서 만들었던 헛간 앞마당 주식회사의 주식회사랑 같은 거야."

"하지만 거기엔 '후커, G.M.' 이란 글자도 쓰여 있던데." 찰스가 물었다. "그건 무슨 뜻이야? 그리고 다른 간판에는 이렇게 쓰여 있었어. '보드의 명령' 이라고 말야."

"'후커, G.M.' 은 '후커, 총 지배인(General Manager)' 이란 뜻이야." 프레디가 말했다. "그리고 그 보드는 위원회(board)를 말하는 건데, 판자(board)의 뜻이 아니라 운영 위원의 위원회라는 뜻이야. 그 위원회는 산타 클로스와 선장, 포메로이 씨, 그리고 배시워터 씨로 구성되어 있지. 배시워터 씨는 고래잡이 배의 일등 작살꾼이야. 그런데 지금은 효율성 전문가로 있지."

"맙소사!" 위긴스 부인이 외쳤다. "아무것도 아닌 일에 거창한 단어가 너무 많구나! 이건 진짜 말도 안 된다."

"그래, 우리도 그렇게 생각했어. 하지만 산타 클로스는 걱정을 많이 했지. 선원들은 모든 걸 바꾸는 중이야. 산타 클로스는 무슨 일이 일어나고 있는지도 몰라. 우린 산타 클로스를 도와서 그들을 떠나게 만들어야 해."

"그들이 한 일은 뭐야?"

페르디난드가 물었다.

"음, 그들은 여기저기에 표지판을 내다 걸었어. 사람들이 오지 못하도록 말야. 그런 건 왜 하는지 몰라. 그들을 지켜보는 사람은 아무도 없는데 말이지. 그리고 그들은 작업실에서 '하루 여덟 시간 일하기'를 시작했어. 그래서 모두들 여덟 시까지 출근해서 점심 시간 한 시간 빼고 다섯 시에 퇴근해야 했지. 이 사람들은 미국 곳곳에 갖다 줄 장난감을 만들고 있어. 일꾼들은 사무실과 공장에서 일했던 사람들이고 나이가 꽤 들었어. 그래서 일을 심하게 하는 건 힘든 상황이었지. 산타 클로스가 그런 얘기를 누구에게서든 들었다면 그를 여기로 데려왔을 거야. 산타 클로스는 일꾼들이 일하고 싶을 때만 일하도록 했거든. 한동안 일을 쉬면서 게임을 하고 놀거나 책을 읽거나 쉬고 싶을 때는 그렇게 했어. 그런 다음 다시 일터로 돌아와 일을 더 열심히 했지. 하지만 이제 모든 게 바뀌었어. 그래서 일꾼들은 이 시스템을 아주 싫어했지. 산타 클로스는 일꾼들이 바로 그 중노동에서 벗어나기를 바라서 일하고 싶을 때만 일하라고 했었는데, 이제 그 선원들이 그 중노동을 시키기 시작한 거라고."

"작업실의 사람들은 자기가 만들고 싶은 대로 장난감을 만들어 왔어. 분홍색 토끼를 만들고 싶고 그 토끼 꼬리를 다람쥐 꼬리처럼 만들고 싶으면 그렇게 했어. 하지만 지금 장난감들은 오로지 한 가지 방법만으로 만들어져야 해. 어떤 사람이 자르는 일만 해서 넘기면 다음 사람은 몸에 페인트 칠을 해서 다음으로 넘기고, 세 번째 사람은 눈을 칠하는 그런 식이지. 일꾼들 각자는 일을 한 종류만 하는 거야. 산타는 그런 걸 싫어했어. 하지만 배시워터 씨가 말하기를, 그게 바로 '대량 생산'이라고 했어. 그가 말하기를, 헨리 포드(포드 자동차 회사의 창설자인 자동차 왕. 대량 생산 방식으로 자동차를 대중화하여 자동차 시대를 개척함) 씨가 이 방식으로 자동차들을 아주 많이 만들어 냈다고 했어. 하지만 산타 클로스는 이렇게 말했지. '헨리 포드 씨는 어른들을 위한 장난감을 만들고 있소. 모든 어른들은 다른 어른들이 갖고 있는 것과 같은 것을 갖고 싶어 하지요. 하지만 아이들은 달라요. 다른 아이들이 가진 것과 다른 것을 갖고 싶어하지요.'"

"그래, 그 말이 맞는 것 같아." 빌이 끼어들었다. "빈 아줌마가 재봉틀을 샀을 때 아줌마가 그 재봉틀을 판 사람에게 하는 말을 들었는데, 스웨이지 부인이 갖고 있는 것과 비슷한 걸로 사고 싶었대."

"그럼 너는 빈 아줌마가 비슷한 걸 원했다는 거야, 그런 거니?" 위긴스 부인이 물었다.

"사람들은 이상해." 윌리엄 아저씨가 말했다.

프레디는 선원들이 만들어 낸 변화에 대해 좀더 얘기를 해 준 뒤에 친구들을 데리고 위층으로 올라갔다.

"이게 내 방이야."

프레디가 방문을 열면서 말했다. 자그마하지만 밝고 아늑

한 방이었다. 가구는 전체적으로 밝은 파란색이었고 빨간색으로 장식이 되어 있었다. 창문의 커튼엔 파란 클로버가 깔려 있는 들판에서 작고 빨간 돼지들이 술래잡기를 하고 있는 무늬가 박혀 있었고, 난로가 주변에는 파란색 비단 나비 넥타이를 맨 세 마리의 잘생긴 돼지들이 소파에 한 줄로 앉아 있는 그림이 걸려 있었다. 누군가 자기를 그리고 있을 때 자의식이 강한 표정을 짓듯이 그림 속의 돼지들도 자의식이 매우 강해 보였다.

"설마, 네가 이 침대에서 잔다는 건 아니지?"

빌이 말했다.

"정말이야. 여기서 자는걸." 프레디가 대답했다. "네가 직접 자 보지 않고는 몰라. 얼마나 편안한데. 이런 침대에서 자 본 적 있니?"

"나?" 염소 빌이 화를 내며 소리 질렀다. "난 한 번도 그런 적 없어!"

"그래." 프레디가 말했다. "난 사람들이 약골이라서 동물들처럼 맨바닥에 깔린 짚 위에서 잘 수 없는 거라고 생각했어. 그런데 이제 생각을 바꿨어. 편안하게 잘 수 있는데도 포기해야 한다는 거야? 빌, 네 방에 가서 너도 부드럽고 좋은 침대에 가서 한번 드러누워 봐."

염소는 씩씩거리다가 빈정거리려고 했다. 하지만 그때 세실이 창밖을 보고는 소리를 쳤다.

"야, 저길 봐! 애들이 돌아와!"

크리스마스 트리 울타리 틈으로 목도리를 두른 동물들이 스키를 타고서 줄을 지어 들어오고 있었다. 처음 들어온 둘은 몸을 옆으로 기울여서 우아하게 턴을 하는 바람에 궁전 벽 가까이에 눈 소용돌이를 만들어 냈다. 하지만 세 번째로 오는 덩치가 큰 동물은 서툴러서 턴을 심하게 하는 바람에 곤두박질을 치며 공중제비를 돌았다. 그러는 동안 스키는 공중으로 높이 날아가 버렸고, 털 모자가 벗겨지면서 밝은 갈색 눈을 가진 보구스 부인의 착한 얼굴이 드러났다. 보구스 부인은 놀란 얼굴로 뭔가 멍하게 바라보다가 동료들의 웃는 모습을 보고는 웃음을 터뜨렸다.

프레디가 창문으로 몸을 내밀고 밖에 있는 친구들에게 소식을 전하자 모두들 허둥지둥 위층으로 올라왔다. 동물들은 와자지껄하게 웃고 떠들었다. 보구스 부인은 새로 온 친구들에게 모두 뽀뽀를 해 주었다. 하지만 그런 뽀뽀를 좋아하는 친구는 아무도 없었다. 왜냐하면 보구스 부인은 매우 크고 촉촉한 코를 갖고 있는 데다가 지금은 녹아 내린 눈이 얼굴 전체를 덮고 있었기 때문이었다. 생쥐들은 보구스 부인과 뽀뽀를 하고 난 뒤 몸이 눈에 푸욱 젖어 버려서 덜덜 떨었다. 그래서 프레디는 생쥐들을 목욕탕으로 데리고 가서 마른 수건으로 닦아 주어 감기가 걸리지 않도록 했다.

그런 다음 프레디는 친구들이 묵을 방을 보여 주었다. 각

방마다 그 방 주인에게 어울리는 가구가 놓여 있었다. 생쥐들은 방을 함께 썼는데, 마치 인형의 집 같았다. 여러 개의 헝겊으로 누벼서 만든 이불이 덮인 작은 침대가 네 개 있었고, 자그마한 흔들 의자와 에담 치즈(겉을 빨갛게 물들인 네덜란드산 치즈) 사진이 벽난로 선반에 서 있었다. 각각의 방마다 욕실이 있었고, 몇 개의 방은 궁전의 다른 편에 있었다. 그런데 프레디는 친구들에게 방이 모두 남향이라고 했다.

"세상에 이런 집은 단 하나야." 프레디가 말했다. "모든 방은 남쪽을 향하고 있어."

프레디의 친구들이 이 말을 이해하는 데는 시간이 꽤 걸렸다.

"멍청하게 굴지 마, 프레디." 위긴스 부인이 말했다. "어떻게 한 집의 모든 면이 같은 방향을 향할 수 있니?"

"왜냐하면 이 집은 북극점에 세워져 있는 집이기 때문이야. 여기서는 남쪽 말고는 다른 방향이 없다고."

"하지만 내가 서쪽으로 가고 싶으면 어떻게 해?"

찰스가 물었다.

"못하는 거지." 프레디가 답했다. "왜냐하면 여기서는 어디로 가든 죽 한 방향으로 걸어가게 되는데 그게 북극이니까 말야."

위긴스 부인은 잠시 동안 생각에 빠졌다.

"음, 알 것도 같아. 하지만 내겐 좀 이상하게 들려. 우리가 어디에서 떠나기 시작해서 모두 같은 방향으로 간다면 우리는 함께 가고 있는 거야, 아니야?"

프레디도 그 말에 동의했다.

"그래, 그렇다면 이건 어때? 내가 이 집의 뒷문에서 출발했고 너는 앞문에서 출발했어. 그리고 한크는 옆문으로 나가 출발했다고 하면 우린 모두 같은 방향으로 가고 있는 거야? 그렇다 해도 우리는 함께 가고 있다고는 볼 수 없지. 멀리 가면 갈수록 더 그래."

"그래." 프레디가 말했다. "하지만 계속 오랫동안 간다면 우리는 같은 곳에서 모두 만나게 될 거야. 거긴 남극이지. 그러니까 우리는 언제나 같은 방향으로 같이 가고 있는 거라고 할 수 있지."

그리고는 긴 설명을 계속했다. 얘기하는 데 정신이 팔려서 프레디는 친구들이 하나 둘씩 그 방을 떠나고 있다는 것도 몰랐다. 얘기를 마쳤을 때는 주변에 아무도 없었다.

"그래 그래." 프레디가 한숨을 쉬었다. "시인이 되는 게 바로 이런 거겠지."

그리고는 자기 방으로 돌아가 창가에 있는 조그만 책상에 앉았다. 벽에는 프레디가 작업하던 다양한 종류의 시구가 핀으로 꽂혀 있었다. 새로운 시를 이렇게 시작하고 있었다.

오, 동쪽은 동쪽이고 서쪽은 서쪽이로다.

그 둘은 절대 만날 수 없었다.

그런 다음 멈추고 얼굴을 찌푸렸다.

"어쩐지 회상록 분위기가 나. 아무래도 너무 형이상학적인가 봐. 그렇지만 너무 훌륭해."

프리데는 그렇게 말하고는 계속 써 나갔다.

지구의 끝,

산타 클로스의 집에서 만날 때까지

프레디는 여기까지 쓰고 멈췄다. "오, 그래, 기억났어. 키플링(〈정글북〉을 쓴 영국의 소설가이자 시인. 1907년 노벨 문학상 수상.)이 나의 시를 보면 꽤나 속이 쓰리겠는걸. 그의 말이 거짓임을 밝혔으니 말야."

동쪽이 남쪽이고 서쪽이 남쪽인 곳

그리고 북쪽이 남쪽이 되는 곳

모든 방향이 같은 방향인 곳

당신이 어디로 가든 방향이 같은 곳.

"헤이, 프레디!," 한크의 목소리가 강당에서 들려왔다. "우린 체육관으로 내려간다."

프레디는 한숨을 쉬고는 쉼표와 느낌표를 두 개씩 쓰고 난 뒤 다른 종이 옆에 꽂아 두고는 체육관으로 허둥지둥 내려갔다. 구조대 동물들은 유리문을 통해 안을 훔쳐보고 서로 옆구리를 쿡쿡 찌르면서 웃음을 참고 있었다. 안에서는 징크스가 친구들이 지켜보고 있다는 사실을 모르고 기다란 거울에 자신을 비춰 보고 있었다. 징크스 옆에는 연고제가 들어 있는 작은 항아리가 있었다. 징크스는 자주 그 연고를 앞발로 떠서 머리털이 없는 곳에 조심스럽게 발랐다. 그런 다음 목을 돌려 보고 꼬아 보고 효과가 있는지를 확인했다. 징크스는 그 일을 하는 동안 기분이 무척 나빠 보였다. 하지만 곧 거울에서 좀 떨어져서는 대머리 부분이 보이지 않도록 턱을 치켜올리면서 다양한 포즈를 취했다. 징크스는 위엄 있게 보이려고 노력했다. 우아하게 웃어도 보고, 무심한 척해 보기도 하고, 우월한 척도 했다가 깔보는 듯한 표정을 지어 보이기도 하고, 당당하게 서 보기도 하고, 폭풍우에도 태연한 듯한 표정을 지어 보기도 했다. 이런 표정들을 한꺼번에 표현해 낼 수 있게 되자 징크스는 기분이 좋아져서는 혼자 씨익 웃었다. 바로 그 순간 동물들이 그 모습을 자세히 보려고 체육관 문에 몰리는 바람에 갑자기 문이 활짝 열려 모두 바닥에 쓰러져 버렸다.

이 소란에 놀라 징크스는 공중으로 뛰어올랐고, 꼬리털이 모두 곤두서서 빗자루처럼 커 보였다. 하지만 소란의 주인공들이 누구인지를 알고는 너무 기쁜 나머지 화가 난 것도 잊고 달려와 인사를 나눴다.

징크스는 체육관을 구경시켜 주었다.

"난 여기서 대부분의 시간을 보내." 징크스가 말했다. "겨울에는 실외 스포츠를 별로 좋아하지 않아."

"그럼 대부분 무얼 하며 보내니?"

잭이 물었다.

"난 공중 그네타기를 연습 중이야." 징크스가 답했다. "좀 위험하다고 할 수 있지. 공중에 매달린 공중 그네에서 다른 공중 그네로 뛰는 거야. 하지만 뭐 아무려면 어때. 삶에 위험이란 양념이 조금도 없다면 그게 무슨 삶이겠어?"

"우리에게 묘기 좀 한번 보여 줘."

빌이 말했다.

"엥?" 징크스가 말했다. "오, 그래. 근데, 다음에 보여 줄게. 지금은 산타 클로스가 어제 내게 주신 걸 보여 줄게."

징크스는 그렇게 말하고는 장난감 생쥐를 보여 주었다. 태엽을 감아 바닥에 놓았더니 진짜 생쥐처럼 달려나갔다.

"이걸로 사냥 연습을 하곤 해. 어때?"

징크스는 장난감 생쥐에게 달려들어 앞발로 장난감 생쥐를 잡았다. 하지만 이 광경을 보는 동안 아우구스투스는 덜덜 떨며 앞발로 눈을 가렸고, 나머지 세 마리의 생쥐들은 격렬하게 찍찍거리며 항의했다.

징크스는 생쥐들을 돌아보았다.

"야! 무슨 일이야? 이런 젠장, 난 아무 뜻 없었어! 애들이 장난감 총과 칼을 들고 서로 싸우는 전쟁놀이랑 다를 바 없다고. 생쥐야, 멍청하게 굴지 마!"

하지만 생쥐들은 그런 광경을 보는 게 너무 싫었다. 이니가 말했다.

"우리가 여기 있다가 네가 장난감 생쥐랑 우리를 착각해 버리면 어떻게 해? 그럼 우린 어디에 있게 되는 거야?"

그러자 장난감 생쥐를 치우고 사과를 했다.

잠시 후 동물들은 저녁을 먹으러 내려갔다. 모두들 넓은 연회장 끝에 있는 작은 테이블에 둘러앉았다. 각각의 테이블은 넷이 앉을 수 있는 크기였다. 말과 소가 같은 테이블에 앉았다. 그들 앞에는 귀리가 담긴 커다란 사발이 놓여 있었고, 테이블 중앙에는 향기로운 건초 더미가 쌓여 있었다.

다른 테이블에는 두 마리의 개와 고양이 그리고 돼지가 앉았고, 생쥐들에게도 아주 자그마한 테이블이 주어졌다. 그런데 생쥐의 테이블은 구색을 모두 갖춘 치즈의 무게 때문에 다리가 휠 것 같았다. 아우구스투스가 치즈의 종류를 세어 보니 모두 열네 가지였다. 동물들은 처음에는 테이블에서 음식을 먹는 것에 좀 긴장한 듯했다. 누구도 테이블에서 먹어 본 적이 없었기 때문이었다. 물론 동물들은 칼이나 포크를 사용할 필요는 없었다. 냅킨을 어떻게 써야 하는지도 몰랐지만 동물들은 나름대로 잘해 나갔다. 위긴스 부인은 냅킨을 먹는 거라고 생각하고 실제로 씹어먹기 시작했다. 그러자 동생 보구스 부인이 그녀를 말리면서 어떻게 쓰는 것인지 설명해 주었다. 그러자 위긴스 부인이 말했다.

"이젠 뺨에 음식을 묻히며 먹지 말아야겠어. 산타 클로스는 우리가 좋은 식사 예절을 갖고 있을 거라고 생각해서 이런 걸 주셨을 거야."

식사가 끝난 후 그들은 연회장보다 더 큰 방 하나에 모였 다. 그건 '선물의 방'이라고 불리는 방이었다. 동물들에게 각 각 선물이 하나씩 주어졌다. 왜냐하면 산타 클로스의 집은 언 제나 크리스마스였기 때문에 매일 선물을 받을 수 있었기 때 문이었다. 선물은 아주 좋은 것들이었다. 프레디는 약 22킬 로그램짜리 박스에 들어 있는 사탕에 절인 과일을 받았고, 징 크스는 하얀 줄이 나 있는 빨간 체육복을 받았다. 그리고 보 구스 부인은 스키에 관한 책을 받았고, 읽기를 공부 중인 한 크는 검은 말의 삶을 다룬 소설책 한 권을 받았다. 그리고 로 버트는 모조 다이아몬드로 이름을 새긴 목걸이를 받았다. 생 쥐들도 선물을 받았는데 아주 작은 손목 시계였다. 엘라는 커 다란 인형을 받았고, 에버렛은 전기 기차를 받았다.

선물의 방에는 동물들이 받은 선물 말고도 엄청난 양의 장 난감과 책, 인형의 집, 그밖에 여러 종류의 선물들이 쌓여 있 었다. 그곳에서는 그들이 갖고 놀고 싶은 건 무엇이든 갖고 놀 수 있었다. 동물들은 저녁 시간을 거기서 아주 행복하게 보냈다. 하지만 하루를 바쁘게 보냈기 때문에 밤 아홉 시가 되자 모두 잠자리에 들어 불을 껐다.

모두들 잠에 곯아떨어진 시간에 프레디는 책상 앞에 앉았다. 프레디의 앞에는 큰 글자로 씌어진 종이 한 장이 있었다.

'산타 클로스를 기리는 서정시'

그리고 그 밑에는 이렇게 적혀 있었다. '오, 산타 클로스……'

그러나 그 시구 밑에는 다른 멋진 말 대신 프레디의 머리가 놓였다. 프레디가 금세 잠에 곯아떨어져 버렸기 때문이었다.

북극에 간 프레디

12
북극 궁전

산타 클로스의 궁전에는 유쾌하게 할 수 있는 일들이 매우 많았다. 식탁마다 먹을 것이 넘쳐나서 자러 갈 시간이 되기 전에 아침 식사를 끝내는 것도 어려운 일이었다.

동물들은 바깥에서 스케이트를 타기도 하고 스키를 타기도 하고 썰매를 타기도 했는데, 언덕에서 미끄러져 내려오면 산타 클로스의 썰매를 끄는 순록 몇몇이 동물들이 다시 타고 내려올 수 있도록 항상 동물들을 언덕까지 끌고 올라가 주었다. 동물들은 웅장한 눈으로 요새를 짓고 모의 전투를 벌였다. 동물 팀 대 선원 팀. 동물들은 선원들에게 눈덩이를 정확하게 던질 수는 없었지만 선원들보다 훨씬 나은 전략가들이었다.

예를 들자면, 소리 없이 적을 습격하거나 적이 나쁜 위치에 있게 될 때까지는 후퇴하거나 피하는 그런 전략들을 사용했다. 어떤 때는 전투가 하루 종일 걸리기도 했다.

궁전 가까이에는 낮은 얼음 낭떠러지로 둘러싸인 구덩이가 있었는데 이곳은 선원들이 항상 패배를 맛보는 곳이기도 했다. 선원들은 항상 그곳에서 패배하면서도 그 이유를 알지 못하는 것 같았다. 진짜 간단한 일인데도 말이다. 궁전 가까이에서 전투가 시작되면 프레디는 곧바로 동물들의 반을 조용히 이끌고 그 낭떠러지의 꼭대기에 주둔시켰다. 그런 다음 나머지 동물들은 도망치는 척하다가 후커가 선두에 서서 소리지르고 환호하면서 선원들이 쫓아오면 목검을 흔들며 반격을 했다.

"애들아, 성공을 향해! 전진! 적들을 넘어뜨려라! 한 사람도 빠져나가지 못하게 하라!"

한크는 공격에서 선두를 맡는 것을 좋아했다.

후퇴하던 동물들은 눈 덮인 구덩이로 뛰어들었다가 다른 쪽 벽을 타고 올라왔다. 동물들은 구덩이를 벗어나자마자 돌아서서 선원들에게 눈더미를 밀어넣었고, 다른 동물들은 그때까지 숨어서 준비해 두었던 커다란 눈덩이를 굴려서 선원들을 눈 속에 완전히 파묻히게 만들었다. 그리고 난 뒤에는 항상 내려와서 그들을 꺼내기 위해 눈을 파내야 했다.

전투가 끝나고 나면 저녁을 먹으러 터덜터덜 걸어서 함께 집으로 돌아왔다. 피곤하지만 행복한 후커 씨는 윌리엄 아저 씨나 위긴스 부인의 등에 타고 항해사에게 외쳤다.

"대단한 전투였지 않나, 포메로이 씨. 우리도 이긴 거나 마찬가지야. 우리에게 엄청난 눈덩이만 쏟아지지만 않았어도 말야. 그래, 우리 내일 다시 한 번 도전해 보자고."

그들은 종종 실내에 머물면서 선물의 방에서 게임을 하고 놀거나 제스처 게임(몸짓으로 답을 맞추는 게임)을 하거나 전기 선로들을 손보기도 하고, 수영장에서 요트 경기를 하기도 했다. 선물의 방에는 여러분이 생각할 수 있는 모든 종류의 게임이나 장난감이 있었다. 그래서 원한다면 일 년 동안 매일 다른 걸 갖고 놀 수도 있었다.

동물들은 엘라와 에버렛과도 놀았다. 에버렛은 동물들을 군인처럼 교육시켰고, 엘라는 동물들을 벤치에 앉도록 하고는 학교에서 가르치는 척했다. 동물들이 발을 끌거나 서로 속삭이거나 괴롭히거나 하는 나쁜 행동을 하면 엘라는 그들의 엉덩이를 때렸다. 엘라는 어떻게 엉덩이를 때리는지 잘 알고 있었다. 왜냐하면 케이트 이모에게 너무 많이 맞아 왔기 때문이었다. 하지만 물론 엘라는 아프게 때리지 않았다. 엘라가 위긴스 부인이나 한크의 엉덩이를 때리는 모습은 진짜 우스꽝스러웠다. 종종 엘라는 선원들과도 학교 놀이를 했는데 선원들은 꽤 많은 문법을 배웠다. 엘라는 삼촌 피트에게서 문법을 많이 배웠기 때문이었다.

"이 문장의 주어는 무엇이죠? '나는 고양이를 보았다.' 포메로이 씨?"

엘라가 질문했다.

"이봐요, 선장." 항해사가 손을 뒤로 하고는 머뭇거렸다. "조금만 도와줘요."

그러나 선장은 쉰 목소리로 속삭였다.

"그럴 수 없네, 포메로이 씨. 공정하지 않네. 모르면 모른다고 하게."

사실 선장 후커 씨는 항해사보다도 더 아는 게 없었다. 그러면 대학 교육을 받은 적이 있기 때문에 모든 질문의 답을 거의 알고 있는 작살꾼 배시워터 씨가 속삭였다.

" '나' 가 답이야."

그러자 포메로이 씨는 배시워터 씨가 자기를 놀리려 하는 건지도 모르겠다고 생각하고는 그곳이 학교인 줄도 잊어버리고 화가 나서 말했다.

"너 무슨 뜻이야? '나' 가 답이라니! 너 날 놀리려는 거지? '나가' 라고 말하면 안 되지. '나는' 이잖아.' "

"내 말뜻은 '나' 가 주어라고."

배시워터 씨가 설명하려고 애썼지만 그건 상황을 더 좋지 않게 만들 뿐이었다. 결국 배시워터 씨와 포메로이 씨는 말싸움 때문에 구석으로 가서 벽을 보고 서 있는 벌을 받았다.

동물들과 선원들은 서로 정말 많이 좋아했다. 동물들은 산타 클로스의 일에 선원들이 간섭하지 못하도록 하는 방법을 생각하느라 생각을 짜내고 있었지만 선원들이 다치거나 불행하기를 바라지 않았다. 그래서 자기들끼리 꽤 많은 이야기를 했다.

어느 날 잭은 배시워터 씨가 작살 던지는 솜씨를 잊어버리지 않으려고 눈사람을 놓고 던지는 연습을 하고 있는 것을 보았다. 선장과 항해사, 매우 흐트러진 모습의 갑판장 조엘이 그 모습을 지켜보면서 잘 던졌을 때는 갈채를 보내고 맞히지 못했을 때는 신음 소리를 냈다. 종종 눈사람을 진짜 고래라고 생각하는 듯했다.

"고래가 나타났다!" 조엘이 소리치곤 했다. "좌측 전방에 2파인트(약 0.94리터)짜리 출현!"

그러면 포메로이 씨는 손바닥을 아래로 한 채 손을 눈썹 위에 갖다 대고는 소리치곤 했다.

"80통 되겠습니다. 고래가 1파인트(약 0.47리터)짜리라면 말야."

그들이 말하는 파인트는 고래 기름의 용량을 표시하는 단위였다. 그러고 나면 배시워터 씨는 아래쪽으로 작살을 던졌다.

"고래를 나눠 가지러 낸터컷 섬으로 출발!"

이것은 고래잡는 사람들이 쓰는 용어로, 고래를 끌어가는 동안 좀더 빨리 가기 위해서 하는 말이었다. 낸터컷 섬은 매사추세츠 주 앞바다에 있는 섬으로, 18세기 초부터 남북 전쟁 전까지 고래잡이 산업의 중심지로 번영했던 곳이다.

"포메로이 씨, 할 말이 있네." 선장이 말했다. "난 우리의 낡은 배가 보고 싶어 향수병에 걸린다네. 그래, 향수병이야. 달빛이 흐르는 밤에 바람에 흔들리는 돛의 소리와 까만 바다의 파도 거품을 생각할 때면 언제나 느끼는 감정이지."

"다른 밤도 있지요, 후커 씨," 항해사 포메로이 씨가 답했다. "주변이 모두 바다인 곳에서 불을 켜고 일하려고 할 때 주전자 안에서 부글부글 끓으면서 여기저기로 튀는 고래 기름과 진한 연기가 우리를 숨막히게 해서 우리 모두 숨조차 쉬기 힘들었잖아요."

"아, 고래 기름보다 달콤한 냄새는 세상에 없을 거야." 작살꾼 배시워터 씨가 끼어들었다. "그런데 고래들이 모두 어디로 가 버렸는지 모르겠어."

"아, 바로 그거야." 후커 씨가 생각에 잠긴 듯 자신의 길고 까만 턱수염을 잡아당기며 말했다. "우리에게 조금이라도 운이 남아 있다면 더 이상 여기에 머무르고 싶지 않아. 하지만 여기 생활은 좋아. 배에서 생활하는 것보다 편하고, 그리고 이 사업이 한번 정도는 정말 효율적인 기반 위에서 자리잡아……."

"그렇습니다." 눈사람에게 작살을 다시 세게 던지며 배시워터 씨가 말했다. "그리고 사람들이 흡족해하잖아요, 안 그래,

조엘?"

"옳소!" 갑판장 조엘이 말했다. "정말 즐거워하잖아. 그런데 왜 나에게 그런 질문을 하죠?"

"다른 뜻이 있어 물어본 건 아니라네, 조엘." 후커 씨가 조용하게 말했다. "그냥 잊어버리게나."

"아닙니다. 이제 생각해 보니 질문하신 게 아닌 것 같군요. 하지만 어쨌든 대답하겠습니다. 그들은 행복합니다. 왜냐하면 먹을 것도 많고 선물도 매일 받기 때문이죠. 그리고 아침까지 침대에 누워 있을 수도 있고요. 하지만 행복의 이유는 대부분 아이스크림 때문이죠."

"아이스크림이라고!" 항해사가 소리쳤다.

"옳소! 아시다시피 우리 요리사는 훌륭한 요리사예요. 전 요리사에 대해 불평을 하는 게 아닙니다. 하지만 우리 요리사는 아이스크림 제조기는 제대로 쓰지 못하죠. 잘 아시잖아요. 반면 클로스 씨의 아이스크림은 정말 대단해요. 평생 이런 아이스크림은 처음이라고요. 정말 훌륭해요. 부인할 수 없는 사실이죠."

잭은 더 듣지 않고 친구들이 놀고 있는 선물의 방으로 올라갔다. 그리고 조엘이 한 말을 들려 주었다.

"그러니까 우리가 아이스크림에 뭔가 넣어서 맛없게 만들어 버린다면 선원들은 향수병이 도져서 만장 일치로 떠나려고 할 거야."

동물들은 그리 뛰어난 아이디어라고는 생각하지 않았지만 자신들이 알아낸 단 한 가지 방법이었기 때문에 실행하기로 했다. 부엌에서 꽤 많은 시간을 보내는 프레디는 들키지 않고 부엌에 갈 수 있었다. 프레디는 부엌에 들어가서 아이스크림 제조기의 내부 부품을 빼서 모피 코트 안에 숨겨 가지고 돌아왔다. 동물들은 그걸 위긴스 부인에게 주면서 왼쪽 뿔로 구멍을 뚫어 달라고 했다. 몇 번의 시도 끝에 구멍을 뚫리자 프레디는 구멍이 뚫린 부품을 다시 제자리에 꽂아 두었다. 그 결과 그날 저녁 아이스크림은 너무 짜서 아무도 먹으려 들지 않았다.

동물들은 선원들이 화가 나서 팔을 내젓고는 수저로 식탁을 두드리며 말하는 소리를 듣고는 매우 기뻐했다.

"그래, 이걸로 해야겠어." 프레디가 말했다. "저들을 아주 불만스럽게 만들면 선장은 선원들을 데리고 배로 다시 돌아가야만 할 거야."

하지만 동물들의 계획은 산타 클로스가 문제의 원인을 찾는 바람에 산통이 깨져 버렸다. 산타 클로스는 엄청나게 큰 그릇에 냉동 카라멜 커스터드를 담아서 아이스크림 자리에 대신 가져다 놓았다. 아이스크림 맛이 없으리라는 걸 알고 있던 동물들은 모두 디저트를 원치 않는다고 미리 말해 두었다. 그 덕분에 맛있는 캐러멜 커스터드는 모두 선원들 차지가 되었다.

북극에 간 프레디

"흠," 윌리엄 아저씨가 말했다. "아무래도 이번에는 우리가 우리 발등을 찍은 것 같아."

동물들은 모두 시무룩해졌다. 단것을 별로 좋아하지 않는 페르디난드만 빼고는 말이다. 페르디난드는 킬킬대고 웃었다. 하지만 그때 징크스가 이렇게 말했다.

"이번에 실패했다고 해서 여기서 포기하면 안 된다고 봐. 우린 그들을 멀리 보내야 하니까 말야."

그러는 동안 크리스마스가 점점 더 가까워지고 있었다. 독수리가 매일 아이들이 산타 클로스에게 쓴 편지가 들어 있는 우편물 배낭을 발톱에 매달고 돌아왔다. 각 지방의 우체국장들은 아이들에게 받은 편지를 모아서 워싱턴에 있는 체신부 장관에게 보냈다. 그런 편지들은 우편물로 분류되지 않았기 때문이었다. 하지만 편지를 써서 우체통에 넣지 않고 벽난로 안의 굴뚝 가까이에 놓으면 새들이 그 편지들을 독수리가 있는 곳까지 계속 발톱에서 발톱으로 전달했다. 독수리는 그것들을 거두어 산타에게 가지고 갔다.

작업실에 있는 장난감을 만드는 사람들은 온갖 힘을 다해 장난감을 조각하고, 깎고, 톱질을 하고, 망치질을 하고, 풀을 칠하고, 페인트 칠을 했다. 선원들은 색종이 더미, 리본 포대, 스티커가 들어 있는 커다란 박스들과 포장된 선물들로 둘러싸인 선물 포장실에서 하루 종일 일했다. 산타 클로스는 썰매를 꺼내 와서 빨간색 칠을 새로 했고, 썰매의 활주부에 기름

칠을 하고 마구에 윤을 냈다. 산타 클로스는 순록 한 마리를 좀 걱정했다. 한번 넘어지는 바람에 절룩거리고 있는 순록이었다. 하지만 그 순록은 별로 걱정하지 않았다.

"크리스마스 이브가 되면 괜찮아질 거예요. 정말 괜찮으니까 속 태우지 마세요!"

선장은 생쥐들을 주머니에 넣고 다니면서 귀여워했다. 선장은 조각 솜씨가 좋아서 잭나이프(휴대용 접칼)로 생쥐들에게 작은 회전 목마를 만들어 주었다. 생쥐들은 지치지도 않고 하루 종일 회전 목마를 타고 놀았다. 저녁이 되면 선장은 생쥐들을 자신의 방으로 데려가곤 했다. 선장의 방은 배 안에 있는 선실처럼 만들어져 있었다. 방에 들어가면 테이블 위에 생쥐들을 놓아두고는 구식 왈츠, 폴카, 마주르카, 쇼티셰(폴카 비슷한 2박자의 사교춤) 등의 곡을 플루트로 불곤 했다. 선장이 플루트를 불면 생쥐들은 테이블 위에서 선장을 위해 춤을 추었다. 그러다가 열 시가 되면 선장은 생쥐들을 그들의 방으로 데려가서 침대 안에 넣어 주었다. 이건 선장이 하기에는 좀 힘든 일이었다. 방이 너무 작아서 머리와 팔 하나만 겨우 방문을 통과할 수 있었기 때문이다. 하지만 선장은 이 일을 매우 좋아했다.

생쥐들은 선장이 자기들을 위원회 회의에 데리고 갈 때 특히 좋아했다. 왜냐하면 선장과 포메로이 씨 그리고 배시워터 씨가 모두 산타 클로스에게 긴 연설을 했기 때문이었다. 생쥐들은 배시워터 씨의 연설을 가장 좋아했다. 그는 연설을 할 때 몸짓을 아주 많이 사용하고, 테이블을 탕탕 치기도 하고, 표정이 풍부하여 연설을 끝내고 앉을 때면 땀을 많이 흘려 마치 샤워라도 한 듯했다. 선원들은 자신들의 연설이 무엇을 뜻하는지 알고 싶어하는 산타 클로스에게 조금 미안해했다. 그들은 아무 뜻 없이 그냥 연설을 즐길 뿐이었기 때문이다.

생쥐들은 다른 동물들이 무슨 일 있었느냐고 물을 때면 조금 난처해하며 대답했다.

"오, 배시워터 씨는 아주 긴 연설을 했어."

"뭘 말했는데?"

징크스는 꼬치꼬치 캐묻자 고심하고 고심한 끝에 이니가 말했다.

"으으음, 어디 보자. 내년 광고에 대한 거였던 것 같은데, 안 그러니, 퀵? 후커 씨는 유명한 잡지들 중 몇 곳을 이용하고 싶다고 했고, 포메로이 씨는 자신들은 아이들에게 다가가려고 노력하는 것이지 유치한 사람들에게 다가가려는 것은 아니라고 했어. 그 다음 배시워터 씨는 긴 연설을 했는데, 그리고…… 음, 잘 모르겠어. 어쨌든 훌륭한 열설이었어."

그걸로 동물들은 연설에 별다른 뜻이 들어 있지 않다는 걸 알게 되었다.

가끔씩 선장은 생쥐들을 데리고 흡연실로 내려갔다. 흡연실은 선원들이 잠자기 전에 들르는 곳이었다. 거기서 생쥐들은 두 가지 중요한 사실을 배웠다. 선원들은 불꽃이 타오르는 난로를 가운데 두고 커다란 반원을 만들어서 앉았다. 각자 차 한 잔이나 따뜻한 우유 한 잔씩을 손에 들고 담배를 피우고 이야기를 하기도 하고 쿠키와 작고 달콤한 크래커를 우적우적 씹기도 했다. 그런데 그곳에서 하는 이야기는 고래, 유령, 숨겨진 보물 이 세 가지였다.

페르디난드가 이 말을 듣고는 몇 번을 생각에 잠기더니 선물의 방의 커다란 샹들리에로 날아올라갔다. 샹들리에 위에 한 발로 서서 머리를 날개 밑에 묻고는 한 시간 가까이 명상을 했다.

생쥐는 페르디난드의 행동에 대해 별 관심이 없었다. 페르디난드는 자주 명상을 한다고 말했기 때문이었다. 하지만 생쥐들은 페르디난드가 낮잠을 자고 싶다는 말을 그렇게 표현한다고 알고 있었다. 하지만 이번만은 달랐다. 저녁이 되자 까마귀 페르디난드는 선물의 방 구석으로 생쥐들을 불러모았다.

페르디난드가 말했다.

"말해 봐. 선원들이 말하던 유령 이야기가 어떤 종류였는지 말야."

"아주 무서운 이야기들이야."

이니가 먼저 말을 하고 퀵이 다음 말을 이었다.

"지독하게 무시무시한 이야기들이야."

그러자 이니가 또 말했다.

"그들이 말하는 유령의 모습은 대부분 길고 하얀 시트를 뒤집어쓰고 통곡을 하거나 탄식을 하는 모습이었고, 종종 어둠 속에서 소리를 내는 유령에 대해서도 얘기했어. 그리고 뒤에서 기어 나와 점프하는 것에 관해도 얘기했지."

"흠," 페르디난드가 말했다. "밤중에 이 모든 게 다 일어나면 어떨까?"

"오, 그래. 늦은밤에." 아우구스투스가 말했다. "이런, 그들은 우리 앞에서 많은 이야기를 하지 말았어야 했는데 말야. 난 밤에 돌아다니는 걸 좋아했는데, 음, 모든 생쥐들이 그렇긴 하지만. 하지만 요즘은 열두 시가 지나서 일어날 때면 나를 쫓는 발자국 소리를 들어. 구석구석에서 커다란 고양이의 번뜩이는 눈을 보게 되고 말야."

"흠……" 페르디난드가 다시 말했다. "덕분에 좋은 아이디어가 떠올랐어."

그렇게 말하고 되돌아가서는 다시 한동안 명상에 잠긴 뒤 회의를 소집하고는 동물들에게 자신의 계획과 동물들 각자가 해야 할 일을 말했다.

"평상시처럼 방에 가 있어. 너희들이 늘 하던 대로 말이야. 하지만 잠을 자면 안 돼. 그리고 자정을 알리는 종소리가 들리면 우린 다시 여기에 모여야 해. 선원들이 오늘밤 이후에도 여기에 머물러 있는다면 내 이름은 페르디난드가 아니지."

13
동물들, 유령이 되다

동물들이 하나 하나씩 선물의 방에 모인 시각은 산타의 얼음 궁전에 있는 모든 존재들이 깊은 잠에 빠져들 무렵이었다. 자정의 모험은 꽤나 흥미롭고 신나는 것이어서 동물들은 킥킥거리며 서로 속닥거리기도 했다. 페르디난드의 "쉬이잇!" 소리가 그들을 조용하게 만들 때까지 말이다.

"이제부터는 킥킥거리는 건 금지야." 페르디난드가 엄하게 말했다. "모두들 이 일이 아주 중요다는 거 알지? 장난 같기는 하지만 장난이 아니라고. 자 다들 준비 됐니?"

동물들은 긴 복도를 몰래 내려갔다. 아치 밑의 통로를 지나 넓은 안뜰을 가로지른 다음 나선형 계단을 올라가 선원들이 자고 있는 방의 양 옆으로 갔다. 층계를 올라가는 도중 동물

북극에 간 프레디

들은 설렁거리는 소리가 계속 나는 걸 알게 되었다. 높았다 낮았다 하는 소리는 바위투성이 연안에 파도가 부딪힐 때 나는 소리 같았다. 그건 바로 선원들이 코를 고는 소리였다.

"맙소사!" 위긴스 부인이 말했다. "우린 이렇게까지 조용할 필요도 없었네."

"이제 조그맣게 신음 소리를 내면서 그들을 깨워야 해." 페르디난드가 말했다. "위긴스 부인, 당신과 곰이 하는 게 제일 낫겠다. 올라가서 문 밖에서 신음 소리를 내. 그리고 나머지는 복장과 도구를 갖추고 준비해."

그래서 소와 곰은 문이 많은 긴 강당으로 올라서는 두 명의 선원이 잠들어 있는 곳 뒤에 서서 신음 소리를 내기 시작했다. 처음에는 낮게 신음 소리를 냈다. 하지만 코 고는 소리 때문에 들리지도 않는 것 같았다. 그래서 그 다음에는 훨씬 크게 신음 소리를 내고 또 냈다. 그래도 선원들은 깨어나지 않았다. 위긴스 부인이 목청이 터져라 소리 질러도 전혀 아무 느낌도 주지 못했다.

동물들은 어떻게 해야 할지 몰랐다.

"깨울 수 없다면 겁을 줄 수도 없잖아."

빌이 말하자 찰스가 큰소리쳤다.

"난 깨울 수 있어. 내가 울면 아침인 줄 알 거라고."

찰스가 꼬꼬댁 꼬끼오 하고 울자 비행기가 이륙할 때 나는 소리가 하늘로 점점 사라지듯 코 고는 소리가 잦아들더니 졸린 듯한 목소리가 방에서 나기 시작했다.

"이봐, 빌, 일어날 시간이야." "일어나, 에드." "왜, 겨우 열두 시 반인데." "그럼 저 소리는 뭐야?" "아침이 아니란 말야?" 기타 등등.

그 뒤 침대 시트로 분장한 여섯 마리의 큰 동물들이 가짜 얼굴을 달고는 뒷다리로 서서 각 방의 문을 열고 침실로 들어 갔다. 다른 동물들은 강당에서 사람을 불안하게 만드는 소음을 만들어 냈는데, 목소리를 적당하게 내서 선원들이 동물들의 소리인지 알아차리지 못하게 했다.

선원들은 소음을 듣자마자 문 쪽을 바라보았다. 흉측한 도깨비 얼굴에 하얀 시트를 두른 것이 점점 더 가까이 다가오자 선원들은 모두 미친 듯이 소리를 지르며 이불을 끌어올려 머리를 덮었다. 이불을 너무 세게 끌어당겨서 맨발이 드러나자 동물들은 선원들의 발가락을 부드럽게 깨물었다. 그러자 이번에는 선원들이 모두 소릴 지르며 침대에서 튀어나가 침대 밑에 숨었다. 그런데 침대 밑은 두 명이 밑에 들어가기엔 너무 좁았다. 선원들이 서로 밖으로 밀어내려고 싸우고 있는 동안 동물들은 다시 강당으로 돌아와서 문을 부드럽게 닫았다.

포메로이 씨는 층계 끝의 방에서 배시워터 씨와 함께 자고 있었다. 겁에 질린 선원들의 외침은 깊이 잠들어 있는 두 사람을 깨우기에 충분했다.

선원들의 무시무시한 외침을 들은 포메로이 씨와 배시워터

놀란 선원들이 이불을 너무 세게 끌어당겨 덮는 바람에 맨발이 드러났다.

동물들, 유령이 되다

씨는 문가로 나와 문을 열었다. 그런데 바로 문 앞에 뿔 두 개가 튀어나오고 흉측하게 웃고 있는 가면을 쓴 크고 하얀 물체가 서 있었다. 포메로이 씨는 그것이 자신의 오랜 친구 한크라는 사실을 알지 못했다. 두 개의 뿔은 바로 한크의 귀였다. 침대 시트에 구멍 두 개를 뚫었기 때문에 그렇게 보였던 것이었다. 포메로이 씨는 소리를 지르며 뒤에 서 있던 배시워터 씨의 팔에 쓰러졌다. 포메로이 씨가 넘어지는 바람에 배시워터 씨도 문 앞의 광경을 훤히 보게 되었다. 배시워터 씨 역시 크게 놀라 뒤로 쿵 하고 넘어지고 말았다.

하지만 다른 선원들에 비해서 겁이 좀 적었던 두 사람은 용기를 내서 눈을 떴다. 그러나 이미 문은 닫혀 있었고 무시무시한 유령도 사라지고 없었다. 포메로이 씨는 얼른 일어나 후커 씨의 방과 연결된 전성관(공기·기선·열차 따위의 소음이 심한 곳에서 관(管)의 한쪽 끝에서 하는 말소리가 다른 한쪽 끝에서 들리게 한 장치)으로 소식을 전했다.

후커 씨와 갑판장 조엘은 위층에서 자고 있었다. 선장인 후커 씨는 원하기만 하면 언제든지 선원들을 불러모을 수 있는 전성관을 갖고 있었다.

선장이 졸린 목소리로 "여보세요." 하고 말했다.

"여보세요, 선장님." 헐떡거리면서 항해사가 말했다. "이쪽에 내려와 보시는 게 좋겠습니다. 악마인지 도깨비인지 뭔가가 강당에 나와 있어요. 키가 3미터나 되고 이빨은 당신 손만큼 길었어요. 지금 들리는 소음으로 봐서는 선원들 절반은 먹어 치운 게 아닌가 싶어요."

"엥?" 선장이 믿을 수 없다는 듯 말했다. "이것 봐, 이것 봐, 포메로이 씨. 지금이 시시덕거리고 농담이나 하고 있을 때가 아니잖나."

"시시덕거리다니요!" 화가 난 항해사가 소리쳤다. "이리 내려와서 직접 한번 봐요. 이걸 보고도 시시덕거린다고 할 수 있을지 모르겠습니다."

후커 씨에게 유령의 존재를 믿게 하는 데는 약간의 시간이 걸렸다. 하지만 후커 선장은 배시워터 씨와 얘기를 하고 난 뒤 항해사가 본 것도 같다는 걸 알고는 말했다

"알았네, 알았어. 단검과 권총을 갖고 내려갈 때까지 기다리게. 곧 없애 주겠네. 악마라고? 내 부하들에게 까불다니! 본때를 보여 줘야지."

동물들은 변장을 좀더 무섭게 고치고는 계단으로 후퇴했다. 얼마 지나지 않아 동물들은 선장이 신는 무거운 방수 장화의 쿵쿵거리는 소리가 가까워지는 것으로 그가 복도를 걸어오고 있다는 걸 알았다.

"그놈이 어디에 있다는 거야?" 용감한 선장이 고함을 질러 댔다. "도깨비를 보여줘 봐! 자네들이 봤다는 악마들을 데려오라고! 뭘 보고 나한테 악마라고 한 거야? 악마가 열이나 있다고? 바르바리(이집트를 제외한 북 아프리카의 옛 이름) 해적

들이 한 트럭분 몰려와도 혼자서 싸운 나야! 내가 바로 블랙 버드 앤 티치 호의 항해사였어! 코뿔소도 손에 있는 설탕을 핥아먹을 수 있도록 길들이는 사람이 바로 나야! 벵골 호랑이 굴에 무기도 없이 맨손으로 걸어 들어갔던 사람이야! 모습을 드러내라! 이 3미터짜리 사람 잡아먹는 놈아! 이 늙은 후커가 한번 손을 봐 줄 테다. 마룻바닥에 손수건으로 쓱 닦을 수 있는 작은 기름 얼룩 몇 개 말고는 아무것도 남기지 않고 해치워 주겠다."

선장은 쿵쿵거리고 강당으로 내려오면서 고래고래 소리를 질렀다. 그러자 동물들은 갑자기 두려운 마음이 들어 층계에 몰려서서 움직일 생각도 하지 못했다. 선장은 계단 꼭대기에 서서 아래를 내려다보고 소리쳤다.

"악마야, 거기 밑에 있느냐? 나와서 레슬링을 하자. 이리 나와서 후커 박사의 악마 퇴치약을 맛봐라! 안 나올 거냐? 그래, 그럼 내가 내려가야 한다 이거군."

프레디가 선물의 방에서 찾은 가면 중에서 특히 더 무서워 보이는 중국 가면을 골라 라듐 페인트를 칠했다. 가면은 어둠 속에서 아주 무시무시하게 빛났다. 겁을 먹은 동물들이 계단에 몰려 있는 동안, 프레디는 가면을 들고 선장이 내려올 때까지 숨어 있었다. 하지만 선장이 주는 공포는 모든 동물들의 용기를 빼앗아 가 버렸다. 누군가 프레디를 미는 바람에 프레디는 균형을 잃으면서 잡고 있던 가면을 하늘로 던졌다.

그 순간 아우구스투스는 겁에 질려 울음을 터뜨리고 말았다.

후커는 컴컴한 계단을 뚫어져라 보고 있다가 이상하고 작은 목소리를 들었다. 구슬픈 찍찍 소리였다. 그리고 바로 그 순간 몹시 불길하고 흉악하게 생긴 중국 가면과 마주쳤다. 선장은 비명을 지르더니 단검을 떨어뜨리고 돌아서서 자신의 방으로 전력 질주를 해서 달려갔다. 그 소리는 그날 밤 들린 소리 중에서 가장 큰 것이었다. 그가 방으로 돌아가서 무엇을 했는지 아무도 몰랐다. 그날 밤 선장은 다신 나타나지 않았다. 다음 날 아침 식사 때 보니 그의 코트에 먼지가 많이 묻어 있었다. 그런 먼지는 침대 밑이 아니고서는 찾기 힘든 것이었다.

동물들은 잠시 조용했다가 웃음을 터뜨렸다. 그리고는 입을 모아 외쳤다.

"우리 좋은 선장님! '모습을 드러내라' 응? '내가 바로 사나운 코뿔소를 길들인 사람이다!' 이것을 '내가 바로 생쥐의 찍찍 소리에 달아난 사람이다'라고 바꿔야겠어. 이런 얘기 들은 적 있어? 선장은 누구보다도 겁이 많았어."

"그래 맞아." 페르디난드가 말했다. "우린 잘 해냈어. 하지만 할 일이 아직 더 남았어. 우린 한 명을 겁주지 못했어. 바로 조엘이지. 그냥 놔두면 그는 용감해질 거야. 그리고 다른 모든 사람을 용감하게 만들 거라고. 그러면 그들은 여기서 계속 머물게 될거야. 하지만 그들 모두가 겁을 먹게 되면 그들은 떠나려고 할 거야."

동물들은 조엘의 방으로 올라갔다. 선장의 비명 소리에 잠에서 깬 조엘은 침대에 앉아 있었다. 위긴스 부인은 뒷발로 서서 시트를 뒤집어쓰고는 신음 소리를 냈다. 하지만 갑판장 조엘은 고함을 치지 않았다.

"아! 유령⋯⋯, 들어와, 유령. 난 언제나 유령을 보고 싶었어. 들어와 앉아."

조엘은 그렇게 말하고는 침대에서 나와 예의바르게 의자를 내주었다.

위긴스 부인은 어떻게 해야 할지 몰랐다. 갑판장은 전혀 겁먹지 않았다. 하지만 그녀는 자신이 천천히 걸어 들어간다면 그를 충분히 겁줄 수 있겠다고 생각했다. 그래서 그녀는 다시 시도했다. 그러나 불행하게도 그녀가 걸친 침대 시트는 너무 길어서 바닥에 끌렸다. 위긴스 부인은 침대 쪽으로 걸어가다가 의자에 걸려 넘어져서 의자를 불쏘시개감으로 만들어 버렸다. 조엘은 그냥 웃었다.

"이상하네. 유령들은 몸무게가 안 나간다고 생각했는데."

위긴스 부인은 서둘러 일어서서 방 밖으로 나와 문을 쾅 하고 닫았다.

강당에서 나온 페르디난드는 매우 화가 났다.

"뭔가 잘못한 게 틀림없어. 조엘을 겁주는 건 쉬웠을 텐데 말야. 조엘은 선장의 반만큼도 용감하지 않다고."

위긴스 부인도 화가 났다. 그녀는 의자에 쓰러졌을 때 다른 동물들이 킬킬거리는 소리를 들었다. 그녀는 두르고 있던 침대 시트를 박박 찢었다.

"그래 좋아." 그녀가 말했다. "난 잘 거야. 네가 하고 싶으면 네가 겁을 줘 봐. 난 하루에 이 정도면 충분하다고."

하얀 긴 잠옷을 입은 조엘이 문을 다시 열고 한손에는 촛불을 들고 한손에는 권총을 들고 문지방 위에 나타났다. 그때 위긴스 부인은 층계를 올라가기 시작했다.

"이런!" 조엘은 위긴스 부인 주위에 구겨진 시트를 보고는 외쳤다. "소였어. 유령이 아니었군! 이럴 수가, 이럴 수가! 난 운이라곤 없군 그래! 유령을 보고 싶었는데!"

그렇게 말하고 난 뒤 아직 유령 복장을 하고 있는 다른 동물들을 둘러보더니 얼굴이 밝아졌다.

"하지만 이들은 진짜 유령들인 것 같네." 조엘은 말을 계속했다. "아는 방법은 단 하나지. 이야기 책에서 보면 유령에게 총을 쏘면 총알이 그냥 관통해 버린다고 했지."

그리고는 곰에게 권총을 바로 겨누었다.

동물들은 진짜 그가 쏠지 말지 알 수 없어서 즉시 시트를 벗고 가면을 던져 버렸다. 기가 죽은 동물들은 강당에서 계단 쪽으로 일렬로 내려갔다. 조엘은 동물들이 모두 시야에서 사라질 때까지 지켜본 뒤에 침대로 돌아갔다.

동물들은 계획이 실패한 것에 대해 위긴스 부인을 탓하지 않았다. 그녀는 최선을 다했고, 조엘이 유령을 무서워하지 않은 것이 그녀의 실수는 아니었기 때문이었다. 동물들은 이제 더 이상 선원들에게 겁주는 건 소용이 없다는 걸 알게 되었다. 조엘이 다른 사람들에게 얘기를 했을 것이고, 선원들도 다음에는 준비를 할 것이기 때문에 동물들이 이길 수는 없을 것 같았다. 동물들은 뭔가 다른 것을 생각해야만 했다.

다행스럽게도 선원들은 그냥 장난으로 받아들였다. 동물들이 정말 영리해서 그런 장난을 쳤다고 생각했다. 포메로이 씨와 배시워터 씨는 겁에 질렸던 걸 좀 창피해했다. 그래서 그것을 만회하기 위해 어두운 구석에 숨어 있다가 동물이 지날 때마다 "부우우!" 소리를 내면서 뛰어나오곤 했다.

선장은 유령이 동물이 분장한 것이었다는 걸 미리 알고 있었고, 자신이 도망간 것은 상황에 충실하기 위해서였다는 말을 하루에 열두 번도 더 했다.

"난 그냥 겁나는 척했을 뿐이라네. 자네도 그랬어야지, 조엘. 자네의 단점은 노는 방법을 모른다는 거야. 만약 어떤 사람이 할로윈 밤에 호박 초롱을 자네 집 현관에 두었다면 자네는 그냥 발로 차서 박살을 내 버릴 사람이야. 그렇게 사는 게 아니라고. 그냥 즐기도록 두는 거야."

14
후커의 나쁜 행동

　프레디는 이제 선원들을 내보내려는 일에 관심을 끊었다. 먹고 자고 시 쓰는 일 말고는 다른 어떤 일에도 관심이 없는 것처럼 보였다. 프레디는 점점 더 뚱뚱해져 가고 있었다. 식사가 끝나자마자 자기 방으로 올라가서는 소파에 누워 낮잠을 자곤 했고, 자다가 일어나서는 어슬렁어슬렁 거닐다가 다음 식사 시간까지 시를 짓거나 책을 읽었다. 친구들은 아주 가끔 스키나 미끄럼 타기를 하는 곳에나 프레디를 데려갈 수 있었다.

　"프레디, 넌 운동 좀 해야 돼. 살이 그렇게 찌면 건강에 나빠."

　친구들은 그렇게 말하고 나서 너무나 뚱뚱해서 터져 버린 돼지들의 이야기를 해 주었다.

하지만 프레디는 그냥 웃을 뿐이었다.

"내 평생 최고로 기분이 좋아. 뚱뚱한 건 창피한 일이 아니야. 유명한 사람들도 뚱뚱했던 적이 있었어."

"하지만 넌 늘 날씬하고 우아하고 잘생겼었잖아."

친구들이 항의했다.

"하는 짓이 훌륭하면 모습도 아름답다잖아. 만약에 잘생긴 것과 초콜릿 케이크 두 접시째 먹는 것 중 하나를 선택하라고 하면 난 언제나 케이크를 택할 거야."

프레디는 그렇게 말하고는 자기 주장을 마무리하기 위해 책상 서랍에서 초콜릿을 꺼내서는 크게 한 입 베어 물었다.

하루는 프레디가 책상에 앉아 있는데 징크스가 문을 열고 들어왔다. 다른 동물 같으면 노크를 먼저 했을 테지만 징크스는 예절이 아주 형편없었기 때문에 그냥 문을 열었다. 그건 징크스가 제대로 교육을 받고 자라지 못한 탓이었다. 징크스의 어머니는 외모는 훌륭하지만 허영심이 매우 강한 암코양이였다. 자기 털을 부드럽고 윤기 나게 만들기 위해서는 몇 시간이고 수고를 아끼지 않으면서 징크스 말고도 일곱이나되는 자식들은 아무렇게나 자라도록 내버려두었다. 따라서 그가 그렇게 무례하게 된 것은 꼭 징크스 자신의 탓으로 돌릴 수만은 없었다.

프레디는 이맛살을 찌푸리면서 혀를 찼다.

"쯧쯧, 징크스. 너를 보게 되어 기쁘긴 한데, 다른 사람의 사생활을 존중하는 법을 배워야 돼. 문 앞에서 노크할 줄도 모르니?"

"그래? 방해가 되었다면 나갔다가 노크하고 다시 들어올게."

"내겐 괜찮아. 하지만 다른 친구들은 이해하지 못할 수도 있거든. 그리고……"

"아, 잔소리 좀 그만해, 이 영감탱이야." 징크스가 소파 위에 몸을 던지며 말했다. "그리고 뉴스 좀 말해 봐. 식사 때를 빼곤 통 볼 수가 없으니."

"음, 내가 그 동안 좀 바빴지. 징크스, 시인이 된다는 건 쉬운 일이 아니야. 너희들은 내가 그저 급하게 갈겨쓴다고 생각하겠지만 정말이지 내가 만들어 낸 시구 하나하나는 여러 시간 공들인 작업의 결과라니까. 여기 이걸 봐." 그러면서 프레디는 종이 한 장을 징크스에게 건네주었다. "정말로 땀이 얼굴에서 뚝뚝 떨어질 때까지 엄청나게 노력해서 쓴 거야."

"땀을 조금 흘리고도 할 수 있었을 텐데."

징크스는 팔걸이가 있는 편안한 의자에 꽉 차는 뚱보 친구를 바라보며 말했다.

"그럴지도 모르지. 내게 그걸 읽어 줘, 그래 줄래? 어떻게 들리는지 들어 보고 싶어."

프레디가 부탁하자 징크스는 소리내어 시를 읽었다.

지상에 있는 나의 몫에 만족하여
내 영혼은 기쁨의 노래를 부른다
저 하늘을 기쁨의 시선으로 바라보기 전까지……
그 뒤로 나의 마음에 울려 퍼지는 것이 있다
지상에 존재하는 생각 중에서 가장 슬픈 것은
왜 돼지는 날개가 없느냐 하는 것이다.

하찮은 새나 곤충, 박쥐 그리고 다른 것들이
하늘로 날아올라 빙빙 돌기도 하고 훨훨 날아다니며
비행의 즐거움을 느낄 때
왜 돼지는 하늘에서 거부되어야 하는가?
왜 돼지는 날개가 없는가.

나의 모든 방랑기에도
나의 발은 여전히 땅에 머물러 있어야 하지
아직도 나의 마음은 욕망으로 가득차 있다
사람조차도 나는 방법을 배울 수 있는데
왜 돼지는 날개를 가질 수 없는가?

"맘에 들어?"
프레디가 마음을 졸이며 물었다.
"아주!" 고양이가 대답했다. "세상에, 어떻게 이런 것들을 다 생각해 낼 수가 있지? 난 모르겠어."

"글쎄, 그냥 떠올랐어."

"그런데 정말로 날고 싶은 거야?"

고양이가 물었다.

"난다고? 세상에… 아니야! 내가 왜 그러겠어?"

"하지만 너의 시는 나는 것에 관한 거잖아."

"이런, 이해를 못하는군. 그건 내가 진짜로 원하는 게 아니라 내 시가 원하는 것일 뿐이야. 그냥 그렇게 원하는 것처럼 나 스스로 생각하게 만들어서 뭔가 쓸 거리를 찾는 거지."

징크스는 몸을 쭉 펴며 하품을 했다.

"글쎄, 나로선 알 수 없는 일이다. 하지만 어쨌든 난 시를 이해하지 못하겠어. 평범한 문장으로 된 걸 줘 봐. 예를 들어 내가 어제 읽던 《보물섬》 같은 것 말이야. 그 모든 해적들과 묻혀 있는 보물과 싸움 얘기 같은 거. 그런 게 바로 책이라고, 프레디."

"내겐 책을 읽을 수 있을 만큼 시간이 충분하지가 않아." 프레디가 말했다. "그런데 뭐에 관한 책인데?"

"그게 뭐냐 하면, 지도가 있는데―어떤 책의 맨 앞장에 그려져 있는 지도야―해적들이 보물을 숨겨 놓은 장소를 가르쳐 주는 지도야. 많은 뱃사람들이 그걸 찾고 있지. 후커 같은 늙은 해적들이야. 그리고 어떤 사람들이 그걸 갖고는……."

하지만 프레디는 더 이상 듣고 있지 않았다. 징크스는 계속해서 이야기를 했지만 프레디는 연필 한 자루를 집어들고는 종이 위에 뭔가를 그리고 있었다.

징크스가 이야기를 멈추고 말했다.

"이봐, 전혀 듣고 있질 않잖아!"

"응?" 프레디가 올려보며 말했다. "아, 아니야, 미안해, 징크스. 하지만 너의 얘기를 듣고 아이디어가 떠올랐어. 만약 우리가 그 책에 있는 것 같은 지도를 하나 그려서 선원들이 발견할 만한 곳에 남겨둔다면, 우리는 영원히 그들을 쫓아 보낼 수 있을 거야."

"그들을 쫓아 버린다고?" 가끔 눈치 없이 구는 징크스가 말했다. "어떻게?"

"왜 있잖아, 플로리다 해안에 있는 섬들 가운데 하나를 지도로 만드는 거야. 그리고는 지도에 표시를 하는 거지. '여기 금' 아니면 '보물이 묻혀 있는 곳' 뭐 그런 거. 생쥐가 그러는데 선원들은 항상 숨겨진 보물에 관심을 갖고 있대. 만약에 그런 지도를 발견하면 십중팔구 보물을 찾으러 떠날 거야."

징크스는 얘기를 알아듣고는 아주 열광적이 되어서 읽고 있던 《보물섬》 책을 가져왔다. 그리고 프레디와 함께 책에 나와 있는 것과 비슷한 지도를 조심스럽게 그렸다. 그들은 섬 가운데에 붉은 십자가를 그리고 그 아래에 이렇게 썼다. "여기를 파시오!"

그들은 배와 바다뱀 그림으로 지도를 장식하고 맨 아래에

북극에 간 프레디

다 이렇게 썼다.

이것은 내 보물들이 묻혀 있는 섬의 개인 지도임. 거기엔
금 200킬로그램, 암적색 루비 2킬로그램, 에메랄드 500
킬로그램, 다이아몬드 2천 캐럿, 그밖에 여러 가지 보석
들이 매우 많이 있음. 운반하기 쉽도록 깨끗한 천 주머니
에 담겨 있음. -키드 선장

"분명히 주의를 끌 수 있을 거야."

징크스가 말했다. 징크스와 프레디는 후커의 방에 몰래 가
서 그가 반드시 발견할 만한 곳에다 지도를 두었다. 선장의
침대 옆의 탁자 위에 놓여 있는《이상한 나라의 앨리스》책갈
피에 끼워 둔 것이다. 후커는 책의 6쪽에다 읽다 만 표시를
해 두었는데, 그들은 지도를 8쪽에 두었다. 후커가 아무리 책
을 느리게 읽는다고 해도 최소한 그날 밤에 두 쪽 정도는 넘
길 것이라고 생각했기 때문이었다.

다른 동물들에게는 그 계획에 대해 알려 주지 않았기 때문
에 만일 일이 잘 풀리지 않는다 해도 둘 말고는 아무도 실망
할 리 없었다. 그들은 생쥐에게만 그 계획을 얘기하고는 만약
후커가 알지 못하는 사이에 지도가 책 밖으로 떨어지게 되면
주의를 끌도록 하라고 했다.

그날 밤 열두 시 십오 분에 퀵이 프레디 방으로 급히 왔다.

그는 부드럽게 코를 골며 자고 있는 돼지를 미친 듯이 불러 대면서 흔들어 깨우려고 했지만 그건 사람의 힘으로 60층짜리 빌딩을 흔들려는 것이나 마찬가지였다. 프레디는 계속 코를 골아 댔다. 하지만 너무나 절실했던 생쥐는 침대 위로 올라가서 친구의 귀를 날카롭게 물었다.

놀란 돼지는 고통으로 비명을 지르고 발길질을 해 대다가 온통 침대보에 싸여 마룻바닥 한가운데로 툭 떨어졌다. 퀵은 그러는 동안 프레디에게 튕겨나가 쓰레기통 안에 내던져졌다. 그리고 프레디가 침대보를 모두 걷어 내고 "도와줘! 살인자야! 누가 나를 찔렀다고!" 하며 소리지르는 걸 그칠 때까지 그 안에 머물러 있었다. 프레디가 좀 진정되자 퀵은 통에서 기어나와 불을 켠 뒤에 사납게 군 것에 대해 사과했다.

"하지만 너를 깨워야만 했었어, 프레디." 그가 말했다. "선장이 가고 있다고."

"간다고?" 프레디가 말했다. "그건 우리가 원하던 거잖아. 그냥 나한텐 내일 아침에 말해 줄 순 없었니……."

"선장이 혼자 간다고, 몰래. 그가 우리를 침대에 데려다 주었지만, 우리는 선장을 뒤따라서 그의 방으로 다시 돌아갔어. 그가 침대에 올라가서 책을 읽으려는데 지도가 책에서 떨어진 거야. 선장은 그걸 집어들고 조심스럽게 살펴보더니 몇 번이나 "오호!"라고 말했지. 그리고는 일어나서 포메로이 씨의 방으로 연결되는 전송관 쪽으로 가기 시작했어. 틀림없이 선장은 포메로이 씨에게 그 지도에 관해 말하려고 했었는데, 다음 순간 마음을 바꾸고는 옷을 입기 시작했어. 몇 번이나 전송관 쪽으로 가려고 했었지만 그때마다 머리를 흔들면서 옷을 계속 입었지. 그리고 권총과 선원용 단도를 찬 다음, 지도와 칫솔, 면도 용품, 플루트, 머리 염색약 그리고 몇 권의 동화책을 작은 여행용 가방 안에 챙기더니 신발을 손에 들고 아래층으로 살금살금 내려갔어."

"세상에나!" 프레디가 말했다. "혼자 가리라곤 생각도 못했어! 선장은 혼자 몰래 가서 모든 보물을 독차지하려는 거야! 그건 결코 우리가 바라던 바가 아닌걸! 퀵, 선장이 어느 길로 갔는지 찾아봐. 나는 다른 애들을 깨울게. 우리, 선물의 방에서 만나자."

동물들을 모두 깨워서 무슨 일이 있었는지 설명하는 데는 시간이 꽤 걸렸다. 그들이 모두 옷을 입고 선물의 방에서 만났을 때는 거의 한 시가 다 되어 있었는데, 퀵이 돌아와서는 후커 씨가 산타 클로스의 썰매를 끄는 네 마리의 순록에게 마구를 갖추게 한 다음 떠나 버렸다고 보고했다.

이 얘기를 들은 페르디난드는 수심에 가득 차 보였다.

"우리는 선장을 잡을 수 없어." 페르디난드가 말했다. "그들은 크리스마스에 선물을 배달할 때 쓰는 산타 클로스의 특별한 순록인걸. 그들은 특별한 훈련도 받았고 지구상에 있는 어떤 것보다도 빨라. 심지어는 자동차나 비행기보다도 더. 산타 클로스가 뭐라고 말할지 모르겠네. 크리스마스는 이제 이틀밖에 남지 않았는데."

"선장을 잡지 못한다면 어떻게 막을 수가 있지?" 한크가 물었다. "그는 권총을 갖고 있어. 우리로서는 그를 잡기 힘들어."

"아, 우리가 그 순록들에게 산타 클로스가 돌아오길 바란다고 말해 줄 수 있겠구나." 프레디가 말했다. "후커 씨가 뭐라고 하든지 간에 그들은 방향을 바꿔서 돌아올 거야."

"어쨌든 크리스마스 이브 전에 돌아와야 한다는 걸 충분히 알고 있지 않을까?" 로버트가 물었다. "자기들 없이는 산타 클로스가 선물을 배달할 수 없다는 걸 알고 있잖아."

"글쎄, 아닌 것 같은데." 페르디난드가 말했다. "순록은 그렇게 영리하지 않아. 그리고 만약 그 일에 관해 생각을 한다고 해도 산타 클로스가 순록이 가 버리는 걸 원치 않았다면 후커 씨가 순록들을 데려가게 내버려두지 않았을 거라고 생각할걸."

"글쎄," 마침내 징크스가 말했다. 아무런 결론도 내지 못한 채 한참 동안 그들이 논쟁을 벌인 다음이었다.

"어쩌면 우리에게는 선장을 잡을 기회가 없을지도 몰라. 내가 무언가 해야겠어."

"나도 그래," 프레디가 말했다. "징크스, 가서 너의 모피를 가져와. 뜰에서 만나자."

프레디와 징크스는 따뜻한 옷을 챙겨 입고, 나머지 순록들이 있는 마구간으로 서둘러 갔다. 조금 어려움을 겪긴 했지만 그들은 마침내 순록 한 마리를 가끔 경주할 때 쓰는 작은 썰매가 있는 곳까지 데려갈 수 있었고, 썰매를 출발시켰다.

순록에게 무슨 일이 있었는지를 설명한 다음, 저녁 식사 때 이끼를 듬뿍 한 접시 더 주겠다고 약속하자, 순록은 전속력을 다해 썰매를 몰았다. 하지만 후커 씨는 자신들보다 세 배쯤 빨리 가고 있을 것이다. 마치 자로 그린 듯 부드러운 눈 위에 똑바로 드러누워 있는 그의 썰매 자국은 그들 앞에 펼쳐진 어둠 속에서 사라져 버렸고, 들리는 소리라고는 오로지 순록의 발에서 나는 따가닥따가닥 하는 가벼운 소리와 얼음 표면 위를 미끄러지듯 달려나가는 쉿쉿 하는 소리뿐이었다.

"한 가지 내가 기대하는 게 있긴 해." 징크스가 말했다.

"생쥐가 말한 대로라면, 선장은 먹을 것을 하나도 가져가지 않았어. 아마도 식품 저장고로 내려가게 되면 누군가를 깨워야 되고 설명해야 하는 일을 겁냈을 거야. 하지만 내가 알고 있는 후커 씨는 먹을 것 없이는 결코 절대 멀리 가지 못해. 그렇게 먹을 것을 밝히는 사람은 처음 봤거든. 아마도 마주치는 첫 번째 이글루에서 멈추어 설 거야."

"이글루?"

프레디가 졸린 듯 말했다.

"그래. 눈으로 만든 에스키모들이 사는 집 말이야. 너도 여러 번 봤잖아."

"아, 맞아. 물론이지."

프레디는 따뜻한 옷을 입고 있는데다가 주변이 고요한 탓에 졸린 프레디는 앞으로 계속 나아가면서 졸린 듯이 중얼거렸다.

오, 부드럽게 야옹 소리 한번 들려주오

첫 번째 이글루를 보게 되면

난 너무나 졸립소. 진짜라오

하지만 당신이 야옹 소리 들려주면 난 일어나겠소

우리가 추적하는 선장은

그의 선원들에게 데려다 줍시다

그러면 우리 둘은 영웅 대접을 받으며

대로에서 카 퍼레이드를 하게 될 것이오

그리고 인사를 받으며…….

"오, 세상에, 그만해!" 하고 징크스가 말했지만 프레디의 머리는 벌써 가슴팍으로 떨어지고 잠이 들어 버렸다.

눈 말고는 아무것도 보지 못한 채 오랫동안 달렸다. 선장의 썰매 자국은 눈밭을 가로질러 뻗어 있었는데, 마침내 징크스까지 졸려고 하는 순간 순록이 말했다.

"이봐! 일어나! 앞에 뭔가가 보여."

　　　　　　북극에 간 프레디

둘은 반사적으로 눈을 떴는데, 정말이지 그들 앞에 썰매로 보이는 것이 있었다. 그 옆에 다가가 나란히 멈춰서자, 눈 위에 누워 있는 순록 한 마리와 그 순록을 일으켜세우려고 헛수고를 계속하고 있는 선장이 보였다.

후커는 일어서서 그들을 바라보았다.

"이봐. 이건 뭐야, 고양이와 돼지? 너희 동물들은 정말 대단하구나. 사람들처럼 썰매를 타고 돌아다니다니! 하지만 너희들이 제시간에 오지 않았다면 난 망했겠지!

선장은 그들의 썰매 옆으로 가로질러 오더니 "썰매에서 내려!" 하고 소리치고는 오른손으로는 징크스를, 왼손으로는 프레디를 잡고 썰매 밖으로 끌어내 눈 위에 떨어뜨렸다. 그리고는 옷가방을 징크스와 프레디가 타고 온 썰매에 던져 넣고는 썰매에 뛰어오르더니 선원용 단도의 평평한 부분으로 순록의 등을 철썩 치면서 눈 위를 빙빙 돌며 달려나갔다.

"가지 않으면 날 때릴 거야!" 순록이 어깨 너머로 소리쳤다. "하지만 내가 할 수 있는 한 천천히 갈게."

"이것 참," 그들이 두 발로 서서 눈을 털고 나자 징크스가 말했다. "아까보다 상황이 더 나쁜걸. 하지만 적어도 산타의 썰매는 돌려줄 수 있겠다."

그는 바닥에 누워 있는 순록에게로 가서 물었다.

"무슨 일이야?"

"출발했을 때 난 이미 절룩거리고 있었어." 순록이 말했다.

"내 다리는 이제 끝났어. 크리스마스까지는 낫게 하려고 산타가 노력 중이었는데. 난 이제 산타를 따라 나갈 수 없을 것 같아. 걸을 수도 없다고."

"음," 징크스가 생각에 잠겨 말했다. "할 수 있으면 선장을 따라잡아야 해. 순록 넷을 모두 묶을 필요는 없다고. 셋만 있어도 돼. 하지만 저 마구는 우리에겐 너무 복잡해. 프레디, 하지만 우리는 뭔가 할 수 있을 것 같아. 내 생각에는 저 마구를 모두 내린 다음 장비 없이 순록의 맨등에 탈 수 있다면 두 마리만 데리고 후커를 따라가자."

징크가 절름발이 순록에게 물었다.

"잠시 동안 널 여기에 놓아두어도 괜찮겠지? 우린 다시 돌아올 거야."

"그럼, 물론이지." 다른 순록이 말했다. "난 정말 괜찮아, 어서 가. 선장을 따라잡길 바래. 선장이 산타 클로스의 일을 하려는 게 아니란 걸 알았다면 애초에 절대로 그를 태우지 않았을 거야."

징크스는 일단 장갑을 벗었다. 발톱이 아주 차가워졌기 때문에 고생고생을 하고서야 장비를 내릴 수 있었다. 프레디의 발은 별로 쓸모가 없었다. 순록들은 무릎을 꿇고 앉아 둘을 등에 태운 다음 출발했다.

처음 약 2킬로미터를 가는 동안 프레디는 여덟 번, 징크스는 다섯 번이나 굴러떨어졌다. 그래서 프레디가 좋은 생각을

　　　　　북극에 간 프레디

해냈는데, 그것은 순록들에게 머리를 약간만 뒤로 젖혀서 뿔이 등 쪽으로 가까이 오게 하여 잡을 것을 마련하자는 것이었다. 이렇게 뭔가 잡을 것이 생기고 나자 빨리 달릴 수 있게 되었다. 정말 재미있었다. 순록은 바람처럼 빨리 달렸다. 그들의 발굽은 눈 위에서 아무 소리도 내지 않았다. 순식간에 후커가 다시 그들의 시야에 들어왔다.

"천천히 가는 게 좋겠어." 프레디가 말했다. "따라잡아 봤자 소용없어. 아직은 아무것도 할 수 없잖아."

그래서 순록들은 총총걸음 정도로 속도를 줄였고, 그렇게 한 시간 정도 더 가자 멀리 떨어진 곳에 원뿔형의 눈으로 만든 집이 몇 채 보였다.

"에스키모다!" 프레디가 말했다. "틀림없이 선장은 뭘 좀 먹으려고 멈췄을 거야."

정말이지 후커는 제일 큰 이글루 문 앞에 썰매를 세웠는데, 곧 그의 썰매는 모피를 걸친 남자, 여자, 그리고 어린아이들에 둘러싸였다.

프레디와 징크스는 선장이 썰매 밖으로 나와 이글루 안으로 들어가기를 바랐지만, 곧 에스키모들이 선장에게 먹을 것을 가져다 주는 것을 보았다.

"가까이 가는 게 좋겠어." 징크스가 말했다. "바로 지금 뭔가를 해야만 해. 그렇지 않으면 절대 선장을 멈추게 할 수 없을 거야."

프레디가 순록의 등에서 내려왔다.

"좋은 생각이 있어. 조금씩 최대한 가깝게 다가가는 거야. 그리고 나서 선장이 우릴 보게 되면 썰매 가까이로 순록을 몰고 가서 그의 주의를 끄는 거지."

입고 있는 모피 코트 때문에 마치 토실토실 살찐 에스키모 소녀처럼 보이는 돼지는 아무런 눈치도 채이지 않고 사람들 속으로 들어가서 선장 가까이 다가갔다. 선장은 그때 한 남자가 건네주는 커다란 냉동 생선을 받기 위해 썰매의 반대쪽으로 다가가고 있었다. 재빨리 프레디는 후커의 다리 뒤로 가서 의자 밑에 있는 작은 옷가방을 꺼냈다. 만약 그 가방을 들 수 있는 손만 있었다면 프레디는 아마도 아무런 주의도 끌지 않은 채 도망칠 수 있었을 것이다. 하지만 프레디는 입으로 그 가방을 물어야만 했다. 그리고 모여 있는 사람들의 가장자리로 천천히 자리를 옮겼을 땐 몇몇 여자들이 그 모습을 보고 날카로운 소리를 질러 댔다. 물론 그들은 한 번도 돼지를 본 적이 없었다. 더군다나 모피 코트를 입고 모자를 쓰고 뒷다리로 걷는 돼지라니. 그들이 그렇게 놀라는 것은 당연한 일이었다.

프레디는 순록이 자기를 태우기 위해 무릎을 꿇고 기다리고 있는 곳으로 최대한 빨리 달렸다. 하지만 후커도 프레디를 보았고, 썰매에서 뛰어내려서 사정없이 쫓아왔다. 프레디가 걸려서 넘어지자 옷가방이 그의 앞으로 몇 미터나 날아갔다.

프레디는 몸을 일으켜세웠지만 옷가방을 되찾기에는 이미 너무 늦어 버렸다. 후커가 그걸 주우려고 몸을 구부리고 있었던 것이다. 프레디는 순록의 등 위로 몸을 날렸고, 일단 올라탄 다음 바로 출발했다.

징크스는 그 광경을 내내 지켜보고 있었다. 그는 순록 가까이 다가가서 앞으로 몸을 숙이고는 순록의 귀에 대고 뭐라고 속삭였다. 후커가 몸을 구부리고 가방을 손에 잡으려는 순간 징크스를 등에 태운 순록이 총총 뛰어가서는 머리를 숙여서 갈라진 뿔의 한 끝으로 옷가방을 낚아챘다. 그리고는 승리감에 가득 차 전속력으로 달렸다. 그 순간 썰매에 매여 있던 순록 역시 프레디의 고함 소리를 듣고 전속력으로 달렸고, 후커는 에스키모 마을에 혼자 남게 되었다.

최고 속도로 다시 북쪽을 향하다가 징크스는 자신의 어깨 너머를 바라보았다. 의아해하고 있는 에스키모들에게 둘러싸인 선장이 분노에 가득 찬 채 이리저리 날뛰며 도망치는 동물들을 향해 주먹을 휘두르고 있었다. 그리고 무슨 일이 벌어지고 있는지 너무 멀어서 잘 보이지 않을 때쯤에 징크스가 마지막으로 본 것은, 후커가 자기 모자를 벗어 땅바닥에 내동댕이 친 다음 두 발로 그것을 짓밟고 있는 광경이었다.

15
크리스마스 이브의 산타

징크스와 프레디가 마침내 궁으로 돌아왔을 때는 늦은 오후였다. 산타 클로스는 그 이야기를 듣고는 붉고 뚱뚱한 볼에 눈물이 흘러내릴 때까지 웃어 댔다.

산타가 말했다.

"너희 동물들이 나만 놔두고 집으로 돌아가면 무얼 해야 할지 모르겠다. 세상 꼭대기의 이곳에서 항상 좋은 시간을 보냈지만 너희들이 여기 온 이후로는 두 배나 더 재미있구나. 이런 이런, 불쌍한 늙은 선장! 그 얼굴을 봤어야 하는 건데! 하지만 내 허락도 없이 순록들을 가져갔으니 그럴 만도 하지. 누굴 보내서 브릭센을 데려와야겠군. 크리스마스 이브가 내일인데 다리가 그렇게 됐으니 정말 유감이야. 그를 대신해서 썰매를 끌 다른 순록이 없으니. 다른 순록들도 빠르긴 해. 하지만 그중에 발걸음이 흔들리지 않는 순록이 없어. 썰매를 끄는 순록은 경사가 급하고 눈 덮인 지붕에 있을 때도 넘어지지 않아야 하거든."

"그 자리에 윌리엄 아저씨를 대신 넣으면 안 돼요?" 프레디가 물었다. "말치고는 정말 빨라요. 물론 할아버지의 순록 같진 않겠지만, 서커스단에 있었다고요. 서커스단에서 아저씨가 써야 했던 속임수들을 보면, 제 생각엔 아무리 가파른 지붕 위에서라도 별 문제 없을 것 같은데요."

"그래? 좋은 생각이구나, 프레디." 산타 클로스가 말했다. "그건 생각지도 못한 일이야. 난 빌이 할 수 있을지도 모른다고 생각은 했었지. 염소는 산을 잘 타는 동물이잖니. 하지만 염소는 순록보다 훨씬 작기 때문에 순록들과 같이 매여 있으면 우습게 보이지 않을까 걱정했단다. 만약 산타 클로스가 세 마리의 순록과 한 마리의 염소를 데리고 온다면 아이들이 좋아하지 않을 거야. 그런데 이제 보니 내가 왜 그 생각을 못했지? 너희 둘은 가서 먹을 걸 좀 가져오너라, 몹시 배가 고플 테니. 그리고 윌리엄 아저씨에게 가서 나를 좀 보자고 말해 주렴."

프레디와 징크스는 안으로 들어가서 점심을 배불리 먹은 다음 후커 씨의 옷가방을 가지고 그의 방으로 갔다. 하지만 그들은 가방을 두고 나오기 전에 지도를 챙겼다.

프레디와 징크스는 점심을 배불리 먹었다.

북극에 간 프레디

"이걸 여기 남겨 놓아서는 안 돼." 징크스가 말했다. "그러면 선장은 다시 그걸 가지고 가려 할 거야."

"찢어 버려." 프레디가 말했다.

"안 돼." 징크스가 말했다. "어디 다른 데 숨겨 놓을 거야. 조만간 이걸 사용할 수 있는 좋은 생각이 있어."

그날 저녁 늦게 에스키모 한 사람이 개가 끄는 썰매를 타고 선장을 궁으로 데려왔다. 후커 씨는 기분이 매우 언짢아 보였다. 그는 한마디 말도 하지 않고 자신의 방으로 곧장 올라갔다. 다음 날 아침 아침 식사를 하러 내려왔을 때에도 선장은 말을 시킬 때만 투덜거리며 대답했을 뿐, 식사 중간에는 턱수염을 꼬며 앉아서 동물들을 노려보았다.

생쥐가 아침 식사를 끝낸 뒤 선장의 식탁으로 가자, 선장은 그들을 주머니에 넣는 대신 날카로운 눈초리로 화가 나서 쳐다볼 뿐이었다. 그리고는 두 발을 구르고 주먹을 휘두르면서 소리쳤다. "배신자들!" 그리고는 자기 방으로 돌아가서는 점심때까지 머무르면서 이상한 음악을 플르트로 연주했다.

하지만 크리스마스 전날이라 궁에 있는 모든 사람들이 아주 바빴기 때문에 아무도 선장을 걱정할 겨를이 없었다. 수많은 선물들이 산타 클로스가 등에 짊어질 배낭과 썰매 위에 실리길 기다리며 안마당에 쌓였다. 막바지로 도착한 편지들이 급히 개봉되고 선물들은 포장되어 편지를 쓴 어린아이들의 주소로 보내지도록 준비됐다. 동물들과 선원들, 그리고 장난감 공장에서 일하는 모든 인부들은 자기들의 양말을 매달고 트리를 장식하며 서로에게 줄 선물을 준비하고 있었다. 이 모든 혼란과 야단법석 속에서, 산타 클로스는 윌리엄 아저씨를 세 마리의 순록과 함께 썰매에 매서 뒤뜰과 궁전 지붕 위를 시험 삼아 한 바퀴 돌게 했다.

"어떻게 이 많은 선물들을 다 전해 줄 수 있는지 모르겠어." 위긴스 부인이 말했다. 위긴스 부인과 보구스 부인은 로버트의 양말 안에 넣을 강아지용 비스킷을 빨간색 종이로 포장하고 있었다.

"이걸로 충분하지만, 혹시 누가 알아! 모든 걸 설명해 주는 데 지쳤어. 알아다시피 산타는 최선을 다해 열두 시까지는 모든 선물을 배달하려고 한다니까. 뉴잉글랜드에서 시계가 열두 시를 가리킬 때 오하이오에선 열한 시밖에 안 되거든. 태평양 연안에선 아직 초저녁이고, 일본에서는 아직도 그 전날 정오밖에 안 되지."

"뭐라고?" 위긴스 부인이 큰 소리로 말했다. "무슨 얘기를 하고 있는 거야, 동생아! 열두 시면 열두 시지. 난 그런 얘긴 들어 본 적 없어."

"아, 언니는 이해를 못하는구나?" 보구스 부인이 말했다. "지구본이 있다면 언니한테 가르쳐 줄 수 있을 텐데. 내 얘기는, 지구는 둥글고, 캘리포니아에서 해가 뜨기 전에 뉴잉글랜드에서 해가 먼저 뜬다는 얘기야. 잘 모르겠어? 그리고 빈 아저씨의 농장에 해가 비칠 때면 일본은 저녁이야. 잘 모르겠어?"

"그런 것 같구나." 위긴스 부인이 의심스럽다는 듯 말했다. "네가 말할 땐 맞는 것 같은데 나 혼자 생각해 보면 왠지 머릿속이 이상해져."

"생각할 것 없어." 보구스 부인이 말했다. "그냥 있는 대로 받아들이면 돼. 정말 간단해. 산타 클로스는 열두 시에 뉴잉글랜드에 선물을 배달하거든. 한 시간 뒤에 오하이오에 도착하고. 하지만 오하이오는 그때 한 시가 아니라 아직 열두 시야. 그런 방법으로 산타는 지구를 한 바퀴 도는 거야. 모든 선물을 자정에 배달하지만 그렇게 하는 데 스물네 시간을 쓴다니까."

"오, 제발!" 위긴스 부인이 말했다. "그 얘긴 그만해. 너 때문에 아주 혼란스러워졌어. 여길 봐. 헨리에타한테 '나를 잊지 마세요'라고 쓴 도자기로 된 달걀을 줄까 아니면 자키 클럽 향수를 줄까?"

"내 생각엔 향수를 제일 좋아할 것 같은데. 그걸 포장해. 내가 카드를 준비할게. 스티커는 어디 있지?"

보구스 부인은 더 이상 설명하려 하지 않았는데 위긴스 부인이 시차에 대해 정말 이해했는지는 의심스러운 일이었다. 사실 그건 위긴스 부인의 잘못이라고 할 수 없었다. 그녀는 한 번도 학교에 다녀 본 적 없이 평생을 아주 작은 농장에서

만 살아 왔던 것이다. 하지만 그건 아무 문제가 되지 않았다. 위긴스 부인은 어려움에 처한 동물들에게 어떻게 잘 대해 주고, 서로 화내고 있는 동물들을 어떻게 달래야 하는지와 같이 훨씬 더 중요한 일들을 많이 알고 있기 때문이었다.

모든 것이 준비되자 산타 클로스는 떠날 채비를 했다. 윌리엄 아저씨의 머리에 한 쌍의 뿔을 묶어서 최대한 순록처럼 보이도록 했다. 윌리엄 아저씨는 산타 클로스와 함께 가는 것을 아주 자랑스러워했다. 그건 윌리엄 아저씨에게 일어난 일 중에서 가장 멋진 일이었다. 그도 젊었을 때는 경주를 많이 했지만 그날 밤 낸 것 같은 속력은 상상조차 해 본 적이 없었다. 나중에 생각해 봐도 순록들이 그를 빨리 이끈 건지 아니면 어떤 마법이 작용했는지 알 수 없었다.

그의 말굽은 눈 위를 미끄러져 나가는 것 같았다. 숲을 통과할 땐 너무나 빨라서 마치 자동차를 타고 울타리의 말뚝을 지나쳐 가는 것처럼 나무들이 윙 소리를 내며 그들 뒤로 움직여 갔다. 순간 숲은 뒤로 물러나고 집들이 보이기 시작했다. 한번 껑충 뛰어서 그들은 지붕 위로 내려섰다. 그들이 채 멈춰서기도 전에 산타는 썰매 밖으로 나가서 굴뚝 아래로 내려가더니 다시 썰매로 돌아왔다. 그리고 다시 한번 껑충 뛰고는 눈보라 속으로 출발했다. 마을과 읍, 도시를 지나 좁은 산길을 오르고 다리를 건너며, 경작되어 있는 계곡을 넘어 별빛 아래 파도가 하얗게 부서지는 해변을 따라 그들은 점점 더 빨

　　　　북극에 간 프레디

리 달렸다. 그러다 보니 불이 켜진 기차를 지나쳐 갈 때는 마치 기차가 서 있는 것처럼 보였다. 그들은 계속 시속 80킬로미터 이상의 속도로 달려갔다.

윌리엄 아저씨에겐 모든 것이 꿈만 같았다. 그는 전속력을 다해 달리고 또 달렸다. 불빛과 건물들, 나무와 들판들이 모두 혼란 속에서 윙 하고 지나갔다. 그리고 산타 클로스가 그들을 안내하기 위해, 자 이제 왼쪽으로, 자 이제 오른쪽으로 하고 부드럽게 고삐를 당기면서 콧노래를 흥얼거리는 것을 들을 수 있었다. 그렇게 빨리 달리고 있는데도 불구하고 윌리엄 아저씨는 지치지도 않는 것 같았다. 너무나 흥분해 있는데다가 또한 그들의 일원이란 것이 너무나 자랑스러워서 피로를 느낄 수도 없었다. 마침내 마굿간으로 돌아와서 마구가 모두 내려지고 충분한 양의 귀리가 그의 앞에 놓여지게 되자 윌리엄 아저씨는 그 모든 일이 끝난 것이 정말 슬펐다.

산타 클로스가 그의 어깨를 두드리며 말했다.

"멋지게 잘 해냈네! 자네가 아니었다면 내일 아침 많은 아이들이 산타 클로스가 왜 자기를 잊었을까 의아해하면서 불행해했을 거야. 게다가 자넨 한번도 미끄러지지 않았어. 내가 미네아폴리스에 있는 그 가파른 슬레이트 지붕 위에서 발을 헛디뎠을 때조차도 말이야. 만약 내가 굴뚝을 붙잡지 않았다면 자네가 그 집 옆에 있는 눈더미 바깥으로 나를 꺼내 줘야만 했을 거야." 그러면서 산타는 한번 껄껄 웃고는 말을 계속했다. "내게 그런 일은 꽤 자주 일어난다니까. 나한테 일어난 어떤 일들은 들으면 놀랄걸. 한 번은 네 명이나 되는 아이들이 내가 굴뚝을 타고 내려오는 걸 보려고 기다리는 침대 위로 뚝 떨어졌지. 그 애들은 나를 보기만 한 게 아니라 내 몸무게를 느꼈지. 그 애들을 깔아뭉갰어."

"재미있는 경험이 정말 많으시겠어요."

말이 말했다.

"그럼. 내가 언제 한번 얘기해 주도록 하지. 하지만 지금은 우리 둘 다 잠을 자러 가야겠는걸. 내일은 먹을 것도 많고 재미있는 것도 많으니까 우린 푹 쉬어야 해."

산타 클로스 궁전에서의 크리스마스는 여러분이 상상하는 대로 그 넉넉한 지붕 아래 있는 모든 동물과 사람들에게 재미와 행복 그 자체였다. 그들이 서로 주고받은 모든 선물들과 칠면조 고기, 건포도와 자두 푸딩, 고기 파이와 사탕들 그리고 놀이들을 모두 얘기하려면 시간이 너무 오래 걸릴 것이다. 심지어는 후커 씨조차도 자신의 분노와 실망을 충분히 극복하고 엄청난 양의 저녁을 먹었다. 챙이 위로 젖혀진 모자에 금색 레이스가 달린 외투, 귀걸이, 붉은색 장식띠 그리고 여러 가지 다른 장식을 한 해적 복장으로 쫙 빼입고는, 나중에는 모두들 춤추는 동안 플루트를 연주했다.

춤추는 광경은 정말 볼 만했다. 선원들은 혼파이프(영국 선원들 사이에서 유행했던 활발한 춤곡)와 지그(빠르고 활발한 4분의 3박자의 춤)를 추었다. 배의 목수인 맥타비시 씨는 킬트(스코틀랜드의 남자 군인들이 입는 세로로 주름이 잡힌 체크 무늬 치마)를 입고 하이랜드 훌링(스코틀랜드의 활발한 춤)을 췄다. 배 시워터 씨는 여러 어려운 동작이 섞인 작살꾼의 지그를 추었다. 심지어는 선장도 표범 가죽으로 만든 옷을 입고 초록색 화관을 쓰고 크로커스 꽃을 한 바구니 들고는 멘델스존의 음악에 맞춰 춤을 추었다. 동물들도 둥글게 둘러서서 포크 댄스를 추었다. 동물들 중에서는 보구스 부인이 특히 정말 춤을 잘 추었다. 그녀의 폴카는 정말 멋졌다.

그날 저녁 늦게, 즐거움이 최고조에 달했을 즈음 즐겁지 않은 사건이 하나 일어났다. 탐욕스럽고 성질이 나쁜 펠이라는 한 선원이 자기 방 동료인 오스닙 씨가 준 선물에 대해 불평을 한 것이다.

"크리스마스 정신에 대해 얘기하는 건 정말 좋은 일이야. 하지만 짐 오스닙은 그렇지 않아. 그는 크리스마스 정신이란 걸 갖고 있지 않다고! 나는 멋진 아이보리 매니큐어 세트를 그에게 주었는데, 그가 나에게 뭘 줬는지 알아? 형편 없는 손님용 수건 몇 개야. 아유, 실은 아마사로 만든 것도 아니라고. 그리고 봐, 여기 가격표가 있지? 300원이라고. 심지어 그 가격표조차도 떼지 않았어! 도대체 방 동료에게 그런 선물을 줄 수가 있는 거야?"

몇몇 선원들이 둥글게 모여섰고, 배시워터 씨가 말했다.

"이런, 펠, 내가 보기엔 아주 좋은 수건 같은데. 짐은 돈이 많지 않아. 자네도 알잖아. 그리고 그는 그 수건 위에다 자네 이름을 수 놓는 데 시간을 많이 들였잖아. 여길 좀 봐."

"난 그 따위 것엔 신경 안 써." 펠이 심술궂게 말했다. "내 말은 그러니까……."

하지만 바로 그때 오스닙 씨가 둥글게 둘러선 사람들 사이를 뚫고 나와서 "그게 마음에 들지 않아, 그래?" 하고 펠에게 물었다.

"좋아, 그럼 다시 돌려줘. 여기 너의 오래된 매니큐어 세트 가져가. 나에게 그 수건을 달라고!"

그리고는 친구에게서 그 수건을 빼앗기 시작했다. 하지만 펠 씨는 진심으로 수건을 포기할 생각이 없었기 때문에 수건을 꼭 붙들고 놓지 않았다. 마침내 수건이 반으로 찢어져서 펠 씨는 찢어진 반쪽을 붙집은 채 바닥에 등을 대고 누웠고, 오스닙 씨 역시 나머지 반쪽과 다른 수건 하나를 들고 바닥에 나뒹굴 때까지 서로 끌고 잡아당기고 했다.

이 소동으로 인해 모든 사람들이 선물의 방 구석으로 모여들었다. 프레디는 타자기를 사용하느라고 위층에 있었는데, 봉해진 봉투 하나를 입에 물고 아래층으로 내려오자 징크스가 다가와서 말했다.

"때마침 잘 왔어. 지금이 바로 그에게 시간을 줄 때야."

프레디는 고개를 끄덕이고는 모여 있는 사람들 쪽으로 다

북극에 간 프레디

가갔다. 후커 씨가 상황을 막 정리하고 두 선원을 나무라고 있었다. 선장 앞에 선 그들은 얼굴을 붉히고 고개를 떨군 채 부끄러워하는 표정을 짓고 있었다. 돼지는 뒷다리로 서서 선장에게 그 봉투를 건넸다.

"이게 뭐지?"

후커 씨가 말했다.

선장이 그의 손 안에 있는 봉투를 천천히 살펴보는 동안 선원들 모두 그의 어깨 너머로 그것을 쳐다보았다.

"거기 뭔가 적혀 있어요?"

그중 한 명이 물었다.

"어? 그러네. '이 편지에 들어 있는 것은 메리 앤 호의 선원들에게 중요한 것이다.' 음, 이게 뭘까 궁금하군."

"봉투를 열어서 뭔지 알아보지 그래요?"

누군가 제안하자, 후커는 "좋은 생각이야." 하고는 봉투를 찢었다.

안에서 접힌 종이가 떨어졌다. 그게 보물 지도라는 것을 즉시 알아차린 후커는 다른 사람들이 보기 전에 잡아채려고 얼른 몸을 구부렸다. 하지만 오스닙 씨가 좀더 빨랐다. 이내 방 안에 있는 모든 선원들이 그게 무엇인지 알게 되었고, 선장 가까이로 모여들었다. 이제 혼자만 가지려고 해 봤자 소용없는 일이라는 것을 깨달은 선장은 동물들이 폭로하진 않을 것이라는 걸 알고 이렇게 둘러댔다.

"언젠가 자네들을 놀라게 해 주려고 내가 보관해 뒀던 거야. 며칠 전에 이걸 찾았는데, 그때 얘기하면 보물을 찾으러 당장 떠나자고 할까 봐서 크리스마스가 지나갈 때까지 기다리자고 생각했지. 만약 우리가 크리스마스 전에 떠났으면 산타 클로스가 상처받았을 거야. 게다가 이 지도가 깜짝 놀랄 만한 크리스마스 선물이 될 거라고 생각했지. 자네들 모두에게 주는 내 크리스마스 선물이야."

그러자 기다려 왔던 함성이 터져나왔다.

"만세! 만세! 후커 씨에게 만세 삼창을! 키드 선장의 보물에도 만세 삼창을!"

"우리가 해야 할 일이 있어. 옷가방을 꾸려서 오늘밤에 떠나는 거야. 다른 누군가가 우리보다 앞서서 보물을 차지하길 원치 않으니까. 물론 백 년도 넘게 한 자리에 묻혀 있긴 했지만, 얼마나 더 오래 거기 있을지는 아무도 알 수 없지. 이런 지도가 얼마나 많이 있는지도 모르잖아. 그러니 어서 짐을 꾸리고 산타 클로스에게 인사를 하자. 여기서 가졌던 즐거운 시간과 그 모든 선물들에 대해 감사하다고 인사하는 걸 잊으면 안 돼. 그리고 우린 떠나는 거야."

선원들은 다시 한번 함성을 지른 뒤 짐을 싸기 위해 각자 방으로 흩어졌다.

"이번에야말로 우리가 일을 제대로 해낸 것 같은데."

프레디가 말했다.

"그런 것 같아." 고양이가 대답했다. "산타 클로스의 사업을 재정비하는 문제에 대해서는 벌써 잊어버린 것 같네. 산타는 틀림없이 아주 기뻐할 거야."

"그래. 하지만 지도 얘기를 산타한테 하는 게 나을 거 같아."

"내 생각도 그래."

징크스가 대답했다.

그래서 둘은 산타 클로스의 서재로 가서 산타에게 모든 얘기를 했다. 산타 클로스는 전혀 화를 내지 않고 오히려 그들의 영리함에 즐거워했다. 하지만 그러면서도 조금 걱정했다.

"내 골칫거리를 해결해 줘서 정말 기쁘구나. 선원들이 가서 정말 기분좋은 것도 사실이야. 모두 좋은 사람들이고 나도 그들을 좋아하긴 하지만 사업에 관한 그들의 생각은 아주 혼란스러운 것이었지. 처음엔 그들의 일하는 방식이 여기서도 나의 일을 좀더 쉽게 만들어 줄 줄 알았어. 어느 정도는 그랬지. 하지만 결국 나는 오래된 내 방식이 더 맘에 들더라고. 모든 이들이 행복한 것, 결국 그게 가장 중요한 거야. 그렇지만 이런 방식으로 그들을 보내도 되는지 모르겠구나. 이건 정직하지 못한 일이야. 그들에게 어려운 여행을 하게 하고, 있지도 않은 보물을 찾기 위해 몇 개월이나 허비하게 하다니. 그렇지?"

"그렇죠." 프레디가 천천히 말했다. "그건 그렇지만요, 그래도······."

"거기 '그래도'라는 말이 왜 들어가지?" 산타 클로스가 말했다. "거 봐, 너도 내 말에 동의하잖아. 그들한테 얘기해 줘야 한다고 생각하는데."

"오, 하지만, 이런!" 징크스가 항의했다. "실례지만, 우리가 달리 할 수 있는 일이 없을까요? 혹시 그들이 찾을 만한 진짜 보물을 모르세요? 만약 그렇다면······."

"잠깐!" 산타 클로스가 외쳤다. "생각났어, 징크스. 생각이 났다고! 지금 문제는 네가 지도에 그린 섬에는 아무런 보물도 없다는 거야. 그렇지? 하지만 거기 보물을 가져다 놓는다면? 순록들을 타고 가서 거기에 보물을 묻어 놓는다면, 어때? 그럼 모두 잘될 거야, 그렇지?"

이 계획을 듣고 동물들은 기뻐했다. 하지만 보물을 가져가는 문제에 부딪치자 몇 가지 어려움이 있었다. 그들은 지도에 보물 목록을 적어 놓았던 것이다. 200킬로그램의 금과 루비, 에메랄드 등의 값진 보물들······ .

"나는 꽤 큰 부자야. 하지만 나조차도 그렇게 큰 보물은 구하기 힘들겠는걸. 그래도 내 생각엔 좀 조정을 할 수 있을 것 같아. 가장 중요한 건 그들이 실망하지 않게 하는 거지. 그들이 남은 여생 동안 편안하게 살 수 있을 만큼 값나가는 물건들을 모아야겠어. 그리고는 그 섬에 가서 하루 이틀 동안 그걸 묻는 거야. 아, 저기 작별 인사를 하러 오는군."

묵직한 방수 장화의 쿵쿵거리는 소리가 강당에서 들려오자 산타가 말했다.

"우리도 너무 오래 머물러서는 안 될 것 같아요."

로버트가 말했다.

앞뜰에 선 동물들이 대문 밖에 뿔뿔이 흩어져 있는 선원들에게 손을 흔들었다. 선원들은 한손에는 선물로 가득 찬 불룩한 옷가방을 들고 그리고 다른 손에는 손수건을 든 채 모두 떠나는 것이 아쉬워서 몇 걸음마다 돌아서서 손을 흔들었다.

"자네 말이 맞는 것 같아." 한크가 말했다. "빈 아저씨는 우리 걱정을 많이 할 거야. 산타 클로스가 그러는데 지난번에는 빈 아저씨가 우리 안부를 묻는 편지를 보냈다더군."

"음, 나로서는," 헨리에타가 말했다. "우리가 돌아가게 되어서 기뻐. 나는 돌봐야 할 아이들이 있고 해야 할 일도 있거든. 레아는 착한 아이이긴 하지만 살림꾼은 아니라서, 지금쯤 우리집이 어떤 상태일지는, 오, 아마 신만이 아시겠지. 이곳 저곳 전국을 어슬렁거리며 즐거운 시간을 가진 것도 아주 좋은 일이긴 하지만, 세상에 약간의 도움을 준 것도 좋았어. 그리고 한크 너도 마찬가지라고 생각해."

"맞아, 나도 그렇게 생각해." 말이 대답했다. "물론 약간의 재미를 느끼는 일이 누구에게도 해가 되는 일은 아니라고 생각하지만."

"약간의 재미라…… 물론이지. 하지만 지난 몇 달간은 재미와 게임, 그리고 익살 부리기가 전부였는걸. 이제는 맑은 정신으로 돌아가서 일을 할 때야."

"아, 너의 일이라고, 헨리에타?" 동물들 중에서 유일하게 암탉에게 말대꾸할 배짱을 가진 징크스가 말했다. "정말 피곤하게 만드는군. 가끔은 긴장을 좀 풀고 다리를 흔들어 봐. 춤을 추거나 노래를 부르거나 재주넘기를 하든지 뭘 좀 해 보라고. 그러는 게 몸에 좋아. 그리고 집에 가서 도대체 무슨 일을 하겠다는 거야?"

"집에 가면 할 일이 많이 있어."

헨리에타가 뾰로통해서 말했다.

"맞아, 하지만 집은 아주 멀리 떨어져 있잖아. 그 사이에 여기서 재미 좀 보면 안 돼? 그렇게 늙고 심술궂은 얼굴만 하고 있지 말고."

"흥!" 하고 암탉이 투덜댔다. "누가 늙은 대머리 고양이 얘기 따위에 신경이나 쓴대? 만약 네가……."

"오, 제발." 한크가 말했다. "말다툼하지 말자. 들어 봐! 선원들이 멈춰서서 〈잘가요, 아가씨들〉을 부르고 있잖아."

그 노래소리는 광활한 설원 저 멀리에서부터 차가운 공기를 뚫고 떠내려왔다. 선원들은 플루트 소리로 그들을 인도하는 선장을 중심으로 무리지어 있었다. 그들은 노래를 부르며 마지막 갈채를 보내고, 손수건을 한 번 더 흔들고 나서는 등을 돌려 터덜터덜 걸어 시야 밖으로 사라졌다.

하지만 프레디가 그 노랫가락을 이어받았다. '잘가요, 선원들' 하고 그가 노래 불렀다.

잘가요, 선원들
잘가요, 선원들
잘가요, 선원들
우리는 당신이 가는 게 좋아요
즐겁게 미끄러져 가요, 미끄러져 가요, 미끄러지듯 가요
즐겁게 미끄러지듯 가요
깊고 하얀 눈 위를.

16
썰매를 타고 그리운 집으로

"내가 무얼 할 건지 얘기해 주마."

산타 클로스가 말했다. 저녁 식사 후에 그들은 불 주위에 둥글게 둘러앉았다. 선원들이 떠난 지 이틀이 지난 뒤였다.

"너희들이 집에 돌아가야 한다고 생각하는 걸 다 알고 있단다. 나는 너희를 붙잡진 않을 거야. 하지만 빈 아저씨의 농장까지는 걸어서 가기엔 너무나 먼 거리야. 자, 마굿간 밖에 가끔 썰매 타기 파티 때 쓰는 큰 썰매가 있거든. 스물다섯 명까지 탈 수 있으니까 너희들 모두 편안히 가기에 충분할 거야. 열두 마리 정도의 순록을 거기에 매서 너희들 모두를 집까지 데려다 주도록 할게. 물론 크리스마스 이브 때 내가 탔던 작은 썰매처럼 빨리 가진 않겠지만 자동차나 기차보다는 더 빠를 거야. 그리고 집에 돌아가서 빈 아저씨 부부와 함께 새해를 맞을 수 있을 거야."

동물들은 처음에는 괜찮다고 말했다. 산타에게 그렇게 어려운 일을 시킬 순 없다고, 그건 너무 지나치다고 했다. 하지만 산타는 이미 마음을 굳힌 상태였다.

다음 날 아침 그들은 짐을 꾸려서 썰매가 기다리고 있는 앞뜰로 나갔다. 산타 클로스는 붉은 가죽으로 된 스물네 개의 고삐를 쥐고 운전석에 앉았고, 엘라와 에버렛이 산타의 양옆에 앉았다. 동물들이 모두 썰매에 탄 다음 따뜻한 밀짚 속에 깊숙이 자리를 잡고 앉자 곧 썰매는 출발했다.

처음 한 시간 정도는 어느 누구도 말이 없었다. 그들 모두 작고 기분좋은 침실과 자기들이 누렸던 안락함을 뒤로하고 떠나는 데 대해 어느 정도 아쉬움을 느끼고 있었다. 큰 연회장에서의 즐거운 식사와, 얼음궁전의 안과 밖에서 게임을 하며 보냈던 즐거운 시간들, 그리고 난로 주변에 둘러앉아 조용히 얘기를 나누고 산타 클로스가 재미있는 이야기를 해주던 포근한 저녁을 벌써 그리워하기 시작했다. 하지만 시간이 좀 지나자 그들은 다시 활발해져서 웃고 노래하며 농담을 나누었다. 겨울 풍경이 그들 뒤로 지나쳐 가고 썰매도 윙 소리를 내며 눈 위를 달려갔다.

첫날 저녁에 그들은 한때 엘라와 에버렛이 살았던 집 옆에 있는 작은 호숫가에서 야영을 했다. 저녁 식사가 끝난 뒤 숲 속에서 주워 온 나무로 커다란 모닥불을 만들어 둘러앉았을 때, 산타 크로스는 얼어 있는 호수를 가로질러 그 집으로 가서 문을 세게 두드렸다.

"들어와, 들어와!"

참을성 없고 거친 목소리가 들려왔다. 산타는 문을 열고 집 안으로 들어섰다. 탁자 옆에 케이트와 피트가 앉아 있었는데 케이트는 바느질을 하느라고 바빴고, 피트는 문법 공부를 하고 있었다. 둘은 산타 클로스를 올려다보고는 얼굴을 찌푸렸다.

"안녕하신가? 자네들이 케이트와 피트군. 맞지?"

"네." 케이트가 말했다. "당신 분위기를 보면 우리는 케이트와 피트고 당신은 산타 클로스겠지요."

"맞네, 내가 바로 그 사람이야."

산타 클로스가 대답했다.

"오, 그래요." 케이트가 말했다. "그럼 나는 신데렐라고 이 사람은 내 친구 카니발 섬의 왕이에요. 그리고……."

"저 신사분이 무얼 원하는지 들어 보자."

피트가 말을 가로막았다.

케이트는 그 어느 때보다도 인상을 많이 찌푸렸지만 말을 멈추었다. 그러자 산타가 말했다.

"전에 여기 살던 엘라와 에버렛에 관해 얘기하려고 온 거라네."

둘은 그 말에 너무나 놀라 벌떡 일어섰고, 케이트가 간절한 말투로 물었다.

"그 애들을 봤어요? 어디 있는지 알아요?"

"그럼." 산타가 대답했다. "그 애들은 아주 안전하고 편안하게 지내지. 하지만 여기로 돌아오진 않을 거야. 자네들은 그 애들을 돌보는 데 적합하지 않고, 또……."

"아니, 적합하지 않다고요. 뭐라고?" 케이트는 빗자루를 찾으려고 방을 둘러보며 화가 나서 소리쳤다. "자, 당신 이름이 뭐든 간에 내가 한마디 하겠어. 만약 그 애들을 데리고 있다면 빨리 여기로 다시 데리고 와. 곤란에 빠지고 싶지 않다면 말이야. 이 나라에는 납치를 금지하는 법이 엄연히 있다고. 조심하지 않으면 감옥에 가게 될 거야."

그러면서 케이트는 재빨리 피트를 돌아봤다.

"어떻게 좀 해 봐. 넌 남자잖아, 안 그래? 저 사람한테 애들을 되돌려달라고 말해. 거기 그냥 서 있지만 말고 저 사람한테서 짱나는 말 좀 못하게 해."

"'짱'은 그릇 깨지는 소린데." 피트가 말했다. "그 전에 그의 말을 먼저 들어 봐야 한다고 생각해. 그리고 만약 꼭 필요하다면, 그때 내가 뭔가를 하지."

"아주 현명하군." 산타 클로스가 말했다. "내 말을 들으면 자네도 만족하게 될 걸세."

그리고는 코트 속을 더듬어서 두꺼운 지갑을 꺼내 얼마간의 돈을 탁자 위에 세어 놓았다.

"그 아이들에 대한 모든 권리를 포기한다면 이 돈은 자네들 거야."

산타가 말했다.

돈을 다 세기도 전에 케이트는 벌써 돈 위에 손을 올려놓았다. 그리고는 "이걸론 부족해!"라고 소리쳤다.

"내가 금지옥엽으로 키운 귀여운 아이들을 나에게서 돈으로 사려고 하다니! 이런 늙은 여우 같으니라고!"

"'여우'는 격식을 차리지 않는 일상에서나 쓰는 말이야. 돈을 세어 봐야겠는걸." 피트는 계속해서 돈을 셌다. "아주 넉넉해."

피트가 말했지만 케이트는 만족하지 않았다.

"넉넉치 않아! 두 배를 줘! 두 배를 주거나 아니면 여기서 나가!"

"흠, 그렇다면."

산타가 돈으로 손을 뻗으면서 말했다. 그 순간 케이트는 한발짝 양보했다.

"글쎄, 어쩌면 내가 조금 성급하게 굴었나 봐요. 나는 그 아이들을 너무 사랑하지만……."

"금지옥엽으로?" 산타가 말했다. "정말 그렇겠군. 이제 모든 일이 마무리됐으니 즐거운 저녁 보내길 바라겠네."

문을 닫고 나가면서 산타는 케이트가 소리치는 걸 들었다.

북극에 간 프레디

"그들 돈 줘!"

그러자 피트가 대답했다.

"'그 돈'이라고 해야 맞지."

그리고는 철썩 내려치는 소리가 들렸다. 케이트가 빗자루를 사용했던 것이다.

그날 밤 동물 일행은 호숫가에서 잠을 잤다. 그리고 다음 날 일찍 날이 밝자 다시 출발했다. 곧 숲을 지나고 농장 지대를 지나자 마을이 점점 더 크게 보였다. 정오 쯤에는 세인트 로렌스 강을 가로지르는 긴 다리를 윙 하고 건넜는데, 어찌나 빨랐던지 다리의 세관원이 그들을 보지도 못할 정도였다. 그리고 결국 그들은 미국 땅에 들어섰고 네 시쯤에는 거의 집에다 이르렀다. 그들은 모두 흥분에 가득 차서 밖으로 몸을 빼고는 익숙한 지명들을 서로 가리켰다.

"여기가 센터보로야."

큰 느릅나무들이 길게 두 줄로 늘어선 가운데 눈이 쌓인 길이 언덕까지 뻗어 있는 걸 보고 소리쳤다.

읍사무소를 지나칠 때 날카로운 휘파람 소리가 여러 차례 들렸지만 아무도 주의를 기울이지 않았다. 하지만 한두 블럭 더 가자 외투 가슴팍에 은색 별을 단 한 키 큰 남자가 빠르게 다가가고 있는 썰매 쪽으로 튀어나왔다.

"멈춰!" 그가 소리쳤다. "멈춰, 멈추라고!"

산타 클로스는 고삐를 앞뒤로 당겨서 콧김을 내뿜으며 뛰어나가려는 순록을 멈추게 했다. 덕분에 약간의 눈보라가 생겼다.

"여긴 과속 차량 감시 구간이야." 한크가 말했다. "내가 들었는데 여름철에 과속으로 달리는 자동차를 많이 잡았대."

"하지만 산타 클로스를 막지는 못할걸!

나머지 동물들이 소리쳤다.

얼굴이 아주 붉고 말할 때마다 흔들리는 턱수염을 가진 그 남자가 썰매 옆으로 다가오더니 화가 나서 소리쳤다.

"내가 멈추라면 멈춰! 당신들은 이곳의 주인인 걸로 착각하는 모양인데, 그래 맞아. 하지만 본때를 보여 주지! 속도 제한을 어긴 벌로 당신들을 체포하겠다. 당신들은 나와 함께 치안 판사에게 가는 거야."

"속도 제한은 자동차에 해당하는 건데." 산타가 말했다. "이건 자동차가 아니지 않소?"

"그렇단 말이지!" 경관이 대꾸했다. "나하고 말싸움을 하자는 거냐, 그래? 자, 갑시다. 시골 촌구석에나 있을까 한 마차에다 모두 빨간색 정장을 하고 다니다니. 내 생전 처음 보는 일일세. 더구나 나하고 말싸움까지 하려 들다니, 나, 헨리 스네데커에게 말야. 너희들이 기저귀를 차기도 전부터 이 마을의 경찰이었던 나한테……. 자, 너희를 체포하겠다. 제한 속도를 초과한 죄, 평화를 방해한 죄, 또……."

갑자기 이야기를 멈추더니 그의 입이 떡 벌어졌다. 그리고는 놀라서 조금씩 뒷걸음치기 시작했다. 그는 썰매 가까이에 서 있긴 했지만 썰매 안에 누가 타고 있는지에는 아무런 주의를 기울이지 않았었다. 동물들은 모두 화가 났고, 마침내 곰이 옆으로 몸을 기울여서는 코를 경찰의 얼굴 가까이에다 대고 낮게 으르렁거렸다.

"그 안에 뭐가 있지? 동물들?" 경찰이 다그쳤다. "동물원인가, 그래? 서커스! 허가 없이는 이 마을에서 서커스를 할 수 없어. 허가 없이 서커스를 한 죄목으로도 체포하겠다."

그의 목소리에는 분노와 공포가 뒤섞여 있었지만 그래도 아직 땅에 발을 딛고 서 있었다. 그리고는 주머니에서 오래된 듯한 대형 권총을 꺼내기 시작했다. 그러자 산타 클로스가 말했다.

"내가 자네와 함께 치안 판사에게 가도록 하지. 그가 어디 있는지 나에게 말해 준다면 말이야. 그냥 일장 연설을 늘어놓고 싶은 거라면 난 계속 가겠네. 난 바쁘다고."

"내가 가라고 할 때 가는 거야."

스네데커 씨가 대답했다. 그는 그 오래된 권총의 방아쇠를 잡아당기려고 했지만 총이 너무 많이 녹슬어 있었기 때문에, 바닥에 엉덩이를 대고 앉아 두 손으로 총신을 붙잡고 발로 총포의 쇠공이를 뒤로 잡아당기려고 했는데도 잘되지 않았다. 그가 총을 가지고 몸부림을 치는 동안 곰이 썰매 밖으로 나와 그의 허리를 세게 감아 쥐고는 다른 동물들 사이로 던져 버렸다.

산타 클로스는 마음껏 웃어 댔다.

"자, 치안 판사가 어디 사는지 나한테 얘기해 주면 내가 거기로 썰매를 끌고 가도록 하지. 이 일을 해결해야 하니 말야."

"그리고 또 이제 폭행과 구타 죄로 체포하겠다." 썰매 바닥에서 엎드려서 그는 말을 계속했다. "그리고 정당 방위도 아닌 공격에 대한……."

"세 집만 더 가면 치안 판사가 있어요, 오른쪽에." 한크가 말했다. "하지만 그냥 눈 위에다 저 사람을 던져 버리고 그냥 계속 가지 그러세요. 아마 벌금을 물게 되고, 반 나절쯤 늦어질 텐데."

"아니야." 산타 클로스가 말했다. "그건 법을 어기는 행위지. 그러고 싶지 않아. 일이 잘 풀리도록 할 수 있어."

산타는 계속 썰매를 몰아 치안 판사집의 초인종을 눌렀다.

검은 옷을 입은 조그맣고 나이 든 여자가 문을 열어 주자 산타는 집 안으로 들어갔고, 동물들도 그 뒤를 떼지어 따라갔다. 곰은 아직도 항의하고 있는 경찰을 메고 있었다.

치안 판사는 검은 옷을 입은 조그마하고 바싹 마른 남자였는데, 이마 위에 철테 안경을 얹고 있었다. 그는 낮잠을 자고 있던 검은색 호두나무 책상 뒤에서 일어났다. 그는 각양 각색의 이상한 무리들이 방으로 밀고 들어오자 "무슨 일이야? 무슨 일이지?" 하고 빠르게 지껄여 댔다.

"이게 뭡니까, 선생?"

곰이 경찰을 놓아 주자 경찰이 이야기를 했다.

"한 시간에 최저 80킬로미터의 속도로 달리고 있었어요."

그가 말했다.

"최저 150킬로미터였소."

산타 클로스가 끼어들었다. 치안 판사가 외쳤다.

"뭐, 뭐, 뭐라고? 그렇게 위험한 속도로 달렸다는 사실을 인정한다는 거요?"

"그럼요."

"6만 원!" 치안 판사가 말했다. "이제 다른 죄목들을 봅시다. 폭행과 구타, 고속도로 진로 방해, 치안 판사의 허가 없는 서커스 경영, 불법 침입, 방화……."

"잠깐……." 산타 클로스가 말했다. "그 모든 범죄를 저지를 시간도 없었는데. 당신네 마을에 들어온 지 삼 분 정도밖에 안 되었단 말이오."

"그건 알아봐야겠죠." 치안 판사가 말했다. "이름은?"

"산타 클로스."

치안 판사가 그를 쳐다보자 경찰이 말했다.

"농담할 때가 아닌 것 같은데?"

"그렇지만 그게 내 이름인걸요."

산타 클로스가 말했다.

"자, 자," 치안 판사가 말했다 "물론 가능한 일이죠. 그건 이만 통과. 다른 사람도 그 이름을 가질 수는 있으니까. 나이는?"

"어림잡아 팔백 살쯤."

산타가 대답했다.

"팔백? 이봐요, 선생." 경찰이 갑자기 소리 질렀다. "감옥에서 팔백 년쯤 살게 될 거요. 어림잡아라고? 어림잡는다면 말이지, 재판장님……."

"네, 네, 네." 치안 판사가 퉁명스럽게 말했다. "헨리, 저 사람을 감옥으로 데려가요. 좀 추운 마을에서 하룻밤을 자고 나면 제정신을 되찾을지도 모르지."

"잠깐만," 산타 클로스가 말했다. "난 내 진짜 이름과 나이를 말했는데. 삼 분 안에 증명해 보일 수 있어요."

경찰과 치안 판사는 눈썹을 치켜올린 채 서로 쳐다보더니, 경찰이 눈을 찡긋했다. 적막 속에서 작은 노파의 불평하는 목소리가 들렸다.

"이런 더러운 동물들이 깨끗한 바깥 현관을 어슬렁거리고 진흙발로 마룻바닥에 자국을 남겨 놓다니!"

"좋아요," 치안 판사가 말했다. "삼 분 주겠소."

"좋아요." 산타가 미소를 띠고 말했다. "먼저 헨리 스네데커 경관, 당신부터 봅시다. 당신은 예순다섯 살이지. 56년 전 12월 23일에 당신은 산타 클로스에게 잭나이프를 부탁하는 편지를 썼어. 당신 양말 안에는 잭나이프와 오렌지 두 개, 꼭두각시 그리고 두 개의 축구공, 또 페퍼민트 사탕이 들어 있었지. 내 말이 맞나?"

경찰은 놀라서 벽 쪽으로 물러섰다.

"당신이 그걸 어떻게?" 그는 화가 나고 놀란 목소리로 소리쳤다. "역시 당신은 산타 클로스로군! 내가 어린 애송이였을 때 당신이 내 양말 안에 넣어 둔 모든 선물들, 그런데도 내가 속도 위반으로 당신을 체포하려고 하다니! 이런, 내가 그런 분을 방해하다니!"

하지만 치안 판사는 아직 믿지 않았다.

"이봐, 마음 좀 추스리게나, 헨리. 자네 기억력이 예전 같지 않다는 걸 알잖아. 56년 전에 자네 양말 속에 뭐가 있었는지 어떻게 아나? 어떤 소년이든지 간에 칼이나 뭐 그밖의 다른 물건들을 종종 받게 되는 법이지. 자네 기억력이 자넬 속이는 거야."

"아니지," 산타 클로스가 말했다. "스네데커 씨의 기억력은 놀라울 만큼 선명하다네. 자, 재판장, 이제 당신 기억을 새롭게 해 주겠어. 당신 이름은 필레몬 프렌데가스트야. 예순 여덟 살이고. 우리한테 문을 열어 주고 또 지금 저기 현관에 서 있는 당신 누이는 당신이 열네 살 때까지 인형을 갖고 노는 걸 부끄러워했지. 1876년도 크리스마스 이브에 나는 당신 양말 속에 당신이 원했던 대로 노랑색 프랑스 인형을……"

"그만, 그만!" 치안 판사는 얼굴이 붉게 변하더니 펄쩍 뛰었다. "이런 미치광이 같으니라고! 여기서 너희들 모두 당장 나가! 나가, 나가! 벌금은 면제해 줄 테니!"

경관은 의자에서 몸을 구부리며 웃어 댔다.

"인형이라니! 와! 정말 대단해, 정말이야! 소년들이 가게로 내려가서 같은 걸 사기 위해서 줄을 서겠는걸! 치안 판사 프렌데가스트가 갖고 놀던……."

그는 요란하게 웃느라고 숨이 막힐 지경이었다. 다시 숨을 쉬게 하기 위해 곰이 그의 등을 철썩 때려 주어야만 했다.

검은 옷을 입은 그 자그마한 노파가 들어와서는 왼발을 앞으로 빼고 무릎을 굽혀서 몸을 약간 숙이며 산타 클로스에게 절을 했다.

"당신을 만나게 되어 정말 기뻐요." 그녀가 말했다. "당신을 보기 위해서 손가락으로 눈꺼풀을 붙들고 잠을 안 자고 기다리던 크리스마스 이브라니. 이제야 처음으로 당신을 뵙는군요. 언제나 제가 곯아떨어진 다음에야 오셨죠. 하지만 산타, 필레몬과 인형에 관한 얘기는 제발 다른 누구에게도 하지 말아 주세요. 인형을 갖고 논 것은 그의 실수가 아니랍니다. 그리고 어쨌든……."

"어쨌든 그건 해로운 일이 아니죠." 산타 클로스가 말을 막았다. "당신 말이 맞아요. 아무에게도 그런 말을 해서는 안 되는 건데. 스네데커 씨."

북극에 간 프레디

눈물을 닦고 있던 경찰을 돌아다보며 산타가 말했다.

"내가 당신이라면 그 일에 대해 아무 말도 하지 않을 것 같은데. 협박하는 건 아니야. 하지만 난 자네가 자네 마을의 평화와 고요를 바란다는 걸 알고 있다네. 만약 자네의 활발한 손자들이 내년 크리스마스 선물로 드럼과 호루라기 그리고 양철 나팔을 갖게 된다면 정말 나쁠 거야, 그렇지 않나?"

경찰은 조금 풀이 죽은 듯이 보였다.

"그럴 것 같은데요." 그가 말했다. "아이고, 우리 읍내에서는 이 정도 얘기면 대단한 얘깃거리가 될 텐데 말할 수 없다니. 하지만 말하지 않을게요. 약속해요, 산타."

그래서 산타 클로스는 프렌데가스트 가족과 스네데커 씨에게 작별 인사를 하고는 밖으로 나와 썰매를 타고 출발했다.

십오 분도 채 되지 않아 썰매는 빈 아저씨 농장의 개인 도로에 나와서 환호하며 행복해하는 동물들의 무리 중간에 있게 되었다. 빈 아저씨와 아줌마는 산타 클로스와 악수를 나누고 모든 동물들과 포옹을 나누었다. 또한 아이들에게 뽀뽀를 해 주고 순록의 등을 토닥여 주었다. 그리고 북극에 와서 내년 크리스마스를 함께 보내자는 산타의 초대를 받아들였다.

그리고 나서 빈 아저씨가 짧은 연설을 했다.

빈 아저씨는 대중 앞에서 연설하는 데 익숙하지 않았기 때문에 그렇게 훌륭한 연설은 아니었다. 사실, 그는 개인적으로도 연설을 해 본 적이 별로 없었다. 때때로 '감자 좀 건네 줘요' 와 같은 말 빼고는 하루종일 아무 말도 하지 않고 지날 때도 있었다. 하지만 빈 아저씨의 연설은 진심으로 고마워하는 내용이었다. 처음에 그는 산타 클로스가 동물들을 잘 돌봐 준 것에 대해 고마워했다. 그리고 빈 아저씨는 어느 읍이나 어느 군, 어느 나라에도 이렇게 좋은 동물들이 있는 농장은 없을 거라고 했다. 또한 그는 동물들이 돌아와서 얼마나 기쁜지 말로 다 표현하지 못하겠다고 했다. 그리고 자신과 부인이 그토록 바라던 두 아이들을 데리고 온 것에도 고마워했다. 부부는 아이들을 위해 일을 하고, 잘 키워서 농장을 물려줄 것이라고 했다.

그렇게 말한 다음 빈 아저씨는 모자를 벗어 공중에 던졌고, 모두를 위해 만세를 세 번 불렀다. 산타 클로스와 아이들, 그리고 동물들은 모두 모여들었다.

빈 아저씨는 파이프에 불을 붙이고는 에버렛을 자신의 어깨 위에 들어올렸다. 아저씨는 에버렛을 무등을 태운 채 집으로 들어가서 자신이 잭 나이프로 직접 깎아 만든 풍차 모델을 보여주었다. 그리고 빈 아줌마는 산타 클로스를 응접실로 안내한 뒤, 저녁을 준비할 동안 어제 날짜로 발행된 센터보로 신문, 정기 간행물을 읽으라고 주었다. 동물들은 곰에게 새 집을 보여준 다음 모두들 외양간으로 몰려가서 오랜 수다를 떨었다. 모두들 완전히 완벽한 행복에 젖어 있었다.

사람들과 동물들이 완전히 완벽한 행복에 젖어 있을 때는

그들이 완전히 완벽한 행복에 젖어 있다는 것 말고는 쓸 내용
이 정말 없다. 이것이 이 이야기의 끝이다.